U0028908
歡迎來到
怪孤生社
作者・毒碳酸
繪者・adey

目錄

歡迎來到
往孤生社

鹿庭是侍奉秘教八部龍王天龍王，驅馭雷電，橫掃千軍的祭司。

齊格菲則是以「殺獸劍（Balmung）」屢建武勳，專討魔獸的英雄。

在三百日戰爭中邂逅的兩人，喜歡彼此喜歡得要死。
——同時，又正好都注定孤老終生。

01 軟式搖滾

讓椴葉下定決心成為英雄的契機，不過是兩、三年前發生的事情。

國中畢業旅行時，和同組的男學生們一起搭上了百貨公司樓頂的摩天輪。從玻璃窗向外望去所見的，是宛若星海帷幕的城市夜景。

發亮的街道切割出區塊，緩緩流動的車潮與燈號迭遞，有如活生生的血管。摩天高樓的無數方窗點著燈火，比群游的銀魚更加耀眼。

在那裡究竟有幾萬、幾十萬的人？

無量數的言語、情感、思念正在發生，蛛網般維繫著人類巨大的群集，去組成一個單獨的、使人懾服的、雄偉的「活著」的實感。

而注視著此般事實的自己，也不過是星球上無數鮮血中的一滴。

僅僅凝望著夜色，整個人就好像要被吸入深淵。

那一瞬，椴葉意識到了何謂「非日常」。

從高空中一口氣俯瞰，將世界的輪廓盡收眼底——他此刻所體驗到的宏觀視角，便是非日常隱晦的片鱗。

雖然僅止於蜻蜓點水的程度，但其背後的巨大力量，確實被這名年僅十四歲的少年清楚地認知到了。

他心知肚明。

如果想成為英雄，就不得不鼓起勇氣，去擁抱「非日常」。

「……」

相比身邊喧鬧起鬨的同學，椴葉反而陷入了沉默。

胸膛深處，有一抹烈焰被點燃——不對，那把火炬其實一直以來都存在，只是過去的他不曾察覺。

那便是椴葉做為一名英雄，資質覺醒的時刻。

於是世上再無阻礙能停下他的腳步。

化身堅定不移的箭矢，他在英雄的道路上奮勇驀進。拋棄溫馴的日常，用自己的雙手、自己的十指，緊緊抓住非日常，成就偉業。

在那之後——

＊

「我要出門了。」

九月二十日早晨，開學第三週，戰鬥結束、回歸普通高中生活一個月未滿。

椴葉抓著書包從臥室走出來，經過客廳時還不忘喊一聲：「你自己記得吃早餐喔。」

「嗯。」

從沙發上皺成一團的的白色研究員掛衣裡，傳來一道悶悶的回應。

既然能應聲就表示沒死，椴葉稍微鬆了口氣：「又熬夜了嗎？」

「……跟數學的戰鬥是不分白天黑夜的。」

蜷縮在沙發上的老爸模模糊糊應了一句，神情痛苦地伸手在茶几上抓了抓，找到骯髒的眼鏡戴上。

他滿臉鬍碴，面頰十分消瘦，作息混亂所以膚質很差，姿勢也彎腰駝背。哪天要是老爸被殭屍咬到，椴葉覺得自己大概也分辨不出來。

客廳裡到處都是資料和雜物，吃空的披薩盒隨意擱在電視機上。電視螢幕從昨晚便沒關掉，正播報著晨間新聞。是關於災後重建與新市鎮規劃的報導，差不多看膩了。

「午餐按時吃喔。要養成好習慣，不然等你老了怎麼辦？」

「好。」

老爸像個乖小孩一樣，瞇著眼睛點了點頭。

得到答覆，椴葉穿上皮鞋，拎著空披薩盒出門。集合式公寓的回收站就在樓下，能住的房間已經夠小了，他沒辦法容忍垃圾還堆著不扔。

搞定紙盒，跟警衛打過招呼，他才牽出自行車上路。

往復每天的清晨，椴葉都必須騎上二十分鐘的單車前往車站、搭電車經過四站，最後步行十分鐘才能到校。

他所居住的梅谷新市區，附近全是戰後建起的國宅。一部分已完工，但不少地方還搭著鷹架、包圍綠網。吊車與挖土機很常見。

看著那片被鋼梁分格的遠景，椴葉時常有種置身異空間的感覺。像走在一面沒收拾乾淨的舞臺上，心靜不下來。

成排國宅的樣式老派又蒼白，充滿務實主義的風格，欠乏活力。不過對失去住所的災民而言，能尋得安頓之處已經很滿足了。

一步一步，把日常取回來就好。

「三百日戰爭」留下的爪痕，可能得花上幾十年來復原吧。

那些宇宙怪獸邁開大步，跨向地平線，摧毀了百分之二十的地表。如今焚毀的森林得重新養育、傾頹的樓房要再次築起，死去的海洋也等待著漫長的洗淨。

儘管英雄們已經盡可能避開人群，日夜不敢喘息地浴血赴戰，許多城鎮、都市仍舊受害慘重，更別提鮮血的代價了。

一想到自己也曾經——不，是「好幾次」，在城市內發動殺獸劍(Balmung)那種大規模殺傷武器，椴葉的表情就不自覺緊繃起來。

其他英雄們對於這些，又是怎麼想的呢？他抬起頭，灰色的建築群倒映在眼眸裡。

比起擊倒野獸的利刃，他現在更希望擁有將壞去之物復原的力量。

那不是什麼能說出口的遠大志向。僅僅是日復一日、捧起手心接住一點一滴的愧疚感仔細澆灌，耐心栽培出的自我責難罷了。

就這麼回去當高中生，真的好嗎？真想聽聽別人的答案。

一面如此思索著，自行車轉眼已至半山腰，國宅區的盡處。

他撐著腳踏板，微微站起身體，沿平整的坡道一路向下滑行。車底齒輪發出細微的喀喀聲，讓心情變得稍微愉快了一些。

年輕的英雄輕輕哼起歌。

「Some say he's a traitor
They say he's cold as ice
He's the man who sacrificed everything to fight（註1）——」

九月末的夏熱還未從小鎮離開，但晨間疾行時的涼風仍舊那麼清爽。工地往身後迅速遠去，成列樓房的陰影也消失在風的呼呼低吟中。

籠罩這座城市的天空，與遠逝的昨日一無二致，是深邃的蒼藍色。

＊

宇宙怪獸入侵地球了！那是一年多前發生的大事件。

註1 〈惡魔人之歌〉，動畫《惡魔人》的主題曲。

隱藏在世界各處的祕密組織紛紛出現，向反派展開回擊。

超能力者、神話人物、變身鬥士、魔法少女、巨型合體機器人——老實說，在災難降臨前，誰也不曉得居然有「那·麼·多」默默維護和平的組織存在。

來襲的敵人肯定也很詫異吧。

由於規模超乎預料的絕地反攻，與侵略者的鏖戰在三百日內迅速結束了。多數人類還活著，地球沒有爆炸，太陽系的行星也還是九顆。

可喜可賀。

不過這麼一來，原本的「祕密組織們」也不再祕密。

唐突出現如此大數凌駕於政府、國際關係之上的團體，對社會造成的衝擊搞不好比宇宙怪獸更大一些。所幸，超·祕密組織——「Narrative」主動跳出檯面，開始聯繫各集團、仲裁勢力間的糾紛、協助英雄回歸日常。

Narrative 當中沒有戰士。

相對的，他們能派遣大量的律師、理財顧問、建築師、心理醫生、清潔隊、長照人員或家政看護……等等職務者。連回到高中繼續念書的年輕世代英雄們，都可以藉由聯繫駐校的輔導老師，獲得最直接、最即時的幫助。

不知為何，Narrative 總能先一步知曉英雄需要的是什麼。疾呼「不只地球該修復，英雄們也值得關懷」的口號，比起揮舞著刀刃沐浴在血雨下的自己，椴葉覺得 Narrative 更像正牌的英雄。

乍看之下，美麗的藍色星球正一點一點復原著。

英雄們也慢慢地、踏實地取回了平穩的日子。

但，還有一種人尚未得救。

據說芸芸眾英雄之中，有約莫2％屬於這個類型。

他們因為體質、誓約或詛咒等五花八門的原因，喪失了尋找人生伴侶的權力。

沒錯，很遺憾的，這些英雄註定要孤老終生。

＊

椴葉將自行車停在人行道旁，跟其他人一樣鎖在矮棚下。

他快步穿越十字路口，行道號誌裡的小綠人在踏上對面臺階的同時熄滅，轉換成了紅燈。晨間通勤的車陣熙熙攘攘地再次流動，那是早已經看習慣了的市區光景。

此時聚集在車站內的，大多都是電齋高中與葵暮工專的學生。深灰色高校制服北上、暗綠色工專制服南下，月臺兩側彷彿不同的世界。

從交疊往來的人群中，有個聲音叫住了他。

「齊格菲。」

她穿著電齋高中的校服，黯淡的基底搭配彩度較高的裝飾細節，讓人聯想到輪廓簡潔、曲線分明的新製漆器。

那名少女擁有與冬日雪景十分般配的容顏，映著血色的薄脣、修長的睫毛，以及略帶異樣質感、眼角上吊的細長雙眸。

齊格菲——那是椴葉扮演英雄時使用的名字。

「鹿庭？」

椴葉連忙快步靠了上去。

「妳家不就在車站附近嗎，這麼晚還不去搭車？」

「我想伏擊你。」

鹿庭的嗓音輕盈而悅耳，語氣卻幾乎不帶情緒起伏，好像在念拉麵店牆上的菜單掛牌一樣，讓人覺得可惜。

要是她表情再多一些就好了。

「你又沒吃早餐對吧？齊格菲。」

「咦？」

「省錢明明還有更好的方法，喏。」說著，鹿庭把一直捏著的麥芽牛奶遞過來。

椴葉沒作多想，接過利樂包吸了兩口。

以高中男生的食量而言，一瓶保久乳根本止不住飢餓。但甜品能短時間提供可觀的熱量，對於提振精神不無小補。

鹿庭靜靜盯著他，隨後開口：「看來『間接接吻』不會觸犯龍神的禁忌呢。」

「噗——！咳、咳咳！」

沒料到對方會在這時用關鍵字發動攻擊，椴葉狠狠地大嗆一口，橫膈膜像被職業拳手痛毆般猛抽。

站務員察覺到他把飲料噴得滿地都是，用關懷的視線瞅了過來。

謝謝你的關心，沒事沒事。

「妳、妳突然講什麼啊……」

「齊格菲，之後把『間接接吻』排入每個禮拜的親熱行程吧。週一、三、五各一次，逢單數週六追加一次的頻率如何？」

「等等等等，別在大庭廣眾下聊這個話題啊！」

「為什麼？」

「哪有為什麼，妳都不覺得害羞嗎？」

「我只是想討論而已。你每次都刻意迴避情侶間重要的溝通部分，到底什麼時候才願意好好面對我？你一定要這麼幼稚嗎？」

「哇妳還生氣了是怎樣！」

鹿庭仍舊擺著一張超級沒變化的表情，連珠炮似地發表抗議。而椴葉被搞得滿頭大汗，急忙把鹿庭拉到一邊人少的位置。

「總之先冷靜點……」

「我非得退到角落來說悄悄話才行嗎？跟我間接接吻是很羞恥的事情？齊格菲，你難道不喜歡我嗎？」

「當然喜歡啊！」

「哈？」

椴葉斬釘截鐵地回答後，反而換成鹿庭整個人僵住了。

她像個被老師點名回答問題的小學三年級，睜大眼睛站得挺直。怔了十秒有餘，隨後才無措地別開眼神，死板著臉迴避椴葉的視線。

「唔，謝、謝謝？」

「嗯嗯，不會……」

聲音小得要命。

這下連鹿庭也漲紅了耳朵，雙方都沒膽子去直視彼此的眼睛。

所幸老天爺還算有點良心。當兩名英雄都羞恥得快過呼吸時，電車這才慢悠悠地駛進了月臺。

齊格菲是以殺獸劍（Balmung）屢建武勳，專討魔獸的英雄。

鹿庭則是侍奉祕教八部龍王天龍王，驅馭雷電，橫掃千軍的祭司。

在三百日戰爭中邂逅的兩人，喜歡彼此喜歡得要死。

——同時，又正好都註定孤老終生。

02 己手犯

車班從樞機車站出發。

經過下水林、頭水林和鞍岳後，才會抵達電齋。

水林是高度發展的市區，車廂在高樓環伺下穿梭。但窗外的景色一到鞍岳就發生了變化。開闊的地平線出現在視野中。

鞍岳在戰爭期間發生過慘烈的一役，由於環境汙染，直到現在還不能住人。市鎮區原址有個隕石撞擊一樣的巨大凹坑，平均直徑十二公里，海水倒灌而入，變成了如今所見的鞍岳新潟。

晨間陽光被湖面的波紋揉成躍動的光斑，白色鳥群沿水線低低掠過，飛翔在半淹沒的樓房殘骸間。浪花輕輕拍打岸際，雖然遙遠，卻彷彿能聽見嘩嘩聲響。

椴葉與鹿庭抓著車廂拉環，並肩相靠，注視著那幅奇異的美景。

其他學生大多盯著手機或閉目養神，以各自的方式度過時間。恐怕只有英雄們才會遙望著鞍岳新潟出神吧。

「妳還記得那個洞是誰打出來的嗎？」

「……鋼魂機天V，或是賽博超忍隊。」鹿庭稍微偏頭想了一下才回答。

突然聽見懷念的名字，椴葉感到一絲意外，不自禁露出微笑：「不知道巨大機器人組的英雄們過得如何？」

「放心，」鹿庭用平靜的語氣說：「那些駕駛員全是感性動物，到哪都能交朋友。」

「也對。」

最不需要人擔心的搞不好就是他們了。

當宇宙怪獸的大批艦隊出現在地球上空，政府機關與其他組織還在觀望時，率先朝前線進發的勇士便是那些機器人。事後也證明，他們做了完全正確的決定。

大怪獸和機器人的第一戰場被牽制在高空及遠洋，迴避了人口稠密區淪為防禦軟肋的危機，替其他英雄爭取不少反應時間。

至於穿透防線、侵入城鎮的小體型怪物，反應最快的則是魔法少女。

魔法少女「熱情香橙」、「淘氣草莓」、「優雅櫻桃」以及「輝煌軍神」，靠著優越的機動性，漂亮地擋住了潮水般的惡之軍團。

衝突爆發最初的四十八小時，若不是這些英雄的當機立斷，戰爭的結果便會截然不同吧。

這顆星球並非單靠實力倖存的，連運氣也不錯。

不，如果借用機器人駕駛員的說法，這是「意志力的勝利」。魔法少女們則會說「愛與正義的制裁」。相對的，英雄齊格菲的背景集團、遠在北國的那所指導院，又認為什麼才是人類存活的關鍵呢？

對那些科學家而言，這場勝利多半只是我們殺光敵人的速度，比敵人殺光我們的速度更快一些而已吧。

有點羨慕起那些感性十足的英雄隊伍了。

「對了。」目送著鞍岳新潟的湖光，像偶然想到似的，身旁的鹿庭徐徐開口：「我順利回競泳社了。」

「老師同意了？」

「嗯，」她微微頷首，「昨天放學後去找教練商量，才終於回到訓練隊伍裡。」

龍神的祭司雖然能招來毀滅之力，但本身體能與普通人類相同，參加體育競技也沒有不公平的疑慮。鹿庭從高一便加入競泳社，隨後肇因戰爭爆發停學，產生一年多的空白期，如今總算找回了掛念許久的社團生活。

「恭喜妳呀，總覺得連我都被鼓舞了呢。」

「咦？」

沒想到對方卻斜著眼瞪了過來。

「光想像穿著競賽泳衣的我，就讓你鼓舞成這樣嗎……」

「我的妄想才沒那麼飛躍！」

「說得也是，訓練後脫下來的泳衣才更合你胃口吧？」

「法官！本席要向她剛剛的『說得也是』提出嚴正抗辯！」

妳把我當成什麼狂熱者了?

「認真地問,如果我把穿過的泳衣送給齊格菲,你會收下嗎?」

「那會害『殺獸劍』停止運作,所以我不能收。」

「殺獸劍渾身童貞臭。」

「妳居然不惜羞辱一把劍也想送我泳衣。」

不愧是英雄,意志很堅定。偶爾,椴葉會打從內心深處去敬佩鹿庭,怎麼能用一副波瀾不興的表情,進行如此瘋狂邊緣的發言。

「齊格菲你呢?」

「怎麼了?」

「之後想參加什麼社團?」

「唔,我嘛——」踟躕了半晌,他才用徵詢意見似的遲疑語氣說:「妳覺得向學校申請,開設『電齋高中自行車社』感覺……怎麼樣?聽起來會成功嗎?」

「從零開始創社團?」

「嘿嘿。」果然心底還是覺得有點不切實際,椴葉乾笑著,摸了摸鼻子。

「你對自行車是真愛呢。」鹿庭無奈地說。

「嗯,我喜歡騎行在公路上、迎面吹著風的感覺。」

「的確稱得上高雅,但我喜歡的是泡完澡後,穿著浴袍躺在沙發上,一邊摸波斯貓一邊喝紅酒喔?該認輸了吧?」

「為什麼要起競爭心啊……況且妳的租屋處不是沒沙發嗎？」

正當兩人一如往常地拌嘴時，椴葉放在褲袋裡的手機突然傳來了震動。他滑開螢幕，發現是從「納拉通（Narra Messenger）」傳來的訊息。

「妳認識這個名字嗎？」

椴葉將畫面遞給鹿庭看，對方搖頭，「在納拉通裡接到陌生訊息，很稀奇呢。」

「怎麼辦？」

「如果是緊急狀況就糟了，打開吧。」

「嗯嗯，也對。」

他點開訊息欄。

發信者的頭像是一張藍底帶翼紋的鳶型盾，交疊在豎立的寶劍上。頭像底下的綠色打勾符號，顯示此用戶擁有英雄身分。

納拉通是 Narrative 自主開發的通訊軟體，專為英雄而設。依賴該組織自行發射的先進衛星，據說只要人在大氣層內，收訊都不成問題。除了促進英雄交流的功能外，甚至還能從內建的商城購物。

比方說：在上學途中遭遇宇宙怪獸，戰鬥時意外弄破了制服，只要靠手機送出訂單，大約三、四十分鐘左右便會拿到替換品。

是的，時至今日，宇宙怪獸的威脅仍未止息。

即便數量極少，竄逃的怪獸們似乎融入了地球的生態圈，至少數十年內要消滅殆盡很困難。未來的人們，或許得開始學著與怪獸一同生存下去了。

為此，納拉通設有瞬間發出戰鬥求援的功能。一鍵將所在位置郵寄給附近的所有英雄，不需花時間打字。至於文字通訊，若不是現實原本就認識的好友，一般很少用上，更別提從陌生人捎來的訊息。

「呃，『勇者ＡＡＡ』？」

這麼奇葩的英雄化名，只要遇過一定會留下印象。但椴葉花了十幾秒苦苦回想，確定腦中根本沒有這筆資料。

「是戰鬥求援？」

鹿庭有點按捺不住好奇心，把臉偷偷湊了過來。

聊天室裡只打著短短幾行字。

——歡迎來到注孤生社。

放學後請至社會科教室集合。

「不，似乎是邀請函的樣子？」

仍舊摸不著頭腦的椴葉，用遲疑的口氣回應。

＊

全賴那封簡訊所賜，椴葉整天的心都懸著，沒辦法安定下來好好上課。毛毛躁躁的感覺一直持續到放學鐘響。

他在班級裡沒有職務，也不認識什麼一起上放學的朋友。

戰爭爆發後時隔一年有餘，回到相同編號的教室裡，鄰座上的同學卻不是相同的熟人了。

他自然也試過主動跟別人搭上，然而無論自己或身邊的普通人，似乎始終跨不過某道隱形的藩籬。倒不是排擠。要說的話，只是這一年間各自的經歷太過迥異，氣氛變得格外陌生，也找不到話題的起點。

既然人脈一點也不樂觀，那自行車社的籌組要從哪裡開始才好啊？近幾日椴葉掛心的一直是這個問題，苦惱著該找誰討論。

勇者AAAA的邀請像顆突然扔進湖裡的石頭，把水面攪得一團糟。

當然無視掉也是個選項，「但搞不好是什麼重要的維安召集」，椴葉最終仍然妥協地拎起書包，心煩意亂地來到了社會科教室。

「打擾了。」該先說「打擾」還是「報告」後再進去啊？

他遲疑地推開門，接著馬上便起了後悔的念頭。

「嗚啊……」

教室裡坐著另外三名英雄——加上齊格菲共四人。

太多了吧？

英雄們私下群聚的機會很少，那種氣氛類似週末放假的時候，走在街上卻撞見打工地方的同事的感覺。

總之很尷尬。若不是感情特別要好的拍檔，基本上平時各過各的。

電齋校內的英雄應該全員到場了？椴葉暗忖，偷偷向同樣在場的鹿庭揮了揮手。

他深吸一口氣，在邊上的位置入坐。

「呃，那個……」

總之得先說明來意。

「我是接到手機訊息才過來集合的。」

「喔喔——」

除鹿庭以外的兩人，這才露出坦然接受的表情。

「笑死，連齊格菲都乖乖跑來點名，難怪詐騙電話還沒滅絕。」

仰靠在椅背上、高眺壯碩的男學生嘲弄地放聲大笑。

他的五官輪廓很深，用髮膠把頭頂抓得像刺蝟似的。制服沒扣敞露著前胸，裡面還穿著違反校規的便服。由於太過符合刻板印象裡的不良少年組合，反而讓人懷疑是不是故意的。

此人是變身戰士系的英雄，「魔裝操者・異戰王牌」。

雖然三百日戰爭中以人類夥伴的身分活躍，不過最初是做為正派英雄「魔裝操者・西洋棋銀河」的死敵出現，立場亦正亦邪的角色。

使用抽牌的力量替換武裝，從撲克牌中覺醒特殊屬性，以千變萬化的絕技玩弄對手。扮演敵人時難纏無比，成為友軍卻十分可靠。

為了讓他改邪歸正，西洋棋銀河當時吃了多少苦頭啊……

「唔，異戰王牌，」椴葉稍微選擇了一下詞彙：「你也收到『勇者AAAA』的訊息了？」

「那不是當然嘛。老子連再多一秒都不想留在這破學校裡。如果待會來了個無聊的傢伙，我絕對一拳灌在他臉上。」

「異戰王牌，請你收斂一點。」

「怎樣？隨便講講也不行？」

「不慎的言行也足以使身旁的人感到不安，在場的英雄全都想釐清現狀，麻煩你也忍耐一下脾氣。」

「……」

「多謝。」

輕輕拋出兩句話，就讓暴躁的異戰王牌躺回位置上的——大概是四人當中人面最廣、威信最高的英雄，是名嬌小的女性。

魔法少女輝煌軍神。

剛升上三年級，在眾人裡最為年長，卻只有小學高年級生的個頭，最小尺寸的制服穿在她身上顯得剛好。

即便發育矮人一截，輝煌軍神的眼神伶俐，彌補了氣場。她綁著整潔俐落的馬尾，服儀恪守校規，態度端正地在位置上等待，簡直像個與異戰王牌對極的存在，無可挑剔的模範生。

三百日戰爭開始不久，各路英雄由於彼此的不信任，陷入沒完沒了的齟齬與猜忌，更別說連政府也拿不定對策的時期。是這名少女率先發難，出面指揮場面、統御了戰力。

做為適齡退役的魔法少女，輝煌軍神的現場經驗豐富。也幸虧她願意重返第一線，英雄們的合作才漸漸變得有條理起來。不只領導力，本人的戰力也能排上超一線。

就算在齊格菲竭力防禦的狀態，大概也沒辦法吃下一發她的熱射線攻擊「可愛暴政」還不死吧，椴葉每次想到都會冒出冷汗。

不過，說真的——太豪華了。

餘下的兩人，則是龍王的祭司，以及殺獸專家齊格菲。

小小的教室裡居然聚集著如此陣容。現在是黑暗帝國餘黨再臨，還是超古代怪獸蓋沃基時隔百年甦醒了嗎？

椴葉正越想越茫然時，教室的門被「砰！」的一聲打開了。

俗話說，主角總是最後登場。

「大家久等了！哎呀～這間教室很難找呢！」

勇者ＡＡＡＡ降臨。

03 巴賽爾問題

「好的，從自我介紹開始來！」

勇者ＡＡＡＡ雙手合十，發出響亮的「啪」一聲，走到眾人面前。

她明顯是位成年女仕，約莫大學畢業不久的年紀。穿著橄欖綠色、線條洗練的薄尼龍外套，輕鬆的白襯衫與刷舊牛仔褲。燙成大波浪的短髮染成栗灰，臉上略施淡妝，洋溢著年輕與成熟兼具的活躍感，好像會在雜誌封面看到這種人。

「我是勇者ＡＡＡＡ，真名叫『木咬契』。很難寫筆畫很多，叫我Ａ４就好。對對，就是影印紙那個Ａ４。」

眾英雄馬上察覺了：這人的肢體動作相當豐富。是那種講話會直視對方的雙眼，說到一半會轉而尋求贊同、邀請聽眾出聲回應的類型。

嗚啊麻煩死了。

不等大家反應過來，Ａ４又接著繼續她的自我介紹：「一有空就會跑去戲院看電影，喜歡的昆蟲是瓢蟲，推薦的電影是《新天堂樂園》，每隔一陣子就會拿出來複習。完畢，輪到你！」

「啊、咦？」突然被食指指著的椴葉愣住，嚥了口唾沫才開口：「我叫做椴葉，英雄名是『齊格菲』，尼伯龍根指導院的人造英雄一號，那個……專長在非人型怪獸領域，能以長期戰──」

「哈？」

「無聊。」

「我說無聊！」A4猛拍桌面，「講點大家想聽的！你喜歡什麼運動？」

「呃，自行車的話假日會去騎。」

「好的出局！十秒還說不出吸引女孩們的話題就Out！下一位男生！」

太不講理了吧。椴葉連抱怨的時機點都沒有，話題便旋風似地繼續前進。

「魔裝操者・異戰王牌。」異戰王牌露出不耐煩的神情，「真名叫『鼬占』，專長是打人，興趣是打人，討厭弱小，還有求饒的傢伙。」

「走狂野路線嗎？滿聰明的，壞男孩最近意外的有市場呢～」

「我現在就揍妳喔女人。」

「鼬占，別說那種話。」

制止火苗被進一步點燃的輝煌軍神，像以迎合的方式要盡快結束這場鬧劇似的，主動把接力棒搶下，「我的名字是『初洗花』，目前以魔法少女的身分進行英雄活動。」

「這年頭魔法少女也是稀有單位呢！好想看裸體變身～」

「A4小姐，三百日戰爭期間我對妳稍微有印象，無奈負責的地區相隔很遠，沒能碰上幾次面真是可惜了。」

「哎呀哪裡~那，初洗花妹妹的興趣呢？」

當她脫口而出「妹妹」兩個字時，其餘三人心裡微微一悸。

輝煌軍神的確不過十七歲，但即便其他成年英雄，也少有人會如此露骨地把她當後輩對待。

勇者A4的心臟究竟多大顆？

「興趣是街機臺的麻將，以及烹飪。通勤途中會聽電臺廣播，平時也常做播音員的技巧練習，稱得上一項嗜好。」

現場恐怕有好幾個「咦，麻將？」的心之聲，在那一瞬間重疊了吧。

「鹿庭，輪到妳了。」

簡略說完，初洗花主動點名了最後一位英雄。

鹿庭似乎還未進入狀況，看上去沒有表情，但椴葉對她瞭解比較深，所以讀出了那雙眼裡的迷茫。

「……我叫做鹿庭，」她輕輕開口：「八部龍王天龍王，主祀祭司。」

「使用八種『天龍王』的力量嗎？超帥的耶！」木唆契起鬨著。

「不，我只侍奉君臨於『八部龍王天』這個境界的龍王一尊，常常有人會搞混，所以總得反覆說明。」

「那種事先放一邊，鹿庭小姐平常喝什麼飲料？」

「飲料？」

叫人家把宗教信仰先放一邊也太過分了吧，椴葉的吐槽悶在咽喉，痛苦得要死。

鹿庭思索了片刻才說：「樞機車站前那間『貓煮茶』賣的，奶蓋綠茶。」

「我懂！我懂啊！」Ａ４激動地握住了她的手，「他們的奶蓋超讚對不對？我每次都點烏龍！」

「我沒有很想知道。」

「缺集點貼紙嗎？只要跟我交朋友，我收集的份就送妳！」

「讓我考慮一下。」

用集點貼紙來勸誘居然ＯＫ！連椴葉也不曾留意過鹿庭蒐集貼紙的習慣，沒想到她光顧那間店的頻率有那麼高。

「好的、好的好的！謝謝各位熱情配合～」

總算，吵鬧的自我介紹環節到此結束。

從大地遊戲似地氛圍裡緩緩平靜下來後，一直保持在情緒最高點、叨叨絮絮不停的Ａ４這才坐回她的位置。

她臉上依舊掛著笑容，然而，與方才歡鬧的樣子有些不同。

「各位果然是『英雄』呢。」

她將雙手交疊放在桌面上，放緩語氣平穩地說：「一般的高中生如果像這樣，被陌生人突襲著搭話、要求自我介紹、玩團康遊戲，多半無法好好整理語句，甚至會舉足無措吧。」

但你們不同。

戰場上的經驗教會了你們，遇到突發狀況要「馬上行動起來」，因為任何遲疑，最後都跟生命的消逝有關。

「持續在高壓環境求生，必要的強大決斷力、覺悟、抗爭心、怒火、韌性，那都是普通學生不會表露出的特質。」

「呿。」

飿占不屑地嗤了一聲：「妳演這一齣，就為了拍我們馬屁嗎？」

「不，我想要道謝。」勇者Ａ４直視著他的雙眼，如此表示。

隨後，她看向在座的所有人：「身為成年人，卻不得不讓守護未來的任務落在孩子們的肩上，我可能必須好好道個歉吧。但若是代表其他英雄，對我而言就過於傲慢了。」她以食指點了點自己的胸膛。

「所以，請至少讓我『道謝』吧。」

你們是理應受保護的那一側。

擁有不去戰鬥的權力，卻選擇挺身而出。甚至不只一次、兩次。昂首走進火焰和血腥，去扮演英雄，讓弱者呼喚你們的名字。那的確不是任誰都能夠辦到的事。

「——謝謝你們。」

「……」

在場的英雄們，即使內心泛起的思緒各有不同，卻同時沉默了。

或許回想起了戰爭期間的經歷吧。無論如何任憑記憶美化，那段時光肯定都不會跟「愉快」這個詞彙相襯。

怪獸被擊倒，城鎮被奪回，榮譽的確隱藏其中。但認識的人死去，或夥伴的死去，那份喪失感是無可填補的。

若有誰談及這些事情，卻把「代價」、「必要的犧牲」之類不負責任的臺詞說出口，自己肯定會馬上發怒的，椴葉心想。

其他三人肯定也是如此。

沒有誰能為死者負責。

要擔起未被拯救、遭輕易抹去的性命的這份自我責難，只能落在自己——只能落在十六、七歲的他們身上。

那便是無可退讓的，英雄的自覺心。

如果勇者A4真說出道歉的話語，暴躁的鼬占多半會掄拳猛揍過去吧。她所表達的，「只是一句蒼白的道謝而已」真是太好了。

「各位，容我再次自我介紹，」勇者A4見氣氛已經沉澱下來，重新開啟話題：「我的真名是『木咬契』，因為擁有提升等級（Level Up）的力量而成為了勇者，使用女神寶劍和神聖盾牌戰鬥，也可以在打倒敵人後，吸取經驗值（EXP）逐漸強化自己。」

「勇者A4是異世界人吧？」輝煌軍神補充著追問：「俗稱的穿越者？這類英雄的人

數特別少，我多數還記得。」

「沒錯！我是從別的空間旅行過來的人，被女神召喚到這一條世界觀上，協助對抗宇宙怪獸入侵。」

「目前維持現役嗎？我以為任務達成後，你們會返回故鄉。」

「我還在繼續當勇者呦～而且三百日戰爭一結束，我就主動申請加入Narrative了，如妳所見，現在負責未成年英雄的輔導工作。」

生活上需要什麼建議都能聯絡我！只是想說說話也歡迎，我喜歡陪別人聊天喔，她輕快地說著。

「哼，Narrative的輔導員也太好當了吧？」

鼬占依舊在嘴上不饒人，忍不住出聲嘲諷，想當然被初洗花在桌子底下用力踩了一腳，痛得他表情扭曲。

木咬契倒一點也不在意，笑著回應：「沒有拿到足夠的評鑑分數、實習夠久的傢伙可當不成輔導員。我還希望你能稱讚我呢，異戰王牌。」

「好啦好啦妳很優秀，滿意了嗎？」

「真是不直率的傢伙～」

「那麼，勇者A4這次用納拉通召集我們是為了什麼？」

初洗花轉換了話題。

對方點點頭，說：「初洗花妹妹應該也曉得，那種遊戲裡很常見，最普通、最爛俗的勇者冒險譚應該如何發展吧？」

「冒險譚？」

「說到勇者的冒險，當然就是啟程↓結交夥伴↓挫折↓修練↓覺醒↓凱旋不是嗎？嗯，果然那樣的劇本百看不厭呢！」

「這套規則也適用於妳嗎？」對「框架」的概念相對熟悉的椴葉舉手發問。某些英雄依循著規則行動，但獲得益處的同時，往往也得承擔另一面的缺陷。

「是的。我只要照著劇本前進，就能確實成長。」

對方予以肯定，又說：「然而旅程的最後，我遇到了預想之外的問題。勇者的結局是『結婚生子，過上幸福快樂的日子』。」

木咬契伸出左手，露出無名指。

上頭並沒有婚戒。

「只要達成『結婚生子』的條件，勇者的身分便宣告落幕。即是說，為了讓自己保持能隨時投入第一線支援作戰的狀態——」

喀噠！她打了個響指。

「我在寬鬆的定義上『注孤生』了。」

繞了一大圈，花費可能有三十分鐘之久，那將四個人聚集於此的片語，總算出現了。

——注孤生。

註定要孤老終生，獨自一人走盡有終的壽限，消失於無人之處。

「解釋過後，你們應該大致理解了？」木咬契露出開懷的笑容，「我想，這也是輔導員的工作吧。詛咒也好，誓約也罷，只要我們互相幫助、投入時間慢慢摸索，那便不是一件值得害怕的事情。」

人際關係並非成為英雄必要的代償。

陪伴也可以有很多形式。

而最初的第一步，就從相似的人開始，建立一道聯合戰線吧？

「別想得太複雜。如果平時有個理解自己狀況的朋友，能一起聊聊天、逛逛街，心情也會變好不是嗎？只是那種社團而已。」

說著，木咬契拿出手機。

畫面顯示著納拉通「聊天群組邀請」的頁面，注孤生社專屬的談話室。六位數字的邀請碼列在上頭。

椴葉正想跟著取出手機，一旁的鼬占卻倏然站了起來。

「免了，多謝妳的關心。」

他懶散地搖搖手，背起書包。

「咦？鼬占小弟要回去了嗎？先加個好友也行啊？」

「碰上其他麻煩會找妳商量，但注什麼社就不必算我一個了。只是單純沒興趣，妳別放心上。」鼬占邊說，闔上社會科教室的門，毫不留戀地離開了。

另一側，初洗花也從座位站起。

「木咬契小姐。」她淺淺敬了個禮，「感謝妳的好意。狀況我已經理解，遺憾我並沒有參加意願。」

「咦咦？初洗花妹妹也不加個好友嗎？只是看著列表裡的頭像數量增加，人類就會覺得社交生活更充實耶？」

「我的社交生活狀況良好。況且，目前這邊還有比社團更重要的任務在身，原諒我且不奉陪了。」將對話單方面結束掉，初洗花也退出了教室。

一下子減少兩人，座位瞬間變得空蕩起來。木咬契露出無奈的表情，掛著似乎早知道會如此的苦笑。

她轉向鹿庭與椴葉。

「兩位又是怎麼想的？拿定主意了嗎？」

04 紅皇后假說

兩人回到樞機車站時，已經接近傍晚六點。

站內的人潮仍舊十分可觀，一旁漢堡店和麵屋的落地窗內，能看見穿著各式制服的學生在用餐、聊天。

周邊區域同樣是熱絡的商街。五顏六色的招牌瓜分視線，一闖入便會升起消費慾。對荷包清涼的學子而言如同誘蟲的陷阱，又愛又怕。然而，若是往後站出口走去，來到建築群相對老舊的獄門路、角宿道附近，氛圍便一下子清靜許多。

椴葉與鹿庭從地下道出來，進入這一側的小巷。兩側騎樓外停著滿滿的機車。開張的商店雖然也不少，但遠不如前站那樣人潮湧動。

明明真正的地方美食都藏在這一帶。只要出示學員證，就能用通常價格吃到加飯肉雙倍的咖哩豬排丼，諸如此類只流傳於學生之間、都市傳說般的店老闆也存在著。

樞機的舊區相當值得一逛，挖掘口袋名單樂趣十足。

「妳要喝什麼？」椴葉取出銅板，開口問身旁的鹿庭。

「不用，我不渴。」

「嗯嗯。」

角宿道上有間門可羅雀的獨立書店。

從正門旁的樓梯上去，書店二樓開著叫做「男裝麗人」的咖啡館。店長是位熱情的男大姊，擅長蒐集謎樣的傳聞，沖的咖啡也美味無比。

由於專賣頂級手沖咖啡的緣故，高貴的價格讓椴葉無法經常光顧。只會偶爾在書店前的自動販賣機投飲料，過過乾癮。

按下亮燈的按鈕，罐裝咖啡自取物口落下，發出沉重的哐啷聲。他拉開拉環，啜飲了一口。被牛奶與砂糖調味過的罐裝咖啡，味覺不但毫無苦澀，反而有些黏滑。

比較像是甜點呢。

「不覺得很厲害嗎？」椴葉忍不住說。

「指什麼？」

「這居然是鐵製品。」他輕輕搖晃手中的咖啡罐，「只拿來喝一次就扔掉，鐵原來是如此便宜的素材。」

喔對，販賣機也是。他接著說：「販物機的結構讓人很困惑，以前我也沒想過要搞明白。即便親眼看見內部，也很難光靠視覺理解呢。但我依然喝到了咖啡，不是嗎？」

其他像電車車廂的組裝方式、大廈牆外錯落的室外機安裝，以及騎行經過橋面時偶然察覺到的鐵灰色伸縮縫。

明明一無所知，卻享受著功能。

「以前的話，只覺得與我無關也罷，只要能保護文明，讓它們持續存在即可。但現在，我好像有點『想要去瞭解』了。」

「你在表達什麼？」

「我想說，齊格菲和龍王祭司，說不定也是如此。」邊說著，椴葉將罐裝咖啡向她遞了過去。

「喏。」

鹿庭伸手便接，動作卻瞬間停下。

彷彿遭冰結一般，指尖滯留在距離咖啡罐分毫以外。她無法再向前碰去，椴葉也不能主動將物件傳來。目睹這幅異象，鹿庭眼神裡閃過一絲不快。

「嘖。」

這是龍王進行的干涉。

——相對於齊格菲框架「心像動搖影響殺獸劍功率」是被動性質的限制，祕教的約束則是主動式的。

祭司必須保持潔淨之身，不可做出逾越禮儀的舉止。

「間接接吻……果然沒有那麼好的事嗎？」

早上還理所當然地交換著牛奶喝，日落時分卻已喪失權力。

龍王並非人類所能理解的神聖存在。

別說溝通，連祂對善惡的判斷標準都難以捉摸。有時相互牽手可以輕鬆做到，有時卻連肩並肩都不被允許。

那正是令鹿庭真正感到厭惡之處。

龍王對於她——對於侍奉的祭司，其實根本『沒放在眼裡』吧。

在神明眼底，無論鹿庭、椴葉、書店店長或煮咖啡的男大姊，祂恐怕都不曾一一區別出來。猶如人類看待螞蟻，無法辨識個體差異。

椴葉說得沒錯，儘管能馭使神的權能，她對神仍舊尚欠理解。至於指導院開發的改造人框架，恐怕椴葉自己也不太清楚個中玄機。

「換作是木咬契的話，搞不好會明白。」

椴葉接續剛才的話題，並抬手將咖啡罐收了回去。

「明白什麼？」鹿庭問。

「『自動販賣機的結構』。」

「……同意。」

「一直以來，我們用試誤法慢慢記錄著情侶行為的禁忌項目，想找出互相喜歡最低限度的妥協點不是嗎？」

「嗯，遙遙無期呢。」

「木咬契是第一個明確地把我們所遇到的『問題』提出來的人。比起遵守規則，她更重視摸清楚規則的邊界。」

有種被她一語點破的感覺？像揉成團的毛線，突然找到了頭跟尾。

「啊可惡……我的詞彙量真少，暫時說不明白。」

椴葉苦惱地撓了撓後腦杓，把頭髮給搓亂，「可能是因為她很善於言詞吧？被輔導員犀利的話術給說服了也說不定？有點想多問她一些問題。」

「繞了一圈還在稱讚，你對她的評價可真高。」

「人家可是 **Narrative** 的成員喔？光這點就很厲害了吧？」

「可不是嘛，厲害到齊格菲把我晾在一旁，左一句木咬契右一句木咬契的說個不停，搞不好我的嫉妒心也挺厲害的呢。」

「咦？」

「木咬契和我同時掉進水裡，齊格菲會先救哪一邊？」

「當然是鹿庭囉！」

「嘖，果然姊姊系更讓人放心是吧？即使面臨難題也懂得自己克服，成熟女性的獨立氣質對你這種戀母處男而言根本無法拒絕？好啊隨你的便啊，反正我就是個長不大的小姑娘。」

「有必要說到這個份上嗎！」

「哼，齊格菲和木咬契同時掉進水裡，我一定先救木咬契。」

「妳倒是來救我啊！」

「齊格菲掉進水裡的話，怎麼不乾脆淹死算了。」

「殺意露出來了！」

鹿庭小姐，我想這已經連追打都算不上了耶。

有良知的世人們稱之為軟土深掘。

「關於男高中生的可悲異性幻想先不提。」像在賭氣似的，鹿庭從販賣機上買了瓶同品項的罐裝咖啡，「看來我們對『注孤生社』的結論相同，對吧？」

「嗯。」椴葉點點頭。

或許面對木咬契的邀請，他們從一開始就沒有選項。

只要存在一絲轉機便會拔足狂奔，所謂戀愛使人盲目即是如此。

＊

「你們知道 Narrative 向英雄們提供協助時，最常遭遇的困難是什麼嗎？」

喀嚓。

社會科教室的英雄集會結束，在即將解散前，木咬契依序關掉電燈電扇、將門鎖起，一面對身後的椴葉與鹿庭說：「資金與人力？時間？還是情報調查？」

她用食指掛著鑰匙的鐵環，像螺旋槳一樣甩了起來。即便被鼬占與初洗花斷然拒絕，她的神色也不見挫折。

很難想像這個人失落的表情呢。

「讓 Narrative 的支援寸步難行的原因，往往來自英雄自身的抗拒。」

——在英雄的本質之中，有一小部分是『孤獨』。

遇到強敵時，我們當然會謀求合作，只談論這一點毋庸置疑。

但每當事件牽涉個人價值、與英雄身分的定義產生連結，或者遭逢心理方面的難關時，我們往往趨向獨力解決。

責任、形象。使命感。自負自信，傲慢心，或是對他人的不信任，這其中有諸多原因，無法概括地解釋為何如此。再加上你們都還年輕——

「噢不，抱歉，這個說法不好，」木咬契吐了吐舌頭，收回剛才的話：「正好相反呢。你們太早熟了，逗都逗不起來，超級不可愛……而那份成熟正是使一切變得複雜之處。」

別說親人或長輩，連同齡朋友也不在求助的選項中。

嗯，但我並沒有說這是「錯誤」喔。畢竟當事人可是能從槍林彈雨的這邊，漫步到屍山血河的那邊也毫髮無傷的「英雄」啊。

究竟誰有資格論斷你們的判斷力呢？

不投注更多的時間和耐心，緩慢地改變想法是不行的。

「要是對注孤生社感興趣，能請你們去勸誘另外兩位嗎？」

自顧自地說了一大串，木咬契最後露出一抹俏皮的微笑。

「在這項任務上，你們肯定擁有比我更強的影響力。」

木咬契捎來入社邀請的隔幾日後。

椴葉的「自行車社」提案由學生會審核通過了，但還需湊齊創社門檻的起始五名社員，他的戰鬥才算結束。

＊

為此，椴葉召集不怎麼豐富的藝術細胞，畫了張募集社員的宣傳單。

雖然最後的成品拿給鹿庭看之後，她除了一句「嗚啊……」以外，就拒絕表達其他感想了，但椴葉自認畫得還行。

借用教師辦公室的印表機複印了一百份，心情不錯的他抱著牛皮紙袋走出辦公室，一面輕哼著歌。

「理想不可滅退　全力勇敢的衝出去

不死的夢裡　充斥愛和罪

重拾自信滅絕當天的畏懼（註2）～」

放學後的校園格外寧靜，只剩下教職員與體育社團的學生。既然要發傳單，或許在車棚或操場附近守點會順利些。一面樂觀地打著算盤，椴葉穿越中庭，往體育館旁的網

註2　日本特攝片《假面騎士「龍騎」》主題曲粵語版。

球場走去。

然而，從近處的校舍轉角後頭，傳來的聲響留住了他的腳步。

「都說讓妳們滾了，聽不懂人話嗎女人！」

「你以為自己算得上老幾？嗓門大就很嗆是不是？」

「老子拳頭也不小啦，沒被揍過要不要試試看？」

「嘴不贏就動手，你是猴子嗎？」

鼬占的身影出現在那裡，雖然他的臉此時背對著椴葉這一側，但高大的輪廓很難錯認。與他對峙的則是兩名女學生。其中一位捂著臉蹲在地上哭，另一位瞠目切齒，正忙著跟鼬占惡言相向。

打從出生就不曉得「服輸」怎麼寫的鼬占，自然立刻回嘴：「我哪裡嘴不贏，嘴贏的是我才對吧！」

他躁怒地用手指向哭泣的女生。

「三句話沒講完就開始抽噎的，明明是『這傢伙』好嗎？」

「小靜會哭還不是你害的！她喜歡你都算給你面子，有必要罵她罵得那麼難聽嗎？」

「喂大姊妳搞清楚，我開罵前她就在那邊嗚嗚啊啊了耶？話都講不好告什麼白，我還得先翻譯是不是？糟蹋恁爸時間？」

啪！

鼬占吃了一記巴掌，對方手勁挺大，臉被搧得歪了過去。

他雙眼怒睜，神情頃刻間變得獰猛起來，反射性抬手將右拳開弓，高高懸在耳邊，似乎下一秒就會反揍回去。

撞見這一幕的椴葉心底發涼。萬幸的是鼬占最後煞住了，沒有放任自己的脾氣造成憾事。即使如此，方才一瞬洩漏的、變身英雄等級的殺意，還是讓那位女同學當場怔住，無法動彈。

那個人繃不住幾秒便泫然欲泣，這才像回了魂似的，拉起身旁的朋友慌慌張張地逃離了現場。

「呿，晦氣。」

見兩人跑遠，鼬占這才緩緩放下拳頭，煩悶地踢開腳邊的石子。

連被告白都能搞得劍拔弩張，只能說真不愧是你耶？

椴葉有點無奈地走向前，姑且開口搭話：「異戰王牌。」

「喔喔，耍劍的。」

見來者是英雄同業，鼬占馬上收起沮喪的表情，重新回到平時那副吊兒郎當的態度，把嘲諷的模樣掛上。

「你打算解釋一下剛才的狀況嗎？」椴葉不抱期待地問。

果然，對方也敷衍地聳了聳肩。

「打預防針啦。打個幾次就不會再發生了，健康又環保。」

「跟你告白的女生，似乎真的很傷心喔？」

「誰管她傷不傷心啊王八羔子，找其他人蹭去！」

「她的朋友也嚇得不輕，或許會對肢體暴力留下陰影。」

「唔。」

一說到這個部分，鼬占的肩膀就垂了下去。看來他也曉得自己做過火了。

「那倒是真的很抱歉。」

「跟我講沒用，你要對她說才行。」

「囉嗦，管那麼寬。」鼬占焦躁地揮揮手，要椴葉閉嘴，「那你呢？你不會沒事找我吧。」

「這個。」

椴葉將自行車社的招募傳單向前一遞。

對方接過他精心手繪的廣告，端詳約三十秒之後，嘴唇動了動，好像在尋找比較適當的詞彙，最後才說：「你美術爛得讓人生氣耶。」

「到那種程度嗎！」

迎頭襲來的評語讓椴葉受到了預想以上的衝擊。

誰來給我個人道毀滅好嗎？再也不畫圖了啦，他在心裡偷哭。

「你想拉我入社？我對自行車沒什麼興趣。」鼬占甩甩傳單。

「那陪我去發個傳單如何？」

「哈？現在是你要創社團還是我要創社團？傻子。」

「不會讓你白做工的，我雇用你。」說著，椴葉拿出褲袋裡的手機，點開納拉通購物商城的頁面，「幫我發掉一半，就匯給你六十點『英雄點數』喔？」

「你想用英雄點數來收買我？」

「對。」

「這是對我的侮辱——我本來打算這樣大聲斥責的……」

鼬占臭著臉，粗魯地從他手裡搶過紙袋。

「但六十點實在太多了，你這有錢的混帳東西。」

05 舌尖現象

對鹿庭而言，電齋高中居然設有校內泳池，是件相當文化衝擊的體驗。她曾就讀的鴉巢國中屬於樣板的小型學校。除了兩百公尺的操場以外沒什麼運動空間，籃球場還被畫在跑道圈內。

國小時期，因為得密集接受祭司的訓練，寺院照傳統請家教名師到府授課，因此根本沒上過小學。無從參考之下，高中入學得知校內可以游泳，簡直晴天霹靂。

連淋浴間也有！附設的吹風機可以切冷風熱風！梳妝臺的鏡子很乾淨！

三百日戰爭期間，為了不讓美好的校園消失，鹿庭可是時時刻刻掛念著電齋一帶的安危，絕對不能讓它沉沒。

——所以，當賽博超忍隊開著超合體忍機・殺陣王，在鄰近的鞍岳挖出一圈像湯鍋似的窟窿時，她差點發飆。

開什麼玩笑。

動員信眾革命喔？花七天消滅地表上的機器人產業喔？還敢鬧啊臭駕駛員。

「那麼我先回去了。」

「OK！今天鹿庭的狀況也很不錯，要保持喔！」

「謝謝教練。」

她平淡地向老師點頭致意，轉身告辭。

自從與木咬契見過面，這幾日間鹿庭獲得了充實的社團生活。對於注孤生社的事情，因為日常緊湊，倒沒有多掛心。

如往常一般完成了訓練菜單，她抱著衣服到淋浴間去沖澡。

游池的水質長期下來可能對頭髮造成傷害。龍神看守她的貞潔，不曉得髮質會不會順道保護？鹿庭一點也不想去期待那個模稜兩可的神，只能做好萬全的對策，帶上高級護髮素。

也只有這種時候，她才慶幸龍王祕教是個十足富裕的組織。

龍的信者涵蓋影視巨星、成功企業家、學院教授或政治家。信眾們湧泉般的善款，除了供養寺院之外，也得以讓鹿庭在車站附近租屋，應付都市區的高額消費。

「DAN　DAN心魅かれてく〜

その眩しい笑顔に（註3）……」

將複雜的事情暫且拋開，鹿庭哼著歌，讓溫水澆淋身軀，感受疲憊隨著水花的淅瀝聲逐漸褪去。

註3　動畫《七龍珠GT》的主題曲。

花上足足四十分鐘有餘，善後完畢，她才悠哉地從浴室離開。

除運動場之外，校內已經沒有學生了。教室的燈全部熄滅，腳踏車棚也一片冷清。正是此時，校園才會散發出與往常不同的特殊魅力。

「嗯？」

她停下腳步。

校舍側門出口處，穿著戰鬥服的初洗花站在公布欄前面講電話。

魔法少女輝煌軍神的正裝是水藍色的禮服，腰部曲線有些緊束，短裙蓬鬆，設計富有層次，果然不管看幾次都很華麗可愛。

但為什麼特意變身？她去討伐怪獸了嗎？

「嗯，謝謝妳告訴我，妳很勇敢。」

捧著手機交談中的初洗花，面色看上去相當凝重。雖然她原來就是個一本正經的人，但如此肅穆的模樣仍然很少見。

再觀察一下比較好吧？鹿庭駐足，想從對話裡了解狀況。

「櫻桃，別哭了，乖乖聽我說。」

（……）

「對，妳先回家。我會去醫院陪香橙。之後的事情交給我處理，妳需要好好休息，明天還得正常上課。」

（……）

「嗯嗯，妳的判斷是正確的。我知道妳很努力，今天已經幫了大家的忙，所以快回家吧，不要讓爸爸媽媽擔心。」

（……）

「我以妳為榮，晚安。」

將近五分鐘的通話終於結束後，初洗花熄滅了手機的螢幕。細碎的光點飛散，軍神的戰鬥服也宛若融雪般輕盈地消失不見，變回原先的學生制服。

她轉過頭來。從初洗花的雙眸裡，即使隱晦，依然能窺見一絲疲倦。

「鹿庭，社團活動剛結束嗎？」

「妳接下來打算去醫院？」

「……偷聽可不是好習慣。」

「我陪妳走一趟。妳要去探望後輩——去見熱情香橙對吧？」鹿庭用平靜的聲音說。

初洗花與她雙目對視，張嘴正要道出回絕的理由，卻察覺自己內心的不安似乎早已經被看透了。

若迴避鹿庭的請求，只會顯出她彆腳的逞強。不愧是在宗教領域服務的人，眼光特別敏銳嗎？

她輕嘆了一口氣：「好吧，但請不要期待會是什麼愉快的體驗。」

*

熱情香橙約半小時前被送往水林榮民總醫院。

據說是與惡德怪人戰鬥時，因為生理痛干擾，導致飛行動作失誤。過程中熱情香橙多次試圖自救，但魔法輸出壓力失衡，最終減速失敗從五樓高度重重摔在水泥地停車場上。

除了左肩慣性脫臼與雙腿多處撕裂傷外，魔力運轉驟停引發心因性休克，導致傷者陷入了六分鐘之久的昏迷。同時在場的淘氣草莓與優雅櫻桃，受到驚嚇無法完成作戰。督戰的魔法小妖仙呼叫前代輝煌軍神救援，最後才得以消滅敵人。

光聽敘述就足夠捏一把冷汗了。

好在初洗花趕至急診室時，熱情香橙的狀況已經被穩定下來。各項檢查無大礙，只受了些皮肉傷。魔法少女的肉體素質多少比普通人更強韌一些，只能算是不幸中的大幸。

「醫生有另外交代些什麼嗎？」

「沒有，不過好像被我的身體狀況給嚇了一跳。」

「櫻桃也很擔心妳呢。接下來的復健期就耐心休息，大家會等妳回來。」輝煌軍神坐在病床邊，用雙手覆握住香橙的手掌，輕聲細語地安慰著她。

並非局內人的鹿庭靜靜待在不遠處的牆邊，看著她們互動。

軍神一直沒變呢，她不禁想。

三百日戰爭時，軍神就是個對後進十分關照的前輩。

熱情香橙屬於「現役」的魔法少女。水果系列的三人，去年參戰時也不過國小五、六年級。即使經歷了實戰洗禮，她們在各方面的經驗依舊不如退伍的軍神。

「想吃點什麼嗎？我替妳去附近買吧？」

「不、不用啦！怎麼敢麻煩軍神學姊……」

香橙是個十分文靜的孩子，語氣顯得退縮，聲音很細。

她好像畏於與他人雙眼交流，瀏海低低遮蓋在眼睫上緣，只要一察覺到鹿庭投過去的視線，就會馬上移開眼神。

唔呶，明明以前在戰場上碰過好幾次面才對，鹿庭對這份冷漠的暴力感到一陣錯愕。

「那個，」香橙憂心忡忡地問：「學姊，惡德怪人呢？」

「已經打倒了，櫻桃和草莓也平安回家了。」

「軍神學姊果然很強呢。」

「妳們離我不遠，」她摸摸香橙的頭，「魔法少女的強大不在於火力，而是始終不偏移的『心』。妳們三人擁有那顆最重要的心，所以別說喪氣話，好嗎？」

「嗯，我知道了。」

香橙乖巧地點頭，瀏海隨之輕晃了晃。

「不過，還是希望砲擊表現能像學姊的世代一樣優秀……」

「『學姊的世代』是指什麼？」

不甘願被晾在一旁的鹿庭也加入了談話。

她好想跟受傷的香橙聊聊、安慰她幾句，或者摸摸她的頭。結果對方一看她走近，就緊張得抿起嘴唇不敢發出聲音。

問題到底出在哪裡啊？

明明喜歡小孩子，卻從路邊遇到的母親帶著的小貝比，到去年剛出生的師姊女兒，誰都不給她抱，一碰就哭，比石蕊試紙還精準。

我難道長著一張壞心後母的臉嗎？不，絕對是龍神的加護害的。

鹿庭在內心猛烈檢討，卻沒注意到自己的表情越來越冰冷了。

她懷抱著決心打算捲土重來，但還來不及開口向香橙搭話，後方便傳來了一陣急促的腳步響聲。

來勢洶洶穿越急診室的，是位近四十歲的女性。穿著ＯＬ常見的西服，畫上厚妝。眉頭緊皺在一塊，面色很蒼白。在那之後跟著 Narrative 的輔導員，多半是香橙學校裡的老師。

見母親到場，初洗花立刻站起身來，「若蓮女士。」

她搶在對方前面開口，然而婦人根本不理不睬，一把將初洗花推開，衝向前用雙手捧住香橙的臉頰。

「湘荷，有沒有怎麼樣？哪裡痛？」

「媽……」

「醫生在哪？負責照顧妳的人呢？搞什麼……」

她小心地撥開香橙的頭髮，舉措緊張地四處確認肌膚，查看過所有受傷狀況後，才憐惜地將女兒懷抱在胸中。

香橙露出局促的表情，有點不耐煩地推了推母親的手臂，「媽，我沒事。」

「若蓮女士。」初洗花第二次向她出聲。

若蓮僵硬地轉過身，這才願意用雙眼直視向她。

「我真是……打從心底不想見到妳。」

「對不起，香橙發生意外，我也感到很痛心。」

「意外是什麼意思。」

「魔法小妖仙忽略了戰鬥員的事前檢——」

「回答我的問題，『意外』是什麼意思。」

「我——」被打斷解釋的初洗花，一下子噤住了聲。

若蓮並沒有要跟她討論案發原因的心情。她緊繃著臉，嘴角扭曲，然而直到現在依然保持著冷靜的理由，只是因為她想在初洗花面前「表現得像個成熟的大人」而已。

初洗花打算說的那些，或許句句屬實，但她一個字也不想聽。

「今天說意外，明天也可以說意外，這場爛攤子到底要持續多久？拖到湘荷上國中、上高中嗎？什麼時候才會放過我們母女倆？」

「媽——」

「妳知道工作時接到輔導員的電話，說湘荷在戰鬥中受傷，我心裡有多慌嗎？妳知道我推掉了多少事情，趕過來見湘荷一面嗎？」

「媽！」香橙按捺不住，出聲喝止母親繼續說下去。

而若蓮雙眼瞪大，雖然硬打住了滿腔怨言，但高張的情緒片刻收不回來。她眼角滲出一點淚水，連忙別過頭去，用手指抹掉。

初洗花踟躕許久，才嗓子乾涸地再次開口：「與魔法小妖仙訂下的變身契約，還剩下一年半。」

「……」

「契約是邏輯性強制的，只要惡德怪人出現，香橙就會被呼喚。」

「這種事為什麼不讓別人去做？為什麼是湘荷？」

「契約期間無法另立新約。若蓮女士，雖然很不中聽，但為了守護和平，我們需要您的女兒。」

「有沒有搞錯，我也需要『我的女兒』！我才是她的『母親』！」

「相對的，在這段時間內，我會擔起香橙的保護工作，如何避免負傷的相關知識也會好好指導，一定——」

啪！

初洗花的話還沒能全部落下，一道猛烈的巴掌便搧在臉上。

身材嬌小的她被打得屈身，體勢一歪半跪了下去。

「若蓮小姐！請不要動手！」

輔導員連忙拉住香橙母親的臂膀、將她架開。但對方還不作罷，憤恨地叫喊：「指導？妳怎麼還有臉說這種話？妳到底有沒有弄明白，我一次也不想讓湘荷再去當那什麼魔法少女了！」

「媽，不要再罵學姊了！根本不是她的錯！」

「湘荷，妳還沒搞懂嗎？她和那什麼妖仙只想永遠纏著妳不放！」

「我是自願成為魔法少女的，在契約書上簽了名字的人是我！」

香橙十指緊緊抓著身上的毯子，帶著惱怒回嘴：「要不是發生了三百日戰爭，媽媽妳還不是對我的事情什麼都不曉得！」

「妳……」若蓮一時語塞，旋即將矛頭轉向初洗花，「給我滾！越遠越好！每次有妳在，湘荷連我的話都聽不進去！下次再讓我看見這張臉，我一定到法院去告妳父母！」

聽見她口裡吐出的咒詛之詞，不只還縮在床上的香橙，連鹿庭、甚至輔導員的神色都悄然地刷白。

要控訴初洗花的雙親，那是不可能的。

——她的家人早已在三百日戰爭中死去了。

「……」

初洗花攀著病床邊緣，緩緩從地板上站起身來。

一點嫣紅自她嘴角若隱若現。口腔內側在剛才那一巴掌下被牙齒劃破了。但她含著，不讓血珠滲出來，謹慎地向若蓮低頭行禮。

「我這就告辭，期望湘荷盡快康復。」

語畢，初洗花拉著鹿庭，像個敗戰的士卒般，快步離開了氣氛惡劣的急診室。

＊

榎葉對創社幹勁滿滿，發傳單的計畫卻不太順利。

是不是熱情沒傳達到啊？他苦惱地檢討著。

一個小時下來，順手將單子收下的過客不在少數，但願意停下腳步，聽他解釋活動規劃的學生卻寥寥可數。

看他窘迫的模樣，鼬占自然是超沒良心地在一邊大聲嘲笑。

花了四、五十分鐘，總算清空傳單的庫存，榎葉坐在自行車棚外的短小欄杆上，撐著膝蓋邊喘邊休息。

「術業有專攻……某種層面上來說，這比殺怪獸還累耶？」

「你太天真了。」嗤之以鼻的鼬占老早發完五十份，沒精打采地說：「互殺只要其中一邊去死就完事了，就因為活著事情才複雜。居然想拿殺怪獸作類比？好了啦大英雄。」

「唔。」

「而且你對騎單車的觀念太智障了，難怪沒人想入社。」

「哪裡智障！」

再怎麼好脾氣，嗜好被嘲笑的椴葉還是有些不爽，激動地反駁：「享受騎車是長遠的運動規劃，隨著訓練慢慢提升距離本來就是一門樂趣啊！」

「椴葉。」

「怎、怎麼了？」

見對方語氣突然嚴肅，他不由得緊張了一下。

「你知道齊格菲是哪一種等級的英雄嗎？」颸占問。

「等級？」

「你和輝煌軍神都屬於能左右戰局風向的『戰略級』，像我這類著裝變身的角色，最多只會擔當『戰術級』的位置。」

「為什麼忽然提到這個？」

「連我都覺得像在整人的行程，會有普通高中生想騎嗎！」

「又不是加入馬上出發，習慣後就能日騎一千兩百公里了吧？」

「辦・不・到・啦，臭改造人！」

他忍不住揮掌巴了椴葉後腦勺一下。

「你連腦都被改造了是不是？腦子不要只拿來騎環島，關心一下民間疾苦行不行！科學麵漲兩塊了知不知道？」

「知、知道啦！」

「尼伯龍根憨包……」

鼬占沒好氣地翻了個白眼，邊拿出手機說：「約定的『英雄點數』，拿來。」

「好好好。」

依照約定，椴葉呼叫出點數轉移的條碼，讓鼬占掃描。

所謂英雄點數，是附設於納拉通內的集點遊戲。只要討伐殘餘的宇宙怪獸，留下紀錄，便會有專人審核戰鬥實績，並發放相應的點數獎賞。點數無法兌換通貨，但能在納拉通商場交換一些打折券。例如洗衣粉或泡麵類的民生用品，相當划算。

英雄之中自然不乏對集點熱衷的人。椴葉還不到狂熱，但假日運動的途中偶爾能碰上緊急助戰，久而久之便小有累積。

確實拿到勞動的酬勞後，看著出師不利、一臉鬱卒的椴葉，鼬占用力拍了拍他的後腰。

「走，輪到你陪我了。」

「唉？去哪裡？」

「納拉 Soul。」

從電齋高中出發，大概騎個五分鐘，到市區內就有店了。

Narrative 其中一類實體服務便是納拉 Soul 門市。在店裡除了支付金錢以外，還能直接用英雄點數購物。

門市架上販賣的全都是英雄周邊商品，對英雄迷而言等同聖地。可動人偶、漫畫、馬克杯、集換遊戲卡、掛畫等等。選項繁多且貨源充足，唯一的缺點僅有玩具幾乎不復刻。

Narrative 藉著與簽約英雄合作推出聯名商品，獲得供組織運轉的收入，同時也回流惠及英雄本身。不過說穿了，就是實打實的宅店啊？

總覺得跟颱占的不良少年形象，差了一日份的自行車路程。

「你打算去納拉 Soul 幹麼？買電動玩具？」

「老天，我只聽過我爺爺用『電動玩具』這個全稱。我打算收西洋棋銀河的軟膠人偶，貨今天下午剛到店。」

「唉？你喜歡西洋棋銀河？」

你們倆不是死對頭嗎？

「真希望尼伯龍根順便改造一下你的舌頭，話多耶。」

邊說著，颱占從車棚裡牽了輛（大概絕對不是他自己的）單車。

「閉嘴坐上來，錐子。」

「唔、嗯嗯。」

06 獅子座流星雨

納拉 Soul 電齋門市設在商圈邊街，位於步行區上不錯的地段，附近設有機車停車場，每逢假日周圍就會擠滿年輕人。

問題是正好卡在兩間潮牌店的正中央。

左側名鞋，右側潮衣。

店門口擺一尊偶像戰士米露露鈴的「奇蹟 StarLight！妹相隨☆進行式」演唱會等身大立牌。

落地窗再貼四幅卡牌遊戲《納拉流離譚》最新的宣傳海報。

店裡傳出賽壬歌姬上週新單曲〈戀心是越南法國麵包〉的旋律。

——夠霸氣。

「……呃呃，咦？」

這什麼懲罰遊戲？

椴葉敬畏地仰望店頭上方巨大的輕小說帆布廣告，邊思考著。

「進來啊？」握著門把的鼬占，轉頭發現椴葉愣在原地，出聲招呼。

「颵占，你常來嗎？」

「廢話，電齋又沒有其他卡店可以讓我打牌。荒涼成這副鬼樣，居然還敢自稱新興商圈？有夠鄉下，笑死。」

「什麼什麼打牌？」

「快進來啦！冷氣要流光了。」

婉拒不了的椴葉只好跟上腳步，栽進異空間般的宅店裡。

店內的動線迫於商品過多而顯得擁擠，但稱不上凌亂。反倒像圖書館一樣，琳琅滿目的氛圍意外的舒適，挑逗著逛小物店的慾望。

除了他們以外，還有幾名大學生正擠在小桌子邊玩著遊戲卡。貨架後面有位家長帶著小孩，在模型區挑選玩具。

「嗨杰哥，」輕車熟路的颵占走向櫃檯，指指玻璃櫃裡五顏六色的紙盒：「一盒流離譚的第三彈，第一和第二層的卡套，黑色霧面就好……再買個最小的卡盒，也是黑色。」

「好好，我找個鑰匙。你下課啦？」

「嗯啊。」

「該上課就要上，別蹺喔。」

有點中年發福、戴圓框眼鏡的店員邊閒聊著，拿鑰匙將鎖打開，「挑哪一盒？」

「最上面的那盒就行了。」

「你準備組藍牌？」

「沒有啊，我喜歡紅黑快。」

「那你幹麼拚第三彈？抽女角簽卡喔？」

「我開那張一費坑啊，不投入滿根本沒對策。唉，流離譚怎麼開始出亂七八糟的抗性，生物推不過去有夠晦氣。」

「別怕，下一彈紅色會有新的連擊，忍耐先蹲一下。」

「等我七費做出連擊大怪，對面玩家都吃完飯買完飲料交到女朋友賣牌退坑了。紅色只能比猜拳啦。」

「但你猜拳永遠贏不是嗎？你異戰王牌耶？」

「也對……喔差點忘掉，收一隻西洋棋銀河的軟膠，點數結帳。」

「好～啊我還沒上架，等等去後面幫你拿。」

「鼬占，我們人還在國內嗎？能請你暫時停止念咒嗎？」

椴葉的大腦正發出好像在沙漠裡迷路一樣的求救訊號。

這裡是哪裡，我是誰？

他感受到一縷異常的懷念——那是三百日戰爭正猛烈的時期，到境外支援據點防禦時，與異國英雄語言不通的美好回憶。

鬼才聽得懂。

鼬占跟店員的對話，在他耳裡跟「Vuoi la pizza？」或「Хочешь водку выпить？」沒

兩樣，猜都沒辦法猜它的意思。

什麼是藍牌？紅黑快？投入滿？坑？連擊？

「這位是你朋友？」店員注意到傻在一旁的椴葉，熱情地招呼過來：「哈囉～同學也想打牌嗎？預組都還有剩，可以先買來玩玩看。現在新手加入還會送你一些料，在店裡買完馬上能打喔？」

「不、不用了。」椴葉不好意思地連忙搖手回絕：「只是跟他來逛逛而已，我對桌遊不太擅長。」

「這樣啊。最近要辦店鋪賽，禮拜三也有體驗日會現場教學，而且納拉流離譚有很多女玩家喔？感興趣的話問我、或問你同學都可以。」

「謝謝……」

真是個熱情的阿宅店員。

如果他不念咒的話，感覺能成為好朋友。

依序將對戰遊戲卡的相關商品放在櫃檯上、幫客人結完帳之後，店員走進儲藏室去，暫時離開了前臺。

颱占這才轉向椴葉：「有什麼想買的嗎？」

「怎麼可能有……沒想到你會特地到專賣店找人玩牌呢。」

「沒規定異戰王牌只能打撲克牌、賭二十一點吧？」

「的確。」

「去挑一隻造型喜歡的機器人模型如何？我幫你付帳，就當作今天陪我散心的謝禮。相對的，木咬契的事就別拿來煩我了。」

「咦？」

「『咦』什麼勁，我可能不太聰明，但我不傻。」

鼬占用手肘撐在櫃檯上，半斜著身子瞪向他，口氣無奈地說：「你想找我聊注孤生社的事情吧？太好猜了。」

「嗯，不否認。」

但也不打算輕易作罷。

椴葉還想說點什麼，從店鋪的後半邊，剛才忙著挑模型玩具的兩個小孩子，突然一前一後跑了過來。可能連小學年紀都未到，穿著同樣款式衣服的幼童仰起頭，直盯著身材高䠷的鼬占看。

「想幹麼？小鬼。」

「大哥哥是異戰王牌嗎？」

「……哼？」沒想到會被揭穿啊，鼬占忍不住露出一抹邪笑，「觀察力不簡單，我竟然會暴露。噓——幫我保密喔。」

「嗯嗯！」兩兄弟點頭如搗蒜，但又繼續說：「異戰王牌，可以變身一下嗎？」「變一次就好！拜託～」

「弟弟！不要添人家的麻煩。」

似乎是母親的年輕婦人趕過來，一把將嬌小的弟弟從腰部摟住，另一邊去牽起哥哥的手，並苦笑著對颵占道歉：「不好意思，一轉頭他們就會跑不見。沒有冒犯到你吧？」

「怎麼會。小朋友叫什麼名字？」

「咦？呃、哥哥叫雅動，弟弟是雅夢。」

「原來如此，」颵占鬆了鬆肩膀，深呼吸一口氣，拿出魔裝手鐲戴上，「雅動、雅夢，如果我變身的話，你們可以跟我做個約定，以後乖乖聽老媽的話不亂跑嗎？」

「可以！」「我約定我約定！」

「呿，也只有氣勢不錯──那麼來囉？」

他轉開魔裝手鐲的機關，金色的光芒一閃即逝。旋即，闇銀的機械內構傳出一道低沉且富磁性的男性嗓音。

「魔裝操者‧替換啟動。」

「抽牌替換！」

颵占大喝一聲，將雙手交叉，擺出凜然的架勢。

隨著他雙臂緩緩展開，鎧甲零件紛紛貼上四肢。明明每一片甲殼都井然有序地飛舞著，卻看得人眼花撩亂。

「──卡牌大師‧異戰王牌！」

「黑桃！紅心！梅花！方塊！你的命運被玩弄於股掌！」

手鐲變身器的音量不大，卻充滿了穿透力。甚至能在咽喉深處、胸膛中央激起一陣低低的腔室共鳴。皮膚被溫熱的風覆蓋、遭爆發圈吞噬。

除了牌桌上那兩個大學生，一面發出「唉幹什麼幹什麼」的叫聲一面忙著滿地撿牌之外，其餘的人都被那股變身的氣勢震懾。

「卡牌大師異戰王牌，抵達戰場！」

「疾風怒濤的連擊，破滅的凶險笛音！」

「黑太子降臨！」

狂襲而來、又急流勇退的聲光效果過後，魔裝完整地覆蓋了全身。

異戰王牌的基礎型態，是由「黑桃J」與「梅花J」兩張黑色王子所組合成的「黑太子模式」。持有最佳格鬥能力，擅長各種徒手戰技，同時具備優異的隱蔽性。作戰風格宛如暗殺者，讓西洋棋銀河防不勝防。

祕密生產魔裝手鐲的「羅修羅科技公司」，是一間以化學材料、航太科技與精密軍火工業聞名的國際企業，而魔裝手鐲的開發者黑博士，則是鼬占的父親。

第一套完成的變身手鐲「西洋棋銀河」，原本預定讓鼬占操作，最終卻陰錯陽差交給了適性更佳、更具天賦的普通人銀海。

無法接受存在價值被否定，懷抱黑暗之心的鼬占，從羅修羅公司盜走第二套手鐲「異戰王牌」，四處追獵銀海，造成大量破壞與災厄——之類的。

那都是比三百日戰爭還久遠、過眼雲煙的往事了。

銀海與鼬占早已和解，異戰王牌也不再被視為邪惡的象徵。

除了基礎的「黑太子」，這套系統還具備能完成視距外射擊、以三張「7」組合成的「絕妙魔彈」型態。

使用怪劍，挾帶熱流與暴力鎮壓對手，四張「K」的「全王」。甚至是削減壽命、讓使用者陷入短暫暴走，湊齊牌型「黑桃皇家同花順」召來的「弒君」模式。

明明戰術如此多樣化，異戰王牌在剛變身時，卻總是先以「黑太子」的初步形象登場。彷彿藉此銘記著颱占曾犯下的過錯。

黑貂一樣流線型的輪廓，從雙手小臂兩側伸出的、爬蟲類的鉤狀銳爪，以及綻開裂痕、自縫隙內洩漏出異質感的紅光，暗暗慍怒似的雙腳鎧甲。

椴葉覺得自己隱約能體會。

——恐怕，連颱占自己，都嫌惡著這身黑暗無比的裝束吧。就算能解除變身，那抹黑色卻比刺青更緊密地、牢牢地束縛著他的靈魂。難得遇到喜歡異戰王牌的小孩子，想必讓他很高興。

「雅勳、雅夢。」

變身完成的異戰王牌緩緩抬起臉，發光的雙眼看向那對兄弟。全罩面甲後傳出的聲音與平時不同，既厚重又剛毅。

「你們要遵守約定，好好聽媽媽的話。長大之後成為男子漢保護她，知道了嗎？」

「知、知道了！」「異戰王牌超帥！」

眼睛放光的兩兄弟，已經激動得連話都要說不清楚了。

「嗯？」

不過，椴葉不經意地注意到，連他們的母親都露出了沉醉的表情。

真的假的……

如果齊格菲有異戰王牌一半受歡迎就好了，他悻悻然地暗想。

＊

成功將西洋棋銀河的軟膠人偶買到手後，鑑於時間不早，兩人乾脆前往附近的快餐店把晚餐解決掉。

男高中生的食量不容小覷，經過一陣瘋狂加點，手上的餐盤之擁擠，足以使人感受四季豐饒。幸好夥伴是異戰王牌，連找座位的運氣都不錯，尖峰時刻還能坐到獨立的四人座，聊起天也自在許多。

天馬行空的閒談進行著，話題不知不覺仍舊繞回了木咬契。

「我注孤生的原因？原來你們不曉得嗎？」鼬占瞪著眼睛說。

「畢竟相關的事情本來就不會隨便問……」

「有道理。」

他點點頭，從椴葉的餐盤上抓了兩根薯條，塞進嘴巴。

一旁的空椅除了書包，還放著今天逛宅店的戰利品。在店內繞上一圈，椴葉的最終選擇是一盒1:700比例的「空中戰艦瑞風」組裝玩具。

他對模型毫無涉獵，便讓鼬占替他挑選品牌好的剪鉗、砂紙和膠水。總覺得有什麼新道路即將被開啟的預感。

「我是靠抽牌來湊齊『役型』，才能轉換變身模式的，至少這部分你懂吧？」延續剛才的話題，大概心情很好，鼬占少見地聊了下去：「如果跟女人胡搞瞎搞，牌運就會變得奇差無比。」

「你在演哪一齣賭博電影？」

「才不是。」

他輕描淡寫地撇撇嘴，吸了口可樂。

「我只有運氣絕不輸人。管你猜拳、撲克、小鋼珠、拉霸機，只要跟運氣有關聯的遊戲，幸運女神就只會親吻我一個人。」

「好難想像……」

「我猜11。」

他突然掏了掏制服胸前的口袋，取出一粒二十面的骰子——用於卡片遊戲對戰，當作生命值計數物的小道具——隨手扔在桌面上。

待骰子的滾動停下，正面顯示的數字果真如他預告，是11。

椴葉覺得後頸一陣涼意，雞皮疙瘩聳起。隨口賭中1/20的機率，要說巧合也過於牽強。

「懂了嗎？」鼬占似乎對自己的即興表演很自豪，「要什麼牌就來什麼牌，這便是戰法多變的祕密。如果讓幸運女神心生嫉妒、離我遠去的話，異戰王牌就等同報廢了。」

「告白居然被這種理由拒絕掉，有點可憐呢。」

「關我屁事。」他嗤笑一聲。

另一方面，椴葉看上去有點難以接受，卻悶著話想不出好的質問。

幸運女神？真令人討厭的名詞。想必是位嬌蠻又喜怒無常的少女。

「西洋棋銀河呢？他沒有跟你一樣，被設下什麼限制嗎？」

「西洋棋銀河不同。」

一提到自己最喜歡的英雄，鼬占的眼神就略微改變了。像是淺淺蒙上簾幕般，將情感收起。

「那傢伙是完美的英雄。」

「怎麼說。」

「你曾經聽過『二人零和有限確定完全情報遊戲』這個詞嗎？」

「遊戲？」

玩家的數量，為兩人（二人），雙方利害關係完全對立（零和）。賽局中所發生的情況分歧數量在理論上有限（有限）。玩家行動不存在偶然、隨機要素（確定）。過程中所有遊戲情報對雙方公開（完全情報）。

而西洋棋，正是最標準的二人零和有限確定完全情報賽局。

「西洋棋銀河的戰鬥方式不需要運氣，他只靠實力與技巧正拳對決，用自身的正確，去壓倒惡黨的不正確。」

那個人總是挺起胸膛，堂而皇之地面朝對手，將一切展示出來。

一步、一步，瓦解障礙。當敵人使陰招、施展詭計、埋設陷阱，他也能用坦然迎擊的方式，靠英雄的氣度將其逐個突破。

所謂「正義並非懲罰，而是使人察覺到罪」。西洋棋銀河的一舉一動皆不逾越正義而行。

「雖然說出來挺丟臉，但我很羨慕他呢，椴葉。」鼬占勾起嘴角，笑容卻顯得無比苦澀：「異戰王牌如果不搞些小手段、不絞盡腦汁地自邊角展開攻勢，旁敲側擊、一點一點削弱對手的話，就很難取得勝利。」

即便如此，我最後也贏不過西洋棋銀河。

人和人之間果然存在著決定性的差異。平等只是一種理想的概念，見到他之後，我其實立刻就明白了。

「世上真的有人，能一直以善人的身分活下去。總是對未來樂觀以待；總是做出正確的決斷。真可惜，我沒有像他一樣的才能，沒有對他人溫柔以待的才能。」鼬占完全少了平時強勢的模樣，僅僅低吟似地如此說著。

比起說明，更像反省。不，告解。

幸運女神什麼的，肯定只是鼬占另一個廉價的藉口吧。真正使他注孤生的理由很單純。

——鼬占畏懼於愛人。

三百日戰爭尚未發生前，西洋棋銀河與異戰王牌的戰鬥就結束了。對立的魔裝操者雙雙握手言和，攜手成為英雄。這個不爭的事實，包括椴葉或西洋棋銀河、其他的英雄們甚至全世界都「如此認為」。

唯獨鼬占除外。

他並不相信自己獲得寬恕，就這麼加入了「正義夥伴」的行列。

自從站在純白的西洋棋銀河面前，認知到罪惡的那天起，他的心，他獨身一人的心——就一直停留在那個剎那，從未再度向前跨出半步。

唉，木咬契果然是個厲害的傢伙，椴葉暗想。

遲疑片刻，他整理好心態，才重新向鼬占起了話頭：「鼬占。」

「幹麼？」

「你猜三百日戰爭一結束，我回國後做的第一件事是什麼？」

「從何猜起啊，什麼白痴問題。反正大概是騎自行車？」

「我跑去幫鹿庭搬家了。」

「哈？」

「嗯，真人真事。」椴葉苦笑了下，打開糖醋醬的封口，拿雞塊泡進去，「那時老爸還留在格陵蘭，在尼伯龍根指導院陪我媽媽。我想說，先回國找找能落腳的地方吧。雖然不曉得等待復學要多久，但以後總得回來繼續上課。」

「然後呢？」鼬占順理成章地吃起他的雞塊，一面催促他說下去。

「邊看房子邊晃到筑殿一帶時，鹿庭用納拉通打了電話過來——」

『齊格菲，你回國了對不對？』

「沒錯，什麼事？」

『幫我搬家，我在樞機租了房間。戰爭剛結束聯絡不上搬家公司，寺院裡的人全都忙著跟 Narrative 吵架，沒人想理祭司，我好可憐。』

「唔，龍王祕教的反應真快，尼伯龍根還在焦頭爛額呢。搬家當然沒問題，妳東西很多嗎？」

『一張彈簧床、洗衣機、棉被和書桌之類的，喔對高級音響，然後——』

「等等等等，原來是連家具都要移動的大搬家？」

『有什麼問題嗎？』

「我目前在國內啥都沒有耶？沒錢也沒自行車，更找不到幫手。」

『嘖。』

「鹿庭？」

『……你不是還有腿嗎？』

「小姐妳看我改造人好欺負是不是啊！」

我也有身分證的好嗎？

報警的話警察會站在我這邊喔！

「別看鹿庭那個樣子，臉上沒什麼變化，卻老是能說出一些恐怖的話來，我怎麼也習慣不了，唔嗚。」

老師沒教過要善待野生動物和強化人類嗎？椴葉露出餘悸猶存的表情。

雖然可以猜到她只是因為在家裡被冷落了，感到有點寂寞想跟自己見個面，但這理由還真爛。

「所以今天相處下來的感想，我覺得要比親切待人的才能，跟鹿庭並肩站在一起，鼬占你根本聖人。」

「哧。」鼬占虎軀一震，把臉低下去，拱起的肩膀微微顫抖，但撐不了多久還是仰頭毫無形象地大笑了起來。

「呵、哈哈哈哈！」

「的確我講出來是打算讓你笑一下，但你笑得有點沒品耶！」

「你還有腿……噗、哈哈哈哈！工具人的等級還真高哈哈哈！」

對方笑到把只咬了一口的雞塊丟到餐盤上，抱著肚子往後仰靠椅背，瞇起的眼睛都擠出眼淚來了。

椴葉嘆出長氣，自顧自吸著可樂。

魍占笑了可能足足一分鐘之久，到最後有些呼吸不過來，用手撐著桌子發出狼狽的「呼——呼——」喘息聲。

「抱歉抱歉，嗚呼。」他拿了張餐巾紙，把臉上的淚水給擦掉，邊說：「不管是你還是鹿庭的表情，那個畫面在腦海裡都太好想像了，具體到有點白痴的程度，好久沒這麼笑了真的。」

「別說人家珍貴的回憶白痴啊。」

「聖人有些過譽了，但能聽到你的好評，老實說還挺高興的。」

魍占把他那份沒動過的薯條拆開，嘩嘩倒在椴葉餐盤上。

他慢吞吞地撿回剛才的雞塊，看上去依舊若有所思，不過眼神溫和了許多。

「異戰王牌還擁有親切待人的才能……也說不定呢。」

「嗯，我覺得稍微期待一下是件好事喔。」

椴葉識相地沒多問，拿薯條沾上糖醋醬來吃。

別人點的薯條果然很美味。

07 機械降神

「先吃飯。」

——輝煌軍神說，於是便有了先吃飯這個行程。

軍神看吃飯是好的，事就這樣成了，這是頭一次她邀請朋友到家裡玩。

陪初洗花回到赤楠的國宅住所時，時間已經超過八點了。

沿途路燈悉數點起，將新建社區杳無人煙的街道照亮。赤楠越過杉溪的西邊重建地只有一點點人口，巷弄安靜得可怕。

兩人什麼都還沒吃，於是初洗花邀請鹿庭留下用晚餐。

「競泳社的食量一點也不可愛喔。」

保險起見，鹿庭總之先下達了通牒。

「我想應該不成問題，鹿庭妳有什麼特別不吃的東西嗎？」

「沒有，我超好養，六歲的時候吃過寺院裡的門簾。」

「謝謝妳告訴我，可惜我不會料理門簾。」

在電車上，初洗花用納拉通採買了需要的食材。待兩人抵達公寓時，裝著蔬菜和冷凍肉品的紙箱已經放在管理室。

原以為初洗花會訂些現成的外送簡單帶過，沒想到經過一整天勞累奔波，她居然還打算煮飯。

一進房門，鹿庭就被招呼到電視前坐下。

初洗花的住處相當簡肅。前廳、臥室和衛浴各一，後面裝設有小廚房，洗晾衣服都在陽臺解決。空間緊湊，只要兩人一同生活便顯得狹窄的程度。

除了陽臺的竹芋盆栽外，房裡沒什麼裝飾性擺設。家具、甚至餐具都選用最樸素的款式，極簡風愛好者看到大概會感動得發抖。

「等我個四十分鐘吧，妳先自己找點事做，電視遙控器在桌上。」

「好餓，我可以吃放在抽屜裡的牛奶餅乾嗎？」

「飯前不要吃零食。妳到別人家裡也太隨興了吧。」

「妳不是說把這裡當成自己的家就好嗎？」

「我唯獨那句話沒說。」

初洗花一面陪她瞎聊，手上的動作也沒停下。

她將頭髮解開，重新綁了個位置比較高的馬尾。將袖子捲起，繫上圍裙的綁帶，仔細洗過手才開始整理食材。

穿著水手服的嬌小女高中生在替自己做菜呢，裸露的後頸到處是破綻，都不怕被人舔的嗎？

嘖嘖，成何體統，鹿庭在心裡默想，一邊小口啃著牛奶餅乾。

「也讓我付出一點勞動吧？」坐不住的她還是靠了過去。

「廚房很窄，一個人就好。」

「那我站在旁邊看。」

「可以喔，看吧。」

初洗花大方接受，並從櫥櫃裡拿出一只陶鍋。

「首先肯定是米飯。將白米淘洗兩次、瀝乾，然後加水。趕時間的緣故，就不像平常浸泡得那麼久了。」

陶鍋被放在最內側的爐口上待機。

話說回來，居然是電磁四口爐，不覺得以小公寓來說太奢侈了嗎？

「洋蔥切薄片，木棉豆腐切成小塊，用餐巾紙包著吸掉水分。再來牛五花肉片，處理成適合入口的大小。待會準備蔥花、一點辣椒……嗯，還缺什麼？」

她對身旁的鹿庭解釋，同時俐落地備料、將食材放在盤上。

磨適量的新鮮蒜末、薑泥，和牛肉片一同放進小碗，加點砂糖放著醃漬。

準備一碗豆腐要用的炸粉。

「待會油會飛濺出來，自己閃遠一點。」她一邊說著，拿出比較深的鍋具，熱好炸油，「像這樣，切塊的豆腐沾上炸粉，下鍋，把每一面都炸出酥黃的感覺。」

一邊取夾子翻面、看顧著豆腐的進度，也不忘順手轉開陶鍋的火，開始煲飯。

炸油發出滋拉滋拉的噪響，稍微掩蓋了她說話的聲音。

「鹿庭，幫忙把南瓜拿給我好嗎？在冰箱的保鮮盒裡，已經切塊了。」

「還要做南瓜料理嗎？」

「嗯，收在門側邊的方型水壺也拿出來，那是高湯。」

在湯鍋中加入適量昆布高湯，以及味醂、醬油、紅糖，把醬汁煮滾。木棉豆腐炸得差不多，先放到盤子上。另一側陶鍋開始沸騰，轉成小火繼續加熱片刻，待會關火讓它燜飯。

把南瓜擺進煮開醬汁的鍋裡，蓋上鍋蓋等待它爛熟、煮汁充分滲透。

「差不多該進入重頭戲了。」初洗花端出鑄鐵煎鍋，隆重宣布：「主食是『燒牛肉』喔。」

將高湯、米酒、砂糖、醬油混合，把燒煮用的湯汁調整好。煎鍋裡淋上橄欖油，切細片的洋蔥先下，慢煎。飯鍋的爐火可以關上了，但要召喚好吃的白米飯，還得稍等一下。

「火不要太大，讓洋蔥逐漸加熱，等表面出現一層焦黃色時，就會開始散發出特有的濃烈甜香味。」

這時候倒入燒肉湯汁，撒辣椒。醃好的肉片也隨著入場。整個廚房都是醬油的香氣，還有洋蔥的味道。

「初洗花做飯很有架勢呢。」

「是嗎？這些都算簡單的料理，沒什麼技巧。」

「我指的是妳平行進行好幾道工作，腦袋居然應付得過來。」

飯鍋、南瓜、炸鍋、煎鍋，四個爐口全用上了。

四口爐子各自的時間、火量都不同，究竟怎麼在腦中安排出行程表的？

「嗯，這樣應該差不多。」初洗花沒有對她的讚嘆多做回應，將燒牛肉的火熄掉。

她露出平時挺少見的笑容：「鹿庭，現在是施魔法的時間。」

「施魔法？在說魔法少女的事情嗎？」

「當然不是。」

她打開一旁的鍋蓋。隨著熱氣逸散，吸飽醬汁呈現橘黃色的南瓜堂堂登場。這道菜分量不少，但只要冷藏保存，想吃隨時能拿來再度享用，相當方便。

取晚餐的量盛在陶盤上，撒點白芝麻，看起來很下飯。接著，初洗花從湯鍋裡舀出正滾燙的、燜南瓜用的少許醬汁，澆淋在酥炸豆腐上，再撒點蔥花。

施魔法的時間，原來指的是最後對菜餚的點綴。

「那麼燒牛肉呢？」鹿庭問。

「肉就該像這樣。」

初洗花取來兩顆雞蛋，將蛋打散，緩緩倒入牛肉裡。

嗚喔喔——

保留著溫度的煎鍋環境，讓蛋液呈現完美的半熟狀態。流淌在洋蔥與肉片間，簡直是件華麗的嫁衣。

咕唔唔……我命令你現在馬上嫁到我的白飯上。

「大功告成。」

初洗花關掉抽油煙機，將流理臺整理乾淨，卸下圍裙。隨後打開陶鍋，用飯匙攪拌幾下，濃烈的米香撲鼻而來。她點點頭，從冰箱取出麥茶，順手拾來兩個杯子。

「把燒牛肉的煎鍋直接擺到餐桌上，配著熱熱的白米飯吃。醬燒肉不夠滿足的話，口感清淡的豆腐和甜味充分的南瓜可以豐富味道。因為夏天的夜晚還沒遠去，口渴就喝冰鎮麥茶。」

這樣的晚餐如何？競泳社。

＊

兩人圍著客廳的茶几，把新聞節目充作背景音樂，愉快地用餐。

一開始鹿庭吃得很客氣，然而堅持不過幾秒，動筷子的頻率便越發加速，最後幾乎狼吞虎嚥起來。無論肉片或南瓜，只要用上醬汁都很入味。

初洗花的調味風格不如外面餐館追求厚實的鹹香，而是溫吞得恰到好處，給人無比安心的感覺。原以為龍王院裡的老太婆們已經很會做菜了，沒想到還有更厲害的人。

「白飯我煮很多，妳吃慢點，好好咀嚼再吞下去。」

「唔嗯。」

「真是的……」

初洗花替她添了麥茶。雖然嘴上不忘嫌，但她沉默片刻後，又說：「難得有人吃我做的飯，還挺開心的呢。」

「初洗花什麼時候喜歡上料理的？」

「唔，」她停住筷子，遲疑了下才說：「剛升上國中吧。」

「堅持了很久呢，難怪技巧這麼好。」

「在家開火需要的技能，倒不是多精湛的廚藝。」過於繁瑣的食譜、或者勞費心神的菜單變化都無法長久。能常常出現在餐桌上的，總是那些簡單的菜色。

「做飯有種穩健、沉澱的氛圍。只要站在流理臺前準備今晚的材料，就會有一日即將收尾的實感。」

大概是把私事說出口不太習慣吧，她的表情有些靦腆。

「妳看，我是個依賴規則行事的人，靠這些儀式性的習慣——澆澆花、煮煮飯、泡泡茶，才能體會日常生活的穩定感。」

「妳還真是優雅呢。」

鹿庭猛夾牛肉，連同白飯一起塞進嘴裡邊說：「可惡，這姑娘真賢慧，得想個法子娶過來才行，咕嘿嘿。」

「哪裡來的壞員外？花心可是會讓椴葉難過的喔。」

「所謂一夫一妻制，就是男生女生兩邊可以各娶一個的意思。」

「妳是宗教權威吧？請不要亂說話。」

龍神祢倒是阻止一下。

「所以孩子的爸，第一胎要男孩還是女孩？」

「不要預設我是男方。而且想跟妳生也生不了的，早早放棄吧。」

「沒問題，」鹿庭緩緩抬起頭，「就算暫時不想要孩子我也尊重妳的意見，和初洗花非以生育為目標的（嗶──）仍然是完全可行的。」

「哪有人類說話時還加上（嗶──）的！況且，從根本上來說，我並不打算跟妳（嗶──）！」

「那、呃，『抱來抱去』？」

「就算妳修正成稍微隱晦一點的說法，我也不會比較想答應！」

這都什麼支離破碎的發言？鹿庭小姐，您平常是這種角色？椴葉每天都被強迫參加她的即興相聲嗎？不愧是以耐力著稱的英雄。

「開玩笑的。」鹿庭將注意力放回燒肉上。

「如果不是開玩笑就糟了。」初洗花沒好氣地說，重新開始用餐。

與鹿庭不同，她的動作斯文許多，幾乎不讓食具發出一點碰撞聲，小動物般進食著。

好安靜啊。

赤楠的夜晚並不喧鬧。

從敞開的陽臺向外望去，入夜的住宅區只有零星一兩點燈火，比抬頭所能望及的夜空更加寂寞一些。

「跟車站相比，妳家附近真清幽。」

「是啊，我想恐怕還得再過幾年，赤楠的住戶才會漸漸多起來。」

「鄰居很重要喔，初洗花和現在的鄰居成為好朋友了嗎？」

「嗯，大家都是和善的人。」

十月中旬的暑氣仍在，從不知何方的遠處傳來蛙鳴。遲到了呢。

擺在客廳角落，古樸的小型立扇兀自轉動，低吟般的嗡嗡聲也成為房間背景的一部分，難以仔細察覺。

新聞主播的嗓音十分平穩，講述著遙遠彼方的某個異國、在戰爭結束後發生的某件微不足道的好消息。

下一則新聞跟動物園裡的企鵝寶寶出生有關。

明明被這麼多聲音所環伺著，鹿庭卻覺得此刻格外靜謐。

初洗花公寓宛如漂浮在黑色湖面上的一艘小舟。

自從父母離世後，她獨自一人守在這片小船上，度過了幾個夜晚呢？

——那份靜謐，是初洗花喜歡的靜謐嗎？

將心底無從出口的問題捨去，鹿庭端起麥茶，啜了一口。

「今晚讓我住下來可以嗎？」

「咦？」

她的提議有些唐突，讓初洗花愣了一下。

「替換衣物就從納拉通商城隨便買買，盥洗用具也不貴，讓我睡沙發就行了，不會太麻煩妳的。」

「妳想留下當然可以……我的床鋪給妳睡吧，不嫌棄的話。」

「蘿莉的床沒什麼好嫌棄的。」

「不准說『蘿莉』。」

初洗花義正辭嚴地糾正了她。

08 辯證蒙太奇

凌晨兩點。

鹿庭還在臥房，半點聲響也沒有，似乎睡得很沉。

簡單整理好頭髮、將外套穿起，套上運動鞋，初洗花緩緩推開房門，輕手輕腳地離開住所，走出公寓。

她來到距離稍遠的路口處，才拿出魔法鈴環變身。氣流自夜的深底升起，當光點逐漸散去，她已然換上了水藍色的戰鬥服。

軍神屈膝一躍，朝托住這座城市的幽深星空直直墜去。

刺骨的晚風從衣服縫隙間灌入，然而很快的，在魔力運轉順暢起來後，寒冷也不再成為身體的阻礙。拂過赤楠的丘陵，沿無人的田徑兀自滑翔，漾起粼粼水波，彷彿意識也融化在風裡，成為夜夢盡處的泡影。

若沒有被誰夢到，她便會輕盈地消失在流星群間吧。

最終，嬌小的身影朝地平線消失的地方、燈火繁盛的方向騰躍衝出。

迅風將馬尾吹得直飄揚。

視線的極點，水林的晚景映照出一抹薄光，稀疏地為夜色透染淡彩。橘黃的高速公路組成錯疊的枝枒，深深紮入黑土。

她關掉了升力。應允著星球溫柔的重荷，輝煌軍神如同一抹優雅的淚滴，掠向閃閃發亮的都心。

支配者系列的魔法爐心，能觸及的最高飛行速度約 3.7 馬赫。那是早已突破音障，僅靠衝擊波便能在大地留下傷痕的速度。

只要她奮力振起魔法的雙翼，發出悠遠的呼嘯凌越天際，就彷彿世上的每個角落都能抵達。

——然而，軍神卻從未感到自由。

用不上幾分鐘，她便來到水林榮民總醫院附近。

隔著一段稍遠的距離，軍神終於從外頭找到了熱情香橙的位置。

香橙以納拉通來訊，說已經轉移至普通病房，靜待明天的開刀手術。訊息發出時間是一點二十分，恐怕疼痛使她遲遲無法入眠吧。

不過等軍神抵達時，香橙已經累得睡著了。若蓮也守候在床旁的橫椅上，用外套蓋住半身，低下頭縮著肩膀小寐。

見母女兩人平安無事，軍神才露出緩和的表情。

她調頭離開，打道回府前，往戰鬥發生的停車場巡視了一趟。隨後沿著水林、電齋一帶衝突好發地點飛行，確認惡德怪人的痕跡。

與她剛退役時相比，怪人的出沒率已經大幅下降了。約莫兩、三週發生一次交戰，敵人強度也並不危險。或許正因如此，魔法小妖仙才會鬆懈關切，導致香橙受傷。

必須想個辦法向美普露特仙境反應這件事才行。如果那位督戰的小妖仙沒有被議會究責，事故只會一再發生。到底要到什麼時候，那些奇幻生物才能開始注重魔法少女的人身安全？

輝煌軍神的巡邏一直到電齋末端的尼賢橋結束，確認一切安全便往赤楠返航。不知不覺，她在外面已經待了一個多小時。

降落、變身解除後，初洗花向管理室的警衛點點頭，回到住處。

「歡迎回來。」而鹿庭正在等她。

＊

鹿庭在裡頭還穿著成套的粉黃色睡衣，罩上學校的運動外套，頭髮雖然簡單地梳過，仍然顯得有些凌亂。

她雙眼無精打采地守在爐灶前，剛燒好一壺熱水。

流理臺放著兩份杯麵。

「要陪我吃宵夜嗎？」

「……嗯。」

初洗花遲疑了下，才微微點頭，「妳幾點醒來的？」

「就在初洗花剛出門的時候。」

「被我的動靜吵醒了嗎？抱歉。」

「我本來就屬於淺眠體質，」她戴起隔熱手套，將蒸騰的熱水緩緩倒進杯麵碗中，「平常也這樣，如果不是高級床墊就睡不好。所以妳別介意。」

「是嗎……」

「呼哈。」

鹿庭打了個小小的呵欠，拎起杯麵拿到客廳去。

她們如同晚餐時一樣，沿茶几兩側席地坐下。

「稍微安心了。」

「指什麼？」

「關於初洗花的事情。」

鹿庭看上去還沒完全清醒，半闔著眼，用低低的聲音說：「知道妳也會坐立不安，甚至半夜偷跑出去溜達，就應該沒問題了。」

「妳說的可算不上好事吧。」

「對初洗花而言是好事喔。」

她慢條斯理地掀掉杯麵的封紙，拿筷子攪混麵條和湯。

「白天碰上後輩重傷的事故、臨時參與戰鬥、在醫院裡被後輩的親屬賞了一巴掌，回到家卻像往常般正常煮飯起居的十七歲，在我眼中那才算不上好事。」

她低下頭，嘶——嘶——地吸起麵條。

初洗花見狀，也跟著打開封紙，不發一語吃了起來。

凌晨時分吃宵夜，這搞不好是頭一次，她想。

「我去了一趟水林醫院。」

「喔？去看香橙嗎？」

「她已經睡了，母親也在身邊陪著。若蓮女士決定做關節囊重建手術，把習慣性骨折的問題解決。」

初洗花輕輕放下杯碗。

「下午在醫院裡，香橙曾提到了『世代』的話題。」

「的確，可惜沒能繼續聊。」

「讓香橙耿耿於懷的問題，在於不同爐心之間的性能差距。水果系列與支配者系列因為契約背景不同，能力也相距甚遠。」

我是在國中一年級時，跟小妖仙簽下契約的——她話音微微停頓，整理了一下思緒才繼續說：「除了輝煌軍神以外，與我同期的魔法少女還有絢爛帝王，以及顯赫教主。使用的魔法幾乎相同，三人的絕招也同樣是『可愛暴政』。」

「消弭契約者的個性，像軍人一樣呢。」

「嗯，但支配者系列除了續戰力之外，性能上找不到什麼短處。比方說『可愛暴政』的砲擊破壞力，我想其他英雄有目共睹。」

「的確。」

「當時的美普露特仙境，魔法小妖仙與惡德怪人正處於全面戰爭。」

支配者系列被仙境視為與戰列艦、轟炸機同樣的單位。

「我們三人一路從現世攻伐到仙境內部，總算在國中二年級結業時，讓仙境內的種族戰爭畫下了休止符。」初洗花用冰冷的語氣解釋著：「但香橙她們不同。水果系列是大戰結束後，為了刺殺潛逃至現世的惡德怪人殘黨，後續徵募的特種戰鬥人員。」

伴隨作戰難度降低，小妖仙選擇縮限人類的力量，尋找更年幼的國小五、六年級生簽約，同時實行專長分化。

「熱情香橙能展開強勢的侵入，卻無法承受砲火。」

淘氣草莓負責防禦大部分的攻擊，機動性則奇差無比。而優雅櫻桃的速度很快，唯獨欠缺有效的打擊火力。

「專長分化形成了嚴重的阻礙——水果系列的魔法少女難以獨立作戰。只要其中一名成員掉隊，剩下的兩人便會手足無措。」

小妖仙的目的達成了。

若沒有督戰者現場統籌，她們連面對低等級怪人都會陷入困境。

「我理解仙境的想法，但無法接受這種扭曲的禁限。」

一開始，初洗花的語氣還很穩重，但隨著話題越發深入，她眉頭漸漸鎖緊，臉色也黯淡了下來。

「妳一直在跟仙境周旋嗎？以輝煌軍神的身分。」鹿庭問。

「相反。自從華麗手機失效後，仙境的門就對我緊緊封閉。連主動向美普露特陳情的窗口也沒有！」

當年全面戰爭結束，一離開仙境，輝煌軍神、絢爛帝王和顯赫教主立刻喪失了彼此的聯絡手段。那群小妖仙也很清楚，知曉仙境存在、擁有「可愛暴政」的支配者系列是他們唯一尚存的威脅。

所謂兔死狗烹，鳥盡弓藏。

目前仙境對前代的策略，即是盡力保持隔離、孤立，非必要就無法接觸有關美普露特的事件。就算藉機向督戰者搭話，也只會立刻被對方逃走。

「即使如此，我也想為後輩們做點什麼！魔力運轉的技巧也好，或是單機戰鬥時的迂迴策略。然而世代差距很難跨越，已經嘗試了這麼久，這股無力感……」

——她唐突收住了聲音。

初洗花垂下眼睫，從激烈的討論中緩緩冷卻下來。

經過幾次深呼吸後，她才沙啞地張開雙唇：「抱歉。」

「為什麼道歉？」一直專注於擔任聽眾的鹿庭，輕輕反問：「初洗花並沒有做錯任何事吧。」

「因為這些事跟鹿庭無關。擅自把心裡的垃圾傾倒給妳，我真是個差勁的人。」

況且，光說有什麼用？

難道只要大聲宣告出來，若蓮女士就能放心嗎？熱情香橙就不會受傷了嗎？而現在，自己把這些話講給鹿庭聽，又是企圖獲得什麼？安慰？

初洗花用手掌抵著額頭，撐在桌面上，疲憊地盯著杯麵碗裡載浮載沉的冷凍蔬菜碎塊。她雙肩垂下，靜默地沉吟了好久。

「對不起，我也……我也不曉得自己怎麼突然談起這些事來。」

她悶著嗓子說。

「真滑稽。我原本到底是想對戰友、宗教人士、同校的學妹還是任誰都好的單純的女高中生吐苦水？嘮嘮叨叨地抱怨過後，卻連自己都搞不太清楚了，好丟臉吶。」

「我看妳被晚風吹昏頭了。」

鹿庭用那一貫的、波瀾不興的表情回應：「妳不是在對『鹿庭』吐苦水嗎？」

「嗯？」

「沒記錯的話，『鹿庭』不但是隨處可見的女高中生、初洗花的學妹、宗教人士、戰友，同時也是妳的朋友吧。」

半夜三點聽朋友吐苦水，在我們這個年紀很正常不是嗎？總比佯裝一切安好，懷著雜亂的心明天繼續去上課要好上太多了。

「妳願意跟我聊，我反而覺得榮幸呢。」

「鹿庭……」

「我可是寺院裡的祭司喔？」

偶爾陪妳倒倒心裡的垃圾，算不上難事。反正蘿莉吐出的苦水大概也是花香的味道。邊說著，鹿庭稀里嘩啦地把杯麵的湯喝個精光。

看來晚餐的陣仗沒辦法滿足她的胃。這宵夜吃得真香。

「喏，我說過我很好養吧，寺院的門簾比妳那點苦水難吃多了。」

「那是兩碼子事。」

初洗花忍俊不住，露出了責難似的笑容。適才籠罩在她雙眸之間的陰影，似乎稍微淡去了。

「還有什麼想讓我知道的嗎？」

鹿庭俐落地將封紙闔上，放上筷子雙手合十，感謝招待。

「開個女子會，躲在被窩裡徹夜聊戀愛的話題也行。我從來沒幹過這種事所以很憧憬。」

「不，妳趕快回去睡覺吧，明天還得上課。」

「也對。」

語畢，原本精神就不是很充沛的鹿庭並不留戀，將碗筷擱在洗碗槽裡，打算刷個牙洗個臉、躲回可愛的被窩。

她正準備闔上浴室門時，初洗花出聲喊住了她：「那個，鹿庭。」

「怎麼？」

「謝謝妳今天留下來住——總覺得輕鬆多了，妳很厲害呢。」

「別搞錯，『厲害』的人是妳。」

叼著牙刷的鹿庭平淡地回應：「輝煌軍神所需要的，只是一個知道妳付出多少努力、承擔多少重量的人。聽妳說話就是我所做的全部了。」

「換成是鹿庭妳的話，也有著什麼需要的人嗎？」

「嗯？」

她空出左手，伸出兩根指頭當場清點給她看，「一個喜歡我的齊格菲，還有一個明天會叫我起床的學姊。」

「……真是的。」初洗花露出莫可奈何的苦笑，「明天一起上學吧。」

09 戰地實錄：三百日戰爭（金華港）

紫電在天空中打出一道裂隙，逕直射向敵方戰鬥機群。

剎那間，片片碎塊與黑煙綻放出汙穢的花朵，不成形的殘骸飛旋著墜落。

倖存的機體朝左右兩側迂迴，一面射出導彈。閃動紅光的飛蟲狀彈體數量眾多、由四面八方朝鹿庭湧去。

烈焰與腐蝕的毒漿炸裂。一片狼藉散去後，鹿庭完好地出現在濃煙內。

以她為中心布下一層透明球體的阻隔立場，宇宙怪獸的黑血即便惡毒，一滴也未能沾染少女的裙襬。

見攻擊不得勢，成群的生化戰機只得嘗試迴避、開始拉遠距離。

「法謁寺、清濟院、善殊堂——獻上你們的信心吧。」

祭司開口了。

她懸浮於千尺高空中，優柔、雍容地緩緩擺動姿體，為神話的降臨奉上舞蹈。輕風撫觸她的長裙，典雅的大袖如同蝶翼般飄揚。

龍王祭司從分布世界各地、奉行祕教的寺院調度神力，匯集至自己身上，並轉化為實質的奇蹟。

漸漸，白熱的雷絲在空氣裡發出劈啪聲響。

「龍王顯正・立地稱義。」

隨鹿庭語氣平靜地吐出箴言，無慈悲的攻勢向前伸展爪牙。

——雷錘！

電子的激盪化為不講道理的暴力，瞬間又有好幾架生化戰機灰飛煙滅，成為龍神爪下可悲的飛塵。

然而敵人的軍勢還遠遠不見削減。不停有更多飛行怪獸被投入戰場。雖然生化戰機的防禦力低迷，但光靠浩大的聲勢就讓人喘不過氣。

這裡是君山。

自戰爭爆發後過了近百日，三個月間的戰事只有愈演愈烈。

君山原本便存在複雜的地緣政治、種族矛盾問題。早在宇宙怪獸入侵之前，周圍已經時常受到戰火荼毒。

兩週前，君山現地的英雄「猛鷹摔角隊」暴露身分後，由於不願接受政府軍的控制，被定義為國內激進反動勢力的同黨。不但猛鷹戰車、猛鷹戰機遭到沒收，六名摔角英雄也被逮捕。

敬愛猛鷹摔角隊的君山人民紛紛走上街頭，傳達請願。遊行進一步演變成暴動，軍隊在廣場上射殺了四十名平民，兩千人遭到逮捕，猛鷹摔角隊也於隔日凌晨步上絞架。

沒想到，宇宙怪獸緊接著便入侵了當地，企圖以此處建立一座新的蟲巢據點，為日後攻略科萊比亞半島的眾多國家鋪路。

欠缺英雄保護的君山，短短數天國土的四分之一就被胞衣覆蓋、空氣染上不祥的褐黃色，最終只能向國際求援。

為此，正在周邊活動的英雄們，包括軍神等人只好趕往協防。然而外國英雄對本地環境不熟悉，戰局僵持幾日仍不見好轉。

「沿著左邊的窄巷過去，不要被瞄準了！」

「喂撐著點！」

「咕唔……」

「下一發火箭彈還沒部署嗎？動作快！」

在鹿庭的掩護下，空戰領域正下方的城市內，無法飛行的英雄們也頑強奮戰著。保加利亞戰鬥女僕穿梭於巷弄，靠步兵戰車的保護在砲火中移動。其中幾人攙扶著重傷的西洋棋銀河，正向後方緊急撤退。她們各個配戴動力外骨骼，背起壯碩的變身英雄奔跑也不成問題。

「等等，聲音不對！Charlie 退回掩體裡！別走那邊！」

「什、什麼！」

一頭蜘蛛型體的怪獸從煙塵內現出輪廓，結構複雜的口器突然射出熔岩彈，將女僕們身前的戰車整輛掀了起來。

咚——！

「嗚啊！」「後退！後退！」

沉重的傾覆聲中，車裡的女僕連忙打開艙門，逃出熊熊燃燒的車體。

「那個八隻腳的傢伙根本沒完沒了！」

「注意第二次射擊！」

嘰、咚！

熔岩彈特有的「收縮—彈射」聲響起。

說時遲那時快，異戰王牌衝進戰場，猛然推開射線上的女僕，用一記神速的高踢腿將砲彈踢成了粉碎。

火花四處濺散。緊接著，暴力的紫電自天而降，在巨響中將街道盡頭的蜘蛛怪獸炸成焦黑的屍塊。眾人受雷擊的熱風影響，不禁低頭避開沙塵，卻依舊耳鳴了幾秒。

異戰王牌抬起頭，正好看見飛越上空的龍王祭司。

「該死！那女人就不能斯文一點嗎？第幾次了！」

鹿庭戰鬥時不太留意周圍。

撇開無辜民眾不論，當遇到英雄或古蹟之類的貴重財產時，她往往全然不放在心上，頻繁釋放最強的雷擊粉碎敵人，嫌麻煩似地盡快結束戰鬥。偏偏她操縱雷電的技術十分精妙，到現在還沒因此闖過什麼禍。

一部分的耳膜受害者將其歸咎於經驗不足，畢竟鹿庭並非生來要保護全部人類的英雄，導致嚴重欠缺與他人協力戰鬥的觀念。

戰爭早期的龍王祭司，一直只以戍守教徒安全為中心，獨自進行著相對有限的行動。若非與軍神的交情良好，她也不會開始參與其他戰場的支援吧。

「嘖，劈里啪啦地狂打雷，幾條命都不夠她嚇。」

「請別這麼說，異戰王牌，她是我們的天使啊。」

自炮口倖存的戰鬥女僕還餘悸猶存，故作鎮定地緩緩站了起來，說：「多虧祭司拿下天空，戰況比兩日前明顯好轉。如果喪失制空權，我們這些地面單位都只是餐盤上多汁的肉排吧。」

「目標無力化。重複一次，已確認目標無力化。」

「副隊長快清點人頭。」

「還有誰受傷的嗎？瑪麗妳還好嗎？」

「小心點，我扶著妳。」

蜘蛛怪獸的威脅解除、區域內暫時安全後，訓練有素的戰鬥女僕便開始重建隊伍、照護傷員、整備武器。女僕們將西洋棋銀河安置於陰涼處，讓隊伍中的醫官接手。而異戰王牌也擔心地在一旁守候著。

「銀海狀況怎麼樣？」

「穩定住了，但最好盡快把他往後送。」

「趕不上接下來的攻堅戰嗎？」

「……」醫官搖搖頭。

「可惡！」

異戰王牌憤恨地猛捶一旁的土牆，牆面爆出裂痕，幾塊碎末應聲落下。

遭巨猿型怪獸的咆哮正面擊中、被打到解除變身的銀海，雖然還保有意識，但神情很虛弱，恍惚地四下張望著。

醫官暫且替他施打一劑嗎啡，隨後將骨折的左臂以固定板保護。

此時，街區的另一端，其餘的英雄也前來集合了。為首的領隊是尚未變身的輝煌軍神。支配者系列續戰力不佳，非必要時，她總是以普通人的姿態四下奔走。

在那身後跟著劍客椿姬、狩魔人康斯坦特和鐵骨俠。每個人都掛著一絲疲態，恐怕方才也經歷過幾回艱苦的戰鬥。

軍神瞥了一眼臥躺在地上的西洋棋銀河，沒有多做反應，隨後向女僕團的指揮者士官女僕長開口：「報告狀況。」

「多虧了制空優勢，車站東面鎮壓成功。傷員六名，無死者。戰車損失兩具，火炮尚餘一座可正常使用。補給車還在K4過橋，另外已經派 Echo 小隊到通信塔，優先拆除設施內的胞衣。」

「其餘人能馬上跟著主部隊深入嗎？」

「我們都期望與軍神偕行。」

「那麼，我需要女僕團派遣兩隊——」

「喂軍神！」

對話才進行沒幾句，一聲倉促的呼叫突然插入。

眾英雄紛紛轉頭。只見渾身浴血的火焰鳳凰人拍著翅膀，艱難地朝此處飛來。他甫降落便雙膝癱軟、跪落下去。血與汗水滴滴答答落在沙土上。

「醫官！」女僕長見狀連忙喚來醫護人員。

火焰鳳凰人仍是上氣不接下氣，一邊接受緊急治療，一邊面色痛苦地開口：「軍神……金華港沒能守住，抱歉！」

「是兩天前看到的，那隻特異個體的『女王蜂』嗎？」

「對，跟往常不在同一個量級。光要把剩下的居民全部撤走、然後逃出來通知妳，已經到我的能力極限了……」

要是讓女王蜂在金華架起蜂巢基地，今後無論海岸或空中都將危險無比。聯合國部隊若被阻擋在海外，沒有人類軍團提供駐兵支援、控制防線的話，英雄們也會漸漸疲乏、最終不得不撤離。

情況變得險惡起來了。

然而，當下最優先的目標是奪取眼前的車站，否則物資通路截斷，君山北部的難民將面臨饑饉或藥品不足的處境。

「我去對付那頭女王蜂吧。」

異戰王牌站了出來，卻被軍神立刻制止：「不，請你遞補西洋棋銀河的位置，我們需要滲透防線的利矢。」

「唔……」

「那個，」傷口的出血止住、呼吸漸緩的火焰鳳凰人開口：「趕來的路上，我遇到一架直升機，正飛往金華。」

「直升機？」

「我上前確認。他們自稱『尼伯龍根指導院』，似乎也是英雄組織。直升機裡除了駕駛之外只坐著一名少年，不曉得什麼身分。」

「尼伯龍根……沒聽過的名字。」

軍神沉吟了片刻，似乎在衡量各項因素。最後，她朝天空招了招手：「鹿庭！」

「嗯？有事找我？」

已經擊退敵方的空中勢力，正在巡遊警戒中的龍王祭司聞聲，緩緩降落下來。

「請妳協防金華港。」軍神說：「若能擊倒女王蜂更好。但對方強度不明，別勉強應戰。只要察覺情況不對，就立刻帶著那位『尼伯龍根』的英雄撤退。」

「你們不需要對空保護了嗎？」

「接下來會突入車站，該和底層的母盤胞衣進行決戰了。況且能飛行的還有我跟鋼骨俠，妳放心去偵查情況。」

「沒問題。」

好像被委任的並非什麼難事，只是幫忙跑腿買個飲料似的，鹿庭輕描淡寫地應答，轉身朝海港飛去。

見龍王祭司的背影逐漸遠走，軍神將注意力放回現場。戰鬥女僕團、劍客椿姬、狩魔人、鋼骨俠、異戰王牌——英雄已經集結完畢。他們都靜靜守候著、聽從輝煌軍神的號令。

將責任、覺悟與必勝的信心全部緊握在手裡，初洗花深深吸了一口氣，拿出魔法鈴環，放上胸前。

「將我的心臟（弱小）自肋骨（牢籠）摘出，
切碎封入瓶中，扔下汪洋埋葬予黑暗的夢，
使我不再為己流淚，代弱者踏破繁花落盡，高歌凱旋。」

溫柔的光點包覆全身。

輕盈悅耳的旋律中，依照左右手、左右腳，最後別上領結的順序，水藍色的蓬鬆戰鬥服以魔法的力量顯現為實體。

光芒一閃，可愛的十字星短杖出現在她手中。

「——魔法少女輝煌軍神，華麗變身。」

她平穩念出詞句，為變身的最後步驟畫下句點。

輝煌軍神的臉上沒有笑容，那雙眼睛所注視之物，僅僅只有勝利。

終於，十字星短杖揮動，肅穆地向前一指。

「出發吧，英雄們。」

飛往金華的一路上，鹿庭受到了熱烈的「歡迎」。

她昨日才抵達君山戰場，因此並不曉得其他人口中「特異個體」的女王蜂長什麼模樣。不過此刻，她感覺自己似乎明白了。

從海港的方向，正不停的有兵蜂小隊被派來阻擊。這不但意味著對方的資源充沛，也代表女王蜂本體對鄰近空域的情報瞭若指掌，絕對是大意不得的強悍怪獸。

「龍王顯正！」

鹿庭一面迂迴飛行，一面施放雷錘。

這些體長兩公尺有餘、每波數量八匹左右的兵蜂隊伍，擁有比生化戰機更優越的機動性。雷電命中的次數減少許多。

同時，龍王的保護也並非毫無限制。如果讓敵人抓住祈禱的空檔，新的護法咒語建構不及的話，兵蜂的刺針與射彈很可能將防禦擊穿。況且，這些護法原是用以抵抗惡靈、防範詛咒，面對動能攻擊的效果有限。

「真麻煩。」

倘若金華港存在比目前多出數倍的兵蜂鎮守，初洗花不集結大量英雄、擬定好作戰計畫，恐怕也無法奪回城鎮。

只能暫且以退為進了吧？

理解到情況的險峻後，鹿庭做好了打算。待會一抵達目的地，若尼伯龍根的英雄還活著，就立刻帶他離開戰場。

然而，耗費二、三十分鐘艱困地突破兵蜂的阻撓、望見城市的輪廓出現在視野中時，眼前的景色卻與她所想像的不太一樣。

金華港好歹曾是百萬餘人口的商業心臟。

道路錯綜複雜、環境多樣、樓房層層疊疊。鹿庭卻沒花上太多心力，便「找到」了尼伯龍根的英雄。因為所有兵蜂都正往他的所在之處聚集。

「還在戰鬥著？怎麼可能。」

那名少年與自己年齡相仿，裝備由膠料、強化複合纖維與金屬部件組合成的緊身作戰服，獨自佇立於都心寬闊的十字路口。

道路的盡頭、距離交戰處尚有幾百公尺遠的商業大樓上，身型肥滿、醜陋無比的宇宙怪獸——女王蜂，已經在樓頂處築起碩大的蜂巢。

巢內不停湧出兵蜂，朝少年英雄包圍而去。

「那傢伙，一直用近身武器對付會飛的敵人？」

鹿庭疑惑地碎念，迂迴飛近對方。

少年手裡握持著一道洗練的光芒——呈纖細的長劍型、輪廓沒有稜角起伏、瑩瑩發亮的光之劍刃，以極快的速度揮舞著。

那幅光景，說實話有些不可思議。

密密麻麻的蟲群包圍住他，簡直像從冰箱裡拿出一條奶油、按在燒熱的平底鍋上似的，向下滋滋滋滋地被絞成碎片，化成血水。旋轉不停歇的劍舞中，兵蜂居然看起來完全沒有「數量優勢」。

然而，英雄這一側亦非游刃有餘。

少年被尖銳的蜂刺頻頻劃傷，身上的服裝已經暴露許多破口。他左、右踏步，以小範圍的動作艱辛迴避，並在迴避後奮力接續上更多的斬擊。即使無法兼顧防守，但進攻的效率高得可怕。

亂戰裡，根本分不清流淌而下的是誰人鮮血。

遍地甲殼、斷肢與裂翅，漸漸在柏油路面疊出一層厚度，可見少年擊殺的兵蜂數量之眾。

……居然像這樣持續與蟲巢抗擊，長達近半個鐘頭嗎？已經連戰鬥都要稱不上了。據守在巢穴上方的那頭女王蜂，根本是「拿他沒轍」才對。

一波兵蜂攻勢被消耗殆盡，十字路口的血戰才稍微平息片刻。蜂巢需要片刻時間重新生產士兵。

趁著寶貴的空檔，鹿庭連忙降落下去。

「喂！」她出聲叫住對方。

少年轉頭望過來時，卻身子一歪倒了下去。鹿庭出手撐住了他的左臂膀，險些沒讓他整個人跌進血池裡。

「啊、哈哈，抱歉。」對方面色浮現出羞赧，收起光劍，「鬧笑話了，一下子沒控制好體力，我果然還有點經驗不足。」

「控制體力？你傷得很重，自己都沒意識到嗎？」

「只是些皮肉傷，我還忍耐得過來。」

他從腰後的口袋裡掏出一瓶急救噴罐，往身上皮膚撕裂的部位猛噴。雖然創口被凝固，但更深處的損害應該還未恢復才對。

看樣子，即便女王蜂尚未扳倒他，要讓他倒下也只是時間問題。

「鹿庭，龍王祕教的祭司。」

「喔！失禮了。我的英雄名是『齊格菲』。」

「趁現在快點撤退，我掩護你。」

「撤退？」對方露出不太理解的表情，「金華港怎麼了？聯合國要往這裡扔核彈？」

「嘖！」見少年對自己的身體狀況一點自覺也沒有，鹿庭的口氣強硬起來：「你活膩了嗎？繼續周旋下去你必死無疑。」

「女王蜂該怎麼辦？我是來處理野獸的，任務沒完成不該回去。」

「憑你一個沒辦法應付目前的狀況，把任務交給其他人吧。愚蠢地送死一點意義也沒有，如果你還想繼續當英雄，就馬上離開！」

「妳的說法不對。」齊格菲嚴正地否定了她：「我可不是先成為了英雄，才決定要來這種地方屠殺野獸的。而是因為能夠擊倒敵人，才會被稱作英雄，不是嗎？」

「你——」

鹿庭的勸說還沒能完成，遠處的蜂巢再度傳來大片的振翅聲。

剎那間，天色似乎暗沉了一些。蟲子所組成的陰影猶如不祥的黑霧，下一波兵蜂要來了。

「好快……原來如此，那就是『特異個體』。」

「鹿庭小姐，待會得請妳保護好自己。我有些自顧不暇，真是不好意思。」

「囉嗦，多餘的擔心。」

兩人簡短互相招呼，黑壓壓的大軍已經罩到頭上來。

齊格菲抽劍出斬，執光刃旋舞而動，毫不間斷地破壞近身的一切。蜂群的規模比以往更加猛烈，即使當先的壯士被殺得支離破碎，後頭的兵蜂們卻藉此逮到機會，瞄準齊格菲的背部展開突襲。

然而這一次，祭司擋在牠們眼前。

「龍王顯正・雷天大壯。」

鹿庭張手一劃結出法印，四下瞬即炸出電閃。青紫的光柱發出淒厲的尖嘯，朝天邊蔓延分裂、形成壯麗的雷樹。

被高能量擊中的兵蜂群立刻膨脹破裂、扭曲焦黑。

「幫大忙了！」

「你少說兩句話，小心別死掉。」

「不，馬上要結束了。」

「結束？」

鹿庭對齊格菲的宣言感到困惑。沒頂的蜂群根本絲毫不見削減，哪裡像是戰鬥即將告終的樣子。

「鹿庭小姐，你知道人類為何能戰勝野獸嗎？」

齊格菲纖細的身軀發出猛烈的一震，氣勢更盛，光劍鋒芒也似乎更銳利了些。

他一面舞劍應戰、不疾不徐地說：「首先，人類擁有超群的耐力。」

由於汗腺發達，散熱機能完善，人類得以達成更長時間的移動、追蹤。原始人在狩獵野豬或羚羊等大型動物時，最初將獵物刺傷後，就是靠著鍥而不捨的追趕與包圍，讓目標因失血與力竭再取其性命。

從很久以前開始，我們就仰賴優秀的耐力開拓文明。

「其次，人類使用器物。」

磨尖的木棍、石斧，用繩索兜住後拋甩出去的彈丸，弓矢，填入火藥的熱兵器——人類是十分善於傷害他者的物種。擁有「對生拇指」的人類，比野獸更習慣流血，比野獸更熱愛死亡。

「第三，人類堅信以小搏大。」

野獸面對強敵時，為了生存往往選擇逃跑。人卻不同，鍾情那些以弱擊強而被流傳後世的故事。舉凡大衛迎戰歌利亞、貝武夫屠龍、奧德修斯智取獨眼巨人。即便敵手擁有壓倒性的野蠻力量，只要絞盡腦汁、奮力一搏便能引發奇蹟。

「所以在擊倒野獸之前，齊格菲不該撤退。」

他將眼前最後的巨蜂劈碎，高高地舉起光劍。

其名為殺獸劍（Balmung）。

「若能為人們帶來勇氣，那麼我願意去成為英雄。」

尼伯龍根的英雄立下誓言，向前跨出一步。

振臂！

隨著標準無比、體育擲標槍的動作，少年自掌中奮力射出光芒。

投劍——那才是「殺獸劍」這柄武器真正的使用方式。

剛才的持久戰中，齊格菲經過改造的雙眼與大腦正不停分析、運算著女王蜂的生體情報。從體型、結構、甲殼厚度到肌理分布逐個判斷，調整合適的輸出火力，以及設定子彈的靶心。

在漫長的測量與規劃後，整理出最佳的彈道。

於是，英雄的一擊。

「——**殺獸象徵**（Symbol Balmung）。」

隨著齊格菲溫柔的低喃，道出光之射擊的真名。閃焰離開指尖的剎那，劍體的飛行速度達到了光速的十分之一。

在鹿庭眼中，根本無法目擊利刃脫手的瞬間。

投劍途經的軌跡，高熱造成路徑上的氣體瞬間電漿化，出現一抹極細的等離子絲線，沿筆直的道路飛升。

——貫穿了天穹。

打破第二宇宙速度的光劍，脫離地心引力消失於宙域。餘下溢出的能量使空氣加熱膨脹，化成一股厚實的烈風與震盪。

熱浪將兩側摩天高樓的玻璃窗應聲爆裂，盡數化為粉末。碎屑雪片般紛飛撒落下來。

三百日戰爭期間，齊格菲共使用了十六次「殺獸象徵」。每每於樓房環伺的都市發動，都會出現這幕被其他英雄稱為「殺獸雪」的絕景。

何等熾熱的冬日。對強大的宇宙怪獸而言，那便是告死之雪。

「唔、唔嗚！」光即將從舞臺離開時，聲音才姍姍來遲。

震耳欲聾的爆音堪比海嘯，淹沒鹿庭的五感，使感官世界一片慘白。她不禁摀住耳朵蹲下去，看來連龍王都無法將她從大震撼保全。

待旋繞不止的耳鳴緩緩退去，正如齊格菲所說，一切都結束了。

再次抬頭，鹿庭的視線越過雪景，朝野獸望去。

女王蜂比起慘遭「擊穿」，更接近於被「削掉」。

猶如揮舞著燒紅的鐵鏟劈開雪人，原先痴肥的身軀缺少了七、八成。整齊的曲型斷面烏黑碳化，冒出一縷輕煙。

「喔、喔？」

完成「殺獸象徵」後，改造人少年渾身脫力地搖晃了下。

鹿庭張手一把抱住差點仰倒的齊格菲，卻驚覺他剛才投劍的右臂、戰鬥服的孔洞正汩汩滲出某種琥珀色的液體。

「你的手！」

「啊啊啊別擔心。那是衣服的冷卻劑，防止我把自己的右半邊烤熟的特殊設計，我沒有受什麼傷啦。」

看來應急上陣的試作型戰服還有很多細節不完善呢。邊解釋著，大概覺得鹿庭瞪大雙眼驚訝的表情相當有趣吧，少年不禁露出莞爾一笑，彷彿力竭又重傷只是他的家常便飯。

「雖然沒打算撤退，但妳特地過來找我，還擔心我的安危……我很感激，謝謝妳。」

他疲倦地、呢喃似地說。或許片刻還站不穩吧，被懷抱著的齊格菲，乾脆將臉輕輕放在她的肩膀上。

「鹿庭小姐，妳真是個溫柔的人。」

「……」

那一刻，鹿庭察覺到了。

這名男孩，如果放著他不管的話，總有一天必定會在什麼地方、獨自一個人默默地與野獸戰鬥著直到死去吧。

必須有人拉住他才行。而且，她希望伸手拉住齊格菲的人，是「自己」。

鹿庭對於心中萌生的想法感到訝異。

她從未想著特別去保護什麼人。無辜的平民也好，祕教的信徒、捉摸不定的龍神也罷，她自知性格冷淡，只要得救便足夠，以為不會產生「非誰不可」的感情。

但鹿庭的猜想，少見地出錯了。

她期望能待在齊格菲身邊，想與這名純粹無比的少年一同活下去。

10 磁致伸縮

昨晚下了場大雨。

原本十分清爽的秋意，早上起床時已然迎來入冬時的清冷。

十一月初，電齋高中舉行歷時兩日的期中考試。由於第二日的測驗科目只占掉上午課堂，學生們獲得了愉快的提早放學。

考試週結束，急著釋放壓力的學生們再也無心於學業，一部分人投入社團活動，更多則是回家、或到市區逛街玩樂去。除了球場、泳池的方向依稀傳來一些喧鬧聲之外，校園內沒什麼人逗留，寧靜地發冷。

鹿庭用納拉通發了訊息給椴葉：「值日打掃結束了。你回去了嗎？」

↓還沒喔。

↓哭哭柴犬的貼圖

↑鬼店破門的貼圖

「你人在哪？」

「我去找你，告訴我地點。」

聊天室的進度停留在這一句。椴業遲遲不回覆，甚至連已讀都沒有。鹿庭只好沿著幾個可能的地點漫步，最後在車棚找到了他。

現場滿地都是泡沫。

「從胸膛中湧現出　熾熱的　激昂的思念

我們即將啟航　前往最後的戰場

緊握著彼此的手　立下誓詞

彼日的黎明來訪前　出發航向那片宇宙（註4）——」

椴葉戴著耳機，一邊輕快地哼著歌，蹲在水龍頭前忙著清洗自行車。

車棚的矮牆邊停著四輛舊車，四處散落地擺著清潔劑和修理工具，看來他已經忙上一段時間了。

「齊格菲。」她用手指點點他的肩膀。

「嗚哇！鹿、鹿庭？」

對方嚇了好大一跳，慌張地摘掉耳機、放下手裡的海綿和塑膠水管轉過頭來。

剛才的歌聲鐵定被聽見了，意識到這點，椴葉的臉羞紅起來。

鹿庭對他纖細的羞恥心沒什麼興趣，指了指那幾輛舊車問：「這些單車怎麼回事？」

「體育老師的捐贈品。」椴葉搔著下巴，解釋說：「老師聽說我想創社，就不知道從

註4　電子遊戲《第3次超級機器人大戰α終焉之銀河》片頭曲，〈GONG〉

哪裡搞來這麼多的二手車。」

「相當老舊呢，還能騎嗎？」

「需要仔細整理過才行，我打算去買些替換零件。」

「連修理都能做，齊格菲在這方面已經算得上擁有一技之長了呢。」

「沒、沒那麼誇張啦。讀了些雜誌、做了點功課而已。」

齊格菲難掩愉悅，不太好意思地傻笑著。看來剛才他忙得很充實呢。

「這樣一來，本身沒有自行車的同學也能參加社團體驗。招生的範圍變廣，我覺得再過不久就能順利創社了。」

「順帶一問目前找到了多少人？」

「零！」

「即便你精神百倍地回答，答案本身依舊很可悲。」

「別說可悲啊！」

「希望我用些更難聽的形容詞幫助你認清現實嗎？」

「嗚嗚嗚……怎麼每個人都這樣……」

椴葉沮喪地抱著膝蓋蹲了下去。

真是的。

為什麼只要跟騎車扯上關係，就會變得像個笨蛋一樣呢？

「齊格菲，你看。」

鹿庭稍微捲起衣袖、左右輕微搖晃，改變各種體態。對方也馬上便會意過來，一臉驚豔地說：「換上冬季制服了呢。」

「嗯。」

戰爭前兩人互相不認識，這是他第一次看到鹿庭的學校冬服。

「長袖相當適合妳喔，突然覺得冬天也不錯了。」

「哼，客套話留著騙清純的小女生吧，以為我會因此高興嗎？」

「我是真心覺得好看。」

「人、人家才沒有心跳加速。」她用袖子遮住嘴巴。

「居然被騙到了！妳就是清純的小女生嗎？」

「呵呵。」

鹿庭原地旋轉了兩三圈，甚至難能可貴地擺出幾個可愛的姿勢、雙手比ＹＡ，看得出來她很開心。不過表情仍是那張鐵打的撲克臉，毫無空隙。

椴業拿出手機拍了幾張照片，也是這時才察覺到違和感。

「競泳社不做練習嗎？比賽快到了吧？」

「為什麼問？」

「平常妳會帶著裝泳具的小提袋。今天卻沒看到，很稀奇呢。」

「……」

鹿庭的神情微微僵住，踟躕了片刻。

在難以察覺的短暫停頓後，她才好像找到適當的措辭似地開口：「教練讓我在考試週暫時休息。」

「因為成績變差嗎？」

「上次小考，新來的地理老師被我氣哭了，說著要放棄教職。」

「也太差！」

「俄羅斯的首都明明在開普敦不是嗎？」

「經緯度支離破碎！」

「開普敦切成遊艇，沾點浣熊放熱再吃，是最前衛的古文明漢堡。」

「笨得連人話都說不好了！」

「開玩笑的。」鹿庭冷淡做結，搖搖手要椴葉別在意，「總之，這週休息。」

「話說回來，鹿庭特意過來找我，有什麼事嗎？」

「本來打算約你一起回車站。既然忙著修車，就不打擾了。」

「喔喔，等我收拾一下東西。」

齊格菲連忙將腳邊的泡沫沖掉，清潔用品隨意地扔進水桶裡，暫且將工具都擱在車棚後頭。

「自行車的事不急，我更想陪妳走走。」

＊

回電齋車站的路上，沿街植樹正在落葉。溼潤的路面鋪上一層枯黃的槁葉，幾乎見不著行道磚石的紋路。寧靜的下午兩點。

夾帶寒意的風讓人不禁縮起脖子，路途所見的行人也都換上了冬裝。灰白的天空將城市浸染成陌生的色調，冬季的實感已翩然來臨。

點著鵝黃色燈光的咖啡館、流瀉出古典音樂的唱片行，以及客人稀少的舊書局。由於仍是週五平日的緣故，不那麼熱鬧的市街氤氳著神祕且迷人的氛圍。

「好像蹺課一樣，心情有點雀躍呢。」椴葉忍不住說。

「齊格菲沒蹺課過嗎？」

「沒有耶，只要能上就會去上。」

「真是乖學生。」

「總比戰爭期間沒辦法上學的好。唉？鹿庭逃過課嗎？」

「實在沒心情出門的時候，四、五次吧。」鹿庭說得輕描淡寫：「像這種適合被窩的天氣，搞不好能睡上整天。」

「真是悠閒呢。」

椴葉不予置評地笑了笑。

但對方不以為然，反駁著說：「哼，我倒覺得自己才是正常人。」

「正常人？」

「像齊格菲這樣每天騎車上下爬山坡，腦迴路才更難理解。」

「我是喜歡騎才騎的，況且時間一久也習慣了。」

「那麼為何不直接騎到學校，反而把自行車停在樞機車站呢？」

「呀——」椴葉摸了摸臉頰，有點難以啟齒的模樣：「因為想跟鹿庭一起搭電車上學。」

「我們不一定遇得到彼此，車班常常錯過吧？」

「但要是幸運跟妳碰上面，不就能讓接著的一整日都格外開心嗎？考慮著這種小賭注，每天早上出門就更有動力了。」

「……」

鹿庭一時半刻找不到話回應，最後決定用力踹椴葉的小腿一下。

「龍王顯正。」

「咕哇、反對毫無理由的暴力！」

「那就別老說些令人害羞的話。」她把臉用力別了過去。

「麻煩妳用更溫和的手段掩飾難為情好嘛！」

＊

天氣轉冷的同時，最大的死敵果然是食慾。

「兩份奶油。」

「一個紅豆餡，然後一個奶油餡。」

扛不住誘惑的兩人，在巷口的車輪餅攤買了點心。

沿著騎樓邊吃邊散漫地前進時，原本凝重的天空又開始落下雨點，雨勢隨時間越來越大，車站前的商圈瀰漫起薄薄的水氣。

鹿庭出門前沒帶上雨具，椴葉雖然準備萬全，無奈傘不能共用。他們早就試過了，同撐一把傘也是被龍神禁止的行為。

「等雨勢變小再走吧。」

「嗯。」

鹿庭微微頷首表示同意，面無表情地將最後的車輪餅放進嘴裡。

椴葉倒是連第一顆都還沒吃完。他將手裡的紙袋遞過去，鹿庭也沉默地接了下。甜食很迷人呢。

兩人佇立在屋簷內，望著被雨幕蒙上灰意的街景。

水珠的滴答作響格外沉靜。大部分的細碎嘈雜都被掩蓋過去，只留下不見盡頭的、無序的溫柔雨聲。

這座城市彷彿化為無音的碑林，任由雨絲洗刷、複讀群眾的記憶。反漾著天光的路牌、滴淌露珠的電線杆。人造的無機物被模糊了輪廓，結構間的順序變得曖昧，讓人摸不清距離感。某些事情只有在如此的場景中才會被想起。

這麼一來，過去與此時，時間的邊界彷彿也溶解在這片灰雨中。

——再稍等一下。

真想繼續維持現狀，多沉浸片刻，心頭只有一盞單純的聲音。

讓雨落到世界末日又何妨。

「鹿庭。」

「怎麼了？」

「週日——也就是後天，車站附近的百貨公司好像要辦塗鴉展呢。鹿庭那天有什麼預定行程嗎？」

「很不巧，我必須回龍王院。」

「唔，這樣啊……」

「我也想和齊格菲一起看展，」

鹿庭微微抿起嘴脣，停頓了一下，說：「但身為祭司，獨自在外面居住已經算是任性的要求了。」

祕教原本就屬於相對封閉的環境。

如果不遵循寺院的命令，回去露臉的話，恐怕他們會將現在的放任態度也收回。

「雖然只是老頭子在囉嗦，但說到底，我也無法不聽。」鹿庭幽幽地說。

龍王的祭司，傳統上需由信徒捐獻的男、女嬰繼承。她不認識自己的親生父母，寺院裡的神職者便是家人。雖然左一句老太婆、右一句老頭子地叫，但對鹿庭而言，龍王院肯定保存著許多回憶，積攢了複雜的感情吧。

既是壞的存在，美好的也存在。

「對不起，難得是由齊格菲提出的邀請。」

「沒、沒關係啦。」

看著鹿庭的模樣，沒想到對方比自己更失落，椴葉連忙出聲安撫：「還有機會的！等鹿庭有空再說也不遲。」

「說到這個。」鹿庭有些唐突地岔開了話題。

她從書包裡取出兩張門票，上頭印著海生館色彩繽紛的圖樣。

「差點忘記傳給你，好險有回想起來。」

「這是？」

「木咬契準備的，這兩張是你和鼬占的份。」

說著，她把門票塞進椴葉手中。

「預定下下個週末要去，說是『注孤生社』第一次郊遊活動。」

*

雨勢近一個小時後才逐漸消停。

兩人在車站前閒晃，把感興趣的店幾乎都逛了個遍，消磨掉大把大把時間，最後才依依不捨地搭回樞機車站。

幫忙把夾娃娃機的戰利品搬到鹿庭的公寓，道別時已至傍晚。

椴葉到獄門路上買了兩份「錦春池」的燒肉便當、一盒套餐壽司（9貫），加上切好的袋裝火龍果，才如往常般騎回梅谷的國宅。

「我回來了。」

「喔～」

老爸維持著跟早上出門時差不多的姿勢，窩在電腦前死盯著螢幕。被照亮的憔悴臉孔在一片黑暗的客廳裡格外詭異。

「怎麼不開燈？」

「……太忙忘了。」

「這樣眼睛會壞掉。去洗把臉，吃完飯再忙。」

「好——」

對方拖著沙啞的聲音，像一臺腰關節嚴重生鏽的機器人似地緩緩爬起，走進浴室。

椴葉打開主燈，將食物擱在桌上。

他注意到散落四處的文件，隨手拾起幾份，端詳了片刻，「老爸，尼伯龍根要整治鞍岳新潟嗎？」

「咦？什麼？」

「我看到資料了，全都是測量數據。」

「對啊。」

浴室傳來嘩啦啦的水聲。老爸有一句沒一句地回應，許久才走出來。

他把雜亂的鬍鬚刮掉，留下一張稜角分明、五官深邃的臉孔。凌亂的黑色長髮帶點自然捲，剛沖洗過的緣故顯得溼潤，被綁成小馬尾紮在頸後。

願意打理的話，明明是個相當英氣的近五十歲拉丁裔帥哥，平常卻老穿著研究員的白褂衣、連眼鏡摸髒了都不擦一下。父親坐回位置，盯了一眼筆電上跳動的數據。

「嗯，進度有在跑。」確認無虞，他才打開餐盒，隨手捏了顆章魚壽司塞進嘴裡，「這回也是從 Narrative 那邊接下的工程。繼里約植被重建、釜山的都市淨化後第三件外包案。」

「喔？似乎很受信賴呢。」

「誰知道。總之只要好好幹，就能增進世人對尼伯龍根的好印象。」

「為什麼找你當負責人？」

「因為『住得近』。」

老爸理所當然地聳聳肩，嚼著食物、一面咬字模模糊糊地回應。

電腦正在彙整鞍岳的地質、廢墟分布與放射物情報。

尼伯龍根指導院是領先全球的科研組織，掌握許多像是科幻電影才有的謎之技術。然而，它們也進行著諸如「人造英雄計畫」等，大量存在倫理疑慮的實驗。

指導院的宗旨在維持人類種群的存續、發揚人類貴重性與價值、排除危害人類的其他物種，因此三百日戰爭結束後，被Narrative判斷為無害勢力。

不過，作為過去猛踩道德紅線的科研內容的彌補，必須逐步向世界釋出部分成果，並積極參與戰後重建。其實不只指導院如此，滿多英雄組織都投入了全球服務活動。

「先加速衰化爆心地兩公里內的放射線汙染，」老爸指向3D立體地圖，嚙著米粒含含糊糊地說。

鈷藍底色上，白色的電子線條勾勒出鞍岳新潟的結構。中心處染上一層霧狀的橘色，似乎代表核汙染範圍。

「然後清理舊都市的建築遺骸，再投藥消滅這一年間增生的動、植物。光前置作業就會花上四個月，緊接著為期兩年的浮島鋪設，預計要在下一次奧運舉辦前讓都市落成。」

「真是工程浩大。」

「還好，比起落成後的祕密基地安排，算小意思。」

「祕密基地？」

椴葉有不好的預感。

「指導院打算從市中心下挖六千六百公尺，建鞍岳特別研究站。」

「你乾脆坦白招供算了吧，我們家果然是邪惡組織。」椴葉沒好氣地說。

鞍岳要變成拉昆市了嗎？

「哎呀～又不是第一次偷蓋，大驚小怪。格陵蘭那個本部，七十年前要蓋的時候我們也沒問過丹麥政府啊。」

一面說著不得了的話，父親「科科科」壞笑著，從小兔子購物袋裡拿出晚飯，取來筷子。他掀開「錦春池」的便當蓋，隨後皺起眉頭。

「怎麼有茄子，你幫我夾去吃啦——」

「挑食會讓抵抗力下降。」

「嗚嗚。」

「Narrative 如果知道，鐵定會下達懲處的。」

「因為不吃茄子？他們管真寬啊。」

「我說的是研究基地……這回也是媽媽的主意？」

「別擔心，只準備進行一些社會觀察、或怪獸活動監視而已。」

老爸沒有正面回答。那麼答案八九不離十就是肯定的。

「唉，可疑得要死。」

椴葉吐了一口充滿無力感和抱怨的長氣。

也對啦，沒有左邊留一筆錢、右邊藏一塊地，就不像尼伯龍根指導院的風格了。捍衛人類價值的同時也不能忘記永續經營。除非嚴重違反常理，他沒打算向 Narrative 起底自己的老家。

等東窗事發也不會幫著說話就是了。

椴葉搖搖頭，取來自己的餐盒掀開。白米上整齊鋪著「錦春池」的招牌厚片燒肉，醬汁調味獨特，甘甜又不失肉香。他先夾起一口燉得軟爛的滷白菜塞進嘴裡，在父親身旁坐下，一同研究資料。

作為組織精心培養的殺獸英雄，椴葉以往對指導院的其餘事務不太感興趣。但最近漸漸開始試著主動接觸，想理解其中的原理。說「產生責任感」有些誇大了，只是純粹的好奇而已。

「說到你媽的事，」老爸的注意力仍舊放在筆電上，語氣稀鬆平常地說著：「好像過幾天打算從格陵蘭回來，可能會在梅谷住個半年吧。」

「媽媽她？」

「嗯吶，宇宙怪獸的研究稍微告一段落了，她說『想和兒子待在一起』。」

「那你睡哪？我們的公寓可沒有第三張床。」

「很快就會搬去鞍岳的員工宿舍吧。今後得參與重建工作，上下班交通也方便。」

「唔……」

椴葉一時半刻不曉得該作何反應。

他一口飯噎在喉頭，吞下去也不是，吐出來也不是。

父親瞥了眼他僵住的表情，呵呵笑了一聲：「也是啦，當時我會堅持把你帶走，至少成年之前別住在格陵蘭本部，除了希望你多和普通人交朋友、過點平凡的童年之外，也有點迴避你媽的意思。」

她老是給你太多壓力呢，雖然不是故意的。我們兩個在親情方面都很笨拙吶。

「她來梅谷和你同住倒也不錯，你總要學著跟母親相處的。」

「好吧。」

「那就這麼說定啦，我還擔心你會抗拒呢。」老爸稀里呼嚕扒了幾口飯，把便當盒清空，「齊格菲框架的適應率又得定期檢查了，待會讓我抽兩管血寄去格陵蘭，然後一起出門買點什麼喝的吧。」

11 泰勒級數

「騙人的吧？騙人的吧！」有智種外星怪獸ϟ sp◈¼Ᵽgz 發出慘叫，一面拔足狂奔。運氣真的是背到家了。

靠著偽裝術融入人類社會三個多月，難道就要栽在今天嗎？他只不過是下午開車來市區，補充咖啡豆和衛生紙而已！

「前面的宇宙人，請你停下來。」

「誰會說停就停啊！」

ϟ sp◈¼Ᵽgz 以快哭出來的聲音怒喝回去。緊跟在後頭的少年，已經用同樣的速度追著他十分鐘有餘。

他可是全速狂奔喔？時速四十公里左右喔？那孩子難道耐力無限嗎？ϟ sp◈¼Ᵽgz 眼中帶淚。

「請你自己束手就擒吧。如果在街上拔劍砍你，旁邊的商店會被切開的。唉，所以說小型目標就是令人困擾……」

「咿噫！」

別說那種恐怖的話啊！被切開的可不只商店，還有我的腦袋吧！

為了擺脫追捕，ϟsp◈¼Ᵽgz 牙關一咬，衝出小巷後攀過城市排水道的護欄跳了下去，靠靈活的身手翻到對岸，抓上招牌在屋頂間移動。他已經無暇維持擬態，抖抖肩恢復手腳細長、藍白色斑駁皮膚的外星身體，換取更好的體能和速度。

齊格菲見目標追丟，只好拿起手機，打開納拉通的群組通話。

「軍神，他往傳統市場的方向，沿建築頂部過去了。」

『收到，鹿庭能夠目視敵人嗎？』

『這裡是鹿庭，已經掌握確實的動向，異戰王牌請從珊瑚街抄截他。』

『看我把他的腦漿從耳朵裡擠出來。』

四名英雄以通訊軟體互相交換情報，在王立城區裡追殺著怪獸。

稍早不久前，四人相約在電齋高中校門口，一同搭公車前往王立海生館，準備與木咬契會合。沒想到等了快兩個小時，那傢伙卻遲遲不出現。

一行人在館區旁的主題咖啡廳苦苦守候，飲料都點了第二杯。

好巧不巧此時，眾人的手機同時響起警報。原來是城區出現宇宙怪獸報告，需要鄰近英雄支援。

於是，就變成了現在的狀況——

「嗚哇啊啊！這次換成了黑色的傢伙！」

ϟsp◈¼Ᵽgz 這回真的哭出來了。

他在遮雨棚、鐵窗架和圍籬之間翻滾、蹬牆、三點落地，把他從網路上看過的跑酷技巧全用上，硬是甩不掉身後的魔裝操者。

頭頂的幾百公尺處，還有個飄浮於空中、監視他動向的女人。

被按在地上打已經只是時間問題了吧？他絕望地思考。

「為什麼要追捕我？我又沒幹麼！」

「因為我喜歡揍人。」

「你好歹說幾句『為了市民的安全』之類的話啊！」

「閉嘴，把腦袋留下來！」

乾等了好久、渾身纏滿怨氣的異戰王牌完全沒有和平交流的打算，踏著超沉重的步伐、機械結構的雙眼發光地緊追在後。

沿途到處是驚慌失措的民眾，以及情急之下翻倒的雜物。ϟsp◈¼₱gz 可管不了太多，推開礙事的地球人，朝高速公路的方向衝去。

只要登上長距離直線的公路，他的跑速就能推向時速九十公里，到時便一路逃向荒郊野外，跳進樹林裡躲藏起來！

ϟsp◈¼₱gz 回憶起了動物星球頻道的草原生態特輯。每次看見羚羊試圖逃過獵豹追捕的畫面，他都會坐直身體、握緊拳頭，大聲幫羚羊加油打氣。

不知道此刻，有沒有目睹了這場追逐劇的地球人，也正在為自己舉手聲援呢？一想到這點，他心中便勇氣倍增，胸口暖洋洋的。

沒錯，我還沒有輸！

「那邊的宇宙人，站住。」

然而現實是殘酷的。

軍神早就從動向中看破了他的企圖，帶著一票警察圍堵在匝道入口。四臺警車將道路橫擋得水洩不通，十來名武裝刑警舉著手槍、霰彈槍，站在軍神身旁。

啊，完了。拿槍的警察比英雄還恐怖一點。他們沒在手下留情的。

ϟsp◈¼₽gz 無奈地放緩腳步，被身後的異戰王牌逮住，撲通壓在身下。

隨著宇宙人組拿到手，混亂總算告一個段落。鹿庭和椴葉隨後不久便趕到，正好遇上警員們七手八腳地將ϟsp◈¼₽gz 押送上車。

小隊長向四名英雄道謝，雙方相互握手致意。

兩邊都問了些關於本次事件的問題。充分交換情報後，警方表示要找報案的雜貨店做個紀錄，便紛紛上了警車。

差不多也是此時，從四人身後傳來一道熟悉的聲音。

「啊——咧——？」

木咬契拎著一杯美式咖啡，散漫地朝他們走過來。

咖啡杯上印著海生館的標誌。她顯得一副驚訝的模樣，指著眾人，「你們怎麼還在這裡呀？不是說好門口集合嗎？我剛才等了好久呢，跟別人有約卻遲到很不優喔？」

「妳他媽——」

「飩占，不可以動手！警察還在！」

輝煌軍神使出渾身力氣拉住了異戰王牌的衣領，阻止另一樁流血事件的發生。

感謝魔法少女的努力，城鎮恢復了和平。

＊

折騰老半天，規劃好的王立海生館旅遊總算能開始了。

到底為什麼如此簡單的一件事，木咬契也能搞得這麼複雜。眾人心裡不由得抱持懷疑，那傢伙真的是訓練合格的輔導員嗎？證照該不會是拿雞腿換來的吧。

通過剪票口，在手上蓋妥印章，正要進入園區之前，木咬契集合了大家。

「來，一人一張，不准搶喔～」邊說著，她從手提包裡取出四張小卡片。

用深藍色西卡紙剪裁而成，上頭印著與勇者AAAA的裝備「神聖盾牌」同樣的時空女神雙翼徽記。

她將卡片分別交給四名英雄。

「這是？」

「校外教學的作業。以為我會白白花錢買票請你們玩嗎？哼哼，也太天真了吧小鬼頭們～」

木咬契一副心懷鬼胎，像古早卡通裡的壞人似地搓著雙手，「嘰嘻嘻」地笑著：「這些卡片叫做『女神票』，可以實現一個願望喔客官。」

「實現願望？」

椴葉把卡片捏在手裡，反覆檢查。他用改造人之眼分析組成材質，然而那就只是普通的紙張。

「只要亮出女神票，就能對使用的對象提出一個『任性的要求』！」木咬契比手畫腳地解釋著：「各種要求都行！例如搥背、幫忙買飲料、陪自己一起訂製成對的海生動物紀念鑰匙圈等等，任何願望都能用女神票申請喔～」

「真的假的……」

「喔對！禁止違反倫常道德的願望，不准拿女神票交換女同學的內褲，我的話有聽進去嗎椴葉？」

「為什麼對著我講！」椴葉在零點一秒內發出抗議。

妳不提的話，根本不會產生那個念頭好嘛！

「既然要求內褲的願望無法執行，說明卡片其實缺少強制力嗎？」

「初洗花學姊，麻煩不要繼續關於內褲的話題。」

「唔，我只是想搞清楚規則。」

初洗花咕噥一聲，她沒料到椴葉原來在意到那個程度上。這就是所謂的思春期吧？

「女神票有時空女神附予的神聖祝福，任何願望都能達成——什麼的方便設定？當然不存在。」

時空女神看我遲遲未婚，早就不理我了。

木咬契壞笑著解釋：「在你們手中的不過是張單純的西卡紙，是否履行對方『任性的要求』，到頭來還得看個人意志。」

「跟校外教學作業的關係呢？」解說時間太久，鹿庭顯得有些不耐煩，單刀直入地問。

木咬契指了指園區內的玻璃天頂。

「今天的作業，就是在海生館內把這張票花掉。」

「哈啊……」

「想在哪裡、什麼時候、對誰、怎麼用全由你們自己決定，但一定要花掉它！否則就等著接受懲罰遊戲吧～」

「還不簡單。」

一直沉默不語地站在一旁的鼬占，將女神票往木咬契眼前一遞，「現在給我兩千元現金。」

「咦？」

「不是說可以提出『任性的要求』？錢拿來啊。」

「咦、嗯？」

唐突迎頭而來的過分要求，就連木咬契也愣了一愣。

她的表情如同跑到水池邊洗棉花糖的浣熊般僵住，許久才使勁掛上一抹僵硬的笑容，逞強地、踟躕地從手提包拿出皮夾。

人類居然能做出這麼像發條機器人的動作。

「這、這↗有什麼↘問題？」她的嗓音明顯變形，氣若游絲得不行：「別小看社會人士喔？區、區區兩千塊而已……」

「呃——」

鼬占大概也不認為對方會說給就給，態度反倒退縮了。但要求是自己提的，事到如今也沒有臉把話收回。

木咬契把兩張大鈔從皮夾裡夾出來時，已經有點一把鼻涕一把眼淚了。捏著紙鈔的指節用力到泛白，淚汪汪的雙眼裡全是委屈。

她語帶哽咽地把錢塞到鼬占手裡邊說：「沒、沒關係，畢竟是我訂的遊戲規則，我、我、嗚嗚，這週的飯錢……」

未來可不想成為這樣的大人呢，其餘三人暗忖。

「好了好了，小朋友開心去玩……」她吸著鼻水，可憐兮兮地揮了揮手，「我去找提款機領錢，回程時大家在館門口集合吧……」

看著木咬契落寞離開的背影，眾人陷入一陣尷尬的沉默。鼬占嫌棄地咕了一聲，把千鈔塞進褲袋，轉頭便離開。

「真是鬧劇，解散啦解散。」

「等等，你又打算獨自行動嗎？」

初洗花立刻叫住了他，不過對方可沒有停下的意思，「我是被椴葉邀請才來的，但也沒打算跟你們攙和在一塊，玩什麼社團扮家家。」

「你怎麼老是這——」

「我可是第一個交作業的乖學生喔？」他不耐煩地拉高嗓音，打斷了對方：「老子現在就要去紀念品店，把這兩千塊美孜孜地花掉，再見啦，魯蛇們。」

「咕唔唔。」

面對鼬占的任性妄為，初洗花的神情極度不快，卻片刻間整理不出什麼好理由糾正對方。

看著他的背影漸漸隱沒在廣場的人群內，初洗花皺著眉頭，雙手交疊在胸前悶聲思索了半晌，最終還是說：「我去找他。」

「放著不管也不會怎麼樣吧？」

「鹿庭？」

「那傢伙因為木咬契遲到，本來打算替我們幾個出一口氣，才會主動找她麻煩，」鹿庭一臉了無興趣地勸阻著說：「他自己也沒料到會把場面弄得這麼尷尬，現在大概很想一個人靜靜，隨他去吧。」

「嗯，鼬占個性一直很彆扭呢。」椴葉理解似地頷首同意。

「你們兩個！也別趁本人不在場就說些有的沒的。」初洗花沮喪地搖搖頭：「之後再集合吧，我得念他個幾句才行。」

*

海生館週末的人潮沒有預想中的多。

到訪者多半是情侶或外地觀光客。除比較熱門的景點，比如小白鯨和企鵝館之外，其他展區的人顯得稀稀落落。

她沒有在紀念品販售站看見鼬占。

初洗花擔憂他是不是真的已經離開海生館、回電齋去了。懷著惴惴不安的心思尋找將近十分鐘，最後才發現人在王立水域館裡。

展區的牆面開了幾孔大小各異的玻璃窗，飼養著不同品種的水母。水箱前設置有讓遊客休息的長椅，鼬占便坐在那裡。

四下燈光昏暗，自水缸內裡透射而出的、染上迷幻色彩的燈光照亮了他的半臉。他駝著背，單手撐住下巴，靜靜地注視那些緩緩飄動的生物。彷彿那便是世上最美麗的存在，專注地看著。

初洗花原想出聲招呼，動作卻不自禁停了下來。

自己在那一瞬間，居然覺得鼬占看起來相當「瘦弱」。對於心底無從而來、莫名萌生的念頭，初洗花感到一絲意外。

那絕對是整本字典之中，與鼬占最不相襯的詞彙了吧？

粗魯、莽撞、嗔怒——有許多更貼切的選擇能被拿來形容才是。然而不發一語，蜷縮著盯著水母看的鼬占，與平常比起來，簡直像體格小上了一圈似的。

初洗花靜靜地走到他身邊，在一旁的位置坐了下來。

對方肯定察覺到了動靜，卻沒有絲毫反應。

「你喜歡海月水母嗎？」

「嗯？」

「海月水母是分布全球海域最廣的水母之一，傘緣有許多細小的觸鬚用於捕捉浮游生物，而且牠的毒性很低。」

「妳知道的真多。」

「我剛才說的全寫在牆面的解說板上——你看了半天卻一個字也沒讀，真的是在看水母嗎？」

「囉嗦。」鼬占伸著個懶腰，稍微換了姿勢，「妳呢？不是來罵我的嗎？」

「我原本這麼打算沒錯，但臨時改變心意了。」

「那妳到底想幹麼？」

「只是來看水母而已。」

面對鼬占語帶嫌棄的追問，初洗花反而擺出了一副輕描淡寫的姿態。

他洩氣地哼一聲，翻了個白眼，又回到原先駝著背、托著下巴的姿勢。而初洗花保持與他相反的端正坐姿，兩人便一同靜靜凝視著那扇圓形的水缸窗口。

海月水母的身體內，有一枚獨特的、幸運草般的四瓣花紋。若不是水缸內打上照明光，那單薄的身影好像隨時會消沒在水中。

牠們舒張身體的頻率飄忽不定，偶爾像忘了呼吸般靜止，隨後又突然想起來似地扇動兩下。僅僅看著便能讓人放鬆下來，總覺得思緒變慢了。連水母其實與自己隔著一面玻璃這樣的事實，似乎也會稍微忘掉。

既漫長又沉默的時間持續了片刻，初洗花才徐徐開口：「還在生木咬契的氣嗎？」

「早就不介意了。」

錢倒不打算還給她，鼬占沒有看向初洗花，語氣含糊地說：「搞不好她今天真的很忙吧，畢竟是輔導員。」

「你難得替人家說了點好話呢。」

「呵，平常老是得等她個三、四十分鐘，也快習慣了。」

「平常是指？」

「最近西洋棋銀河正在和羅修羅公司打官司。」鼬占點了點左手腕處，那是他平常穿戴魔裝手鐲的位置，「畢竟把無關的平民捲入武器開發實驗，還害得銀海的人生變得一團亂，在 Narrative 的協助下打算向企業求償。」

「木咬契也參與了訴訟？」

「不，她要負責擔當我的監護人。上個禮拜我以證人身分出庭的時候，也是她開車接送我上法院。」

即便鼬占已經盡量把這些事情說得不慍不火，初洗花依然露出了驚訝的神情。的確，熱情香橙出事時，學校輔導員也曾與家屬一同前往醫院。看來除諮商、生活幫助以外，類似事件發生時，輔導員也被要求陪同在未成年英雄身邊。

要不是自己刻意不通知木咬契，香橙受傷的那天，她多半會隨自己到水林榮總探望吧，初洗花思索著。

自己是不是對輔導員給予的信賴太低了呢？

「唔，」聊了些平常不會談起的事情，鼬占露出複雜的表情，疲倦地揉了揉自己的臉頰，沉悶地說：「知道啦知道啦，我做得太過分了，愛罵就罵吧。」

「我說過臨時改變心意了。」

「搞什麼……」

妳對我破口大罵還好一點呢，他嘖嘖兩聲。初洗花不如平常那樣強勢，反而讓他不自禁咧嘴笑了出來。

都吹的是什麼風。

他倏然地站起身，拍拍外套的後襬。「另外兩個傢伙呢？」

「應該在其他區域逛著。」

「喂喂，妳怎麼能隨便拋下人家啊？」

「最先拋下眾人的可是你喔。」

「對對，這樣才對，」鼬占掛回平時戲謔的表情，「不被妳回嗆個兩句，飯吃起來都不香，清爽多了。」

「什麼意──喂！給我等等，我又不是閒著沒事才糾正你！」

見對方又打算擅自走人，初洗花連忙追上去，還不忘嘴上抗議。

兩人穿越充滿水母的展覽廳，往潮間帶教學區的方向走去。

12 利馬症候群

「初洗花沒問題吧……」

「鼬占拿她沒皮條，放心好了。」鹿庭平淡地回應了椴葉的擔憂。

王立海生館著名的大洋池前，此刻除他們之外，只零零星星有幾位駐足的遊客。寬敞的觀景廳以巨大水缸為低處，形成一圈放射狀的階梯結構，如同希臘劇場，不少人會選擇在此坐下休息。

距離鯨鯊的餵食節目尚餘半個小時，兩人決定稍等一陣子。

仰望好幾公尺高、橫幅巨大的大洋池，意識到那是成噸的海水後，不知為何心底有種癢癢的騷動。

倒不是危機感，但有種不好言喻的奇妙。

各式體型迥異的魚群交互穿梭，唯獨步調緩慢的鯨鯊像宰制箱庭的王者般，傲然地在上層部巡遊著。

由下往上觀察，鯨鯊那被碩大的陰影所籠罩的腹部輪廓，稍微跟宇宙怪獸的戰艦形象重疊了。

椴葉打了個冷顫。

「很冷嗎？」

鹿庭察覺到，隨口一問：「這裡的空調滿舒適的，比起企鵝館要好很多。」

「沒、沒事，不是溫度害的。」解釋起來有些麻煩，椴葉迴避掉了話題。

十一月中旬，寒流襲來的勢頭相當猛烈，他們今天都穿上了比幾日前沉重許多的外套。

鹿庭的私服打扮不太能見到，大衣的款式意外的樸素，偏向實用的戶外活動風格，跟她平時愛亂花錢的印象有點出入。

「你是不是起了某些失禮的念頭？」

鹿庭用比企鵝館的空調更冰冷的眼神瞪過來，惹得椴葉連忙搖手。

「哪有哪有，亂講。」

「因為預計是四個人吵吵鬧鬧的旅遊，所以沒那種心思。如果今天跟齊格菲單獨約會，可不會穿這件外套。」

「妳會讀心術嗎！」

「附帶一提，如果跟齊格菲單獨約會，內衣會穿紫色蕾絲。」

「我沒有問！」

「真可惜呢齊格菲，你就算用上那張女神票，也只能換到我的檸檬黃超軟超舒服內褲，實在太不如人意了。」

「才不換！」

這個話題還沒結束嗎？繼木咬契、初洗花之後接著輪到妳裁贓我嗎？

「那麼讓你自己說說看，我到底要穿到什麼程度的內衣，你才打算用女神票換？」

「不不不，並不是等級的問題。」

「不是等級，那麼就是——氣味？」

「有沒有請妳高抬貴手繼續穿著就好的選項！」

「開玩笑的。」鹿庭打了個哈欠，懶洋洋地說。

她的個性本來就喜新厭舊，在原地守候幾十分鐘果然會感到難受。

「齊格菲。」

「嗯？」

「如果……只是問好玩的罷了，別放在心上。」她垂著眼眸，張開雙唇輕聲問著：

「如果女神票具有強制力，你會許什麼願望？」

「咦？這個嘛……」椴葉陷入了許久的沉吟。

兩人盯著緩緩翱翔於深藍之中的鯨鯊，默默不語。當鹿庭以為椴葉並不想繼續聊時，他才用些許遲疑的、苦惱的語氣回答：「我也不曉得。」

「不是說問好玩的嗎？你居然考慮得那麼認真。」

「因為鹿庭似乎想知道我真正的答案。」

「結果真正的答案，就是我也不曉得嗎？」

「嗯嗯。」

椴葉洩氣地點了點頭。

「無論許下什麼願望，我都能輕易地去想像願望達成後的那個自己。」

結果，每一個實現願望的自己，卻都因為把唯一一次的願望消耗在了那件事情上，而變得反悔不已。

於是想著想著，反而越來越不曉得真正的願望是什麼了。

「付出努力後再達成，反而讓人更踏實一些呢，例如創立自行車社。」

「我認為那就屬於一個必須花上女神票的奢侈願望喔？」

「妳一定得趁機潑我冷水嗎！」

「我是認真的。」

鹿庭用手指彈了椴葉的額頭，懲罰他什麼都反射性吐槽的習慣，「沒禮貌。」

「嗚，真不講理……」

「就像齊格菲的單車一樣——我也是到現在為止還一直覺得，能回到電齋的競泳社參加練習，好像做夢一樣。」

她沒什麼表情，話音卻十分溫柔。那雙眼神隔著弧形的玻璃，注視著大洋池裡斑斕的魚群。

跟大海相比起來，那不過是針尖般大小的泳池吧。然而若不是依賴著透明的帷幕將其劃界區隔，此時兩人所見的景色也不可能實現。

「那麼鹿庭呢？」椴葉問：「鹿庭想用女神票許什麼願望？」

「祕密。」

「怎麼這樣？我都照實回答了耶，太不公平了吧。」

「試著猜猜看？」

鹿庭故弄玄虛地偏了偏頭，不以為然地說。隨後又像是冒出了新點子似地改口：

「不如來玩猜謎如何？」

「猜謎？」

「由齊格菲提出十個問題，我只回答『是』或者『不是』，藉此縮小答案的範圍，從中獲得線索再推敲出答案。」

十個問題用完還猜不出來，願望則會保密。

例如：提問「願望是得到實質的物品嗎」。

若選擇回答「是」，齊格菲便能往器物的方面猜想。

第二問可以追打著上一個答案的線索繼續問「該物品是否能夠食用」，以此類推，逐漸釐清輪廓。

「老師，我需要針對規則發問！」椴葉舉手。

「同學請說。」

「能追加規定這場遊戲必須存在正解嗎？」

「可以。我心底已經有具體答案，而且不會偷偷更改。」

「呃，」他苦思幾秒才又說：「在十個問題還沒消耗完之前先猜測了願望，然而結果錯誤，遊戲會繼續——或者說我還能再問下一個問題嗎？」

「不行。齊格菲只能猜一次。」

「時間限制呢？」

「到鯨鯊餵食節目開始之前。」

「問答環節中，鹿庭能在『是』與『不是』兩種回答以外，選擇說出『我不知道』或『既是也不是』一類折衷的回應嗎？」

「保留權力，不過到那時，該次問答由於無從參考，視作不算數。」

「唔嗯、唔嗯。」

把規則中模糊的部分搞定，椴葉深深吸了一口氣，平緩情緒。

距離餵食節目還有十分鐘。

「我準備好了。」他向鹿庭示意。

「那麼從現在遊戲開始，你可以提出第一個問題了。」

「……唔嗯。」

他低下頭，拄著手肘撐在大腿上，別開視線。充分地思索過後，椴葉才謹慎地、緩慢地張開雙唇。

首先是第一問。

「鹿庭，妳是不是有什麼心事，但不願意向我說？」

海生館的建築群大致呈環形，各不同的館區中央，精心鋪設了一處不小的圓形庭園廣場。這片戶外空間除了供休息的長椅、種植花草的盆栽外，還搭起一座景觀噴水池，等比例大小的藍鯨雕像立於其中，以翻身的姿勢與水花相伴。

藍鯨噴泉稱得上王立相當有名的拍照、打卡景點。

此時正碰上各展區的節目時段，多數遊客大多正往大洋池看餵食秀、或留在珊瑚館聽導覽解說。廣場上除初洗花與颸占，沒有其他人在。

兩人在商店各自買了一盒海鹽冰淇淋，並坐在長椅上吃著。據說是與隔壁雲嵌鹽田合作推出的特色產品。

鹹的冰淇淋嘗起來有點違反常識，但意外的味道不錯。

值得一提的，冰淇淋的顏色是清爽的淡藍，颸占抱怨這哪是食物該有的顏色啊！但初洗花說跟自己的戰鬥服印象色一樣，所以挺喜歡。

「能當作殺手鐧的證據都收集充分了，Narrative 派給銀海的律師有夠強，我想再一兩個月……嗯，農曆新年前會得出結果。」延續方才兩人的談話，颸占邊舔著木棍上的糖水邊說。

初洗花向他繼續打聽了關於西洋棋銀河官司的事情，由於沒什麼好隱瞞，颸占乾脆從頭開始解釋。

目前看來，羅修羅公司很可能得放棄部分軍火產業，尤其牽涉到魔裝操者的一系列計畫，若不想被 Narrative 盯上，聰明點就該果斷抽身。

但要擊倒一頭巨大的國際企業談何容易，他們多半能靠其餘的產品與資金，繼續叱吒商海吧。

「稱得上喜訊呢，」初洗花點點頭，舉止優雅地消耗著紙碗裡的冰，「你一直跑法院也很累吧？能盡早結束就好。」

「沒那回事，開車的人是木咬契，負責爭辯的人是律師，我也只不過站到一個席位上、把知道的事情說出來而已。」

才沒累到什麼，三八。

他取笑似地晃著木勺。

「真正疲憊的是銀海吧。希望他拿到一筆滿意的補償，畢竟他可是因為變成魔裝操者，扔掉了當警官的好工作……」

說著，鼬占的眉頭又皺了起來。

唉，晦氣。

「滿意了吧？問的真夠多。比起我，妳也有煩心事得關照不是嗎？」

「煩心事？怎麼說得這麼篤定。」

「唔、妳不是進到注孤生社裡了嗎？所以怎麼？太矮所以注孤生？」

才剛講完，鼬占就反射性地賞了自己一巴掌。

犯賤開口提人家的身材幹麼？我這個白痴。

不過另一邊，初洗花卻沒有表現出怎麼在意的樣子。

她不疾不徐地從懷裡取出魔法鈴環，舉在身前。接著，從裝飾漂亮的鈴環下方，由光點逐漸延伸出細長條狀的輪廓，交錯組構成一只中等大小的鳥籠。

那只鈴環，原來只是鳥籠的提把。籠子內懸浮著一盞天藍色、映漾著光澤的琉璃心臟。

「這、這是？」

「我的心臟喔。」她解答了鼬占的迷惑。

不是肉體上的，想像成精神具象化後的結果吧。

「若要變身成魔法少女，就必須將心收藏於魔法牢籠充作爐心。等正式退役才能再次取出，獻予喜愛的人。」

直到那一天，這具身體的成長也才會繼續啟動。

所以說得倒也沒錯，長不高得歸到注孤生的一部分原因上。

「聽過那首有名的聖誕歌嗎？類似『Last Christmas I gave you my heart』的感覺，所以別露出那麼驚訝的表情啦。」

「什麼爛比喻，完全兩碼子事，根本是在勒索契約者。」

「魔法小妖仙最愛這種勒索型的契約了。」

對他們而言人類是異種族，想怎麼對待都無所謂，不如處處都做得徹底一點反而更方便。想好好談戀愛就給我退休吧，否則妳乾脆心無波瀾地虛度青春好了——那些傢伙就是這麼個意思。

初洗花平鋪直敘地說：「總而言之，這就是我注孤生的理由。事實上只要主動放棄華麗變身的權力便解決了，但至少不會是最近。我還想再當一陣子的魔法少女。」

「……因為熱情香橙負傷嗎？」

「嗯？消息傳到你那邊去了？」

初洗花微微睜大了眼睛，抬起臉來。同時將鳥籠解散，收回了鈴環。

颱占這才想到，對方從沒跟自己提過相關的事情，支吾一下才說：「在木咬契的車上聊到的，多半是鹿庭或者誰告訴她了吧。」

「熱情香橙恢復得很好喔。」她用十分輕鬆的語氣、甚至還帶著一絲開懷說：「已經重新投入英雄活動了。況且她可不只有我一個人撐腰，香橙的母親，以及櫻桃和草莓都會陪伴著她。」

特別是淘氣草莓呢。

一提起關於她的事情，軍神終於忍不住表露出笑顏：「可不能小瞧Z世代的小學生。」

「發生了什麼嗎？」

「淘氣草莓是校刊社幹部，同時也自己經營部落格與粉絲專頁。香橙受傷之後，關於魔法小妖仙種種怠職，以及魔法少女的勞動實情就被她寫成了報導。」

這也是三百日戰爭後，英雄身分全面曝光才能採取的對策呢。

該說因禍得福嗎？

「草莓的文章在小學生的社交網路間流傳，最近也慢慢引起成年人關注了。消息開始流入媒體輿論後，『魔法少女』的形象在低齡兒童間變得不再光彩鮮豔，相關魔法生物或稱契約獸的信用也開始被質疑了。」

「仙境知道嗎？」

「華麗魔法能量嚴重短缺，怎麼注意不到？」說到這裡，初洗花難得浮現出一抹幸災樂禍的表情：「裡側甚至派小妖仙來聯絡——不，『質詢』我這個前代呢。」

問我為什麼人們會對魔法失去信心？是不是我在搞鬼？要我趕快去喚醒大家心中的愛與正義，重新懷抱夢想與希望。

「怎麼有這麼髒的生物啊，呵呵呵。」她忍俊不住，咯咯輕盈地笑了起來。

鼬占不太理解魔法少女的生態，不曉得該做何反應。看到初洗花居然卸下了平常那張鐵面具，他有點呆愣住。

「結果來說稱得上——呃，」他遲疑著，幾個字咬在嘴裡有點選擇困難，「稱得上好轉吧，妳們的工作環境？」

「是啊，大破大立前夕的戰鬥，時隔多年被打響了。」從開朗的笑聲中慢慢緩過來的初洗花，用指尖抹著淚水邊說：「讓我想起好久以前的事情呢。」

熱情香橙的內心富有正義感，就如同紅色的絢爛帝王。

優雅櫻桃擅長替夥伴著想，跟黃色的顯赫教主氣質很神似。

至於淘氣草莓，則擔起了隊伍裡的理性支柱，負責拉住暴走的另外兩個人，扮演後盾制定計畫。

「她就像仙境種族戰爭時的我呢。」初洗花欣慰地說。

總是一聲不吭地行動起來，去替同伴謀奪利益。

稍嫌欠缺縱向溝通的積極性，但平常喜歡陪在朋友旁邊。

「即便還有無法放心之處……世代間的差距依舊、督戰制度未廢，但水果系列的三人比我預想的更可靠，一定能克服困境的。」

「那是因為有賴於踏著前輩的影子前進吧。」

「影子？」

「妳肯定起了很大的作用。」颱占刮著紙盒裡僅存的冰淇淋，低下頭說：「若不是眼前有一個前輩，到現在還在為她們四處奔走，我想憑幾個小學生也拿仙境莫可奈何吧。成為了她們榜樣的人，提供那種奮進不懈的形象的，不就是妳嗎？」

第一個吹響號角的人，甚至能推動時代。

走到山丘上奮力搖動旗幟，讓人重拾信心的，總是輝煌軍神。

「妳果然很擅長這樣的位置呢，真令人受不了。」他出言調侃，勾起嘴角無奈地說著。

「原來是這樣啊……」初洗花品味著颱占的話，似乎頗感新鮮：「那麼對你而言，西洋棋銀河就是那個值得踩著前進的影子囉？」

「笑話，差得遠了。」颱占嗤之以鼻地大笑一聲：「老子可是惡役耶？專門跑在前面讓英雄追，別搞錯了。」

「但西洋棋銀河一直視你為戰友喔。」

「夠了……」

「我想，你早就能跟他比肩，是可靠的正義使者了吧。」

「別擅自決定那種事！」唐突地，颱占發出了迴盪整座廣場、激烈的怒喝。

僅僅一瞬，他的面容扭曲、猙獰地張示著躁怒。但那樣的失控只維持片刻，意識到自己的動怒，他旋即露出悲傷的表情，自責地將頭低垂了下去。

「……什麼背影啊。」颱占用囈語似的聲音，略帶嘶啞地說：「你們才不理解背影的模樣，盡說些傻話。」

無論妳、西洋棋銀河、還是齊格菲也好，你們總是能走在前面，領著隊伍的先鋒邁進。那樣的你們，怎麼會曉得自己的背影？

距離感。那種遙不可及的、龐大的正確，才不是任誰都能趕上的。

「能請妳別把我的英雄家家酒，跟西洋棋銀河做比擬嗎？」

「……」

看著聳起肩膀，又變得「瘦弱」的颱占，初洗花不禁沉默。這多半是第一次，她從鼬占口中聽到對於自己的評價。

兩人只要見面便會吵起架來——不，多數時間裡，是自己出言去糾正對方吧。因為鼬占老是很快便做出理虧退讓、或者避重就輕的反應，所以沒有去意識。

根本用不著她多管閒事地指指點點。鼬占並非那麼駑鈍的人。

「的確，你說得沒錯。」她平緩地、就像自己也進行著反省似的，一字一句地說：「正如沒有意識到後輩們對我的效仿，我的確無從知曉自己的背影是什麼模樣，理解不了你的心境。」

兩人並著肩，在寧靜的庭園內，傾聽著泉池嘩嘩作聲。

初洗花的話語被覆罩在水聲之下，即便如此依舊清晰無比，冰冷地持續扎刺著鼬占。

還真像她的風格呢，他如此想著。只是一句、兩句安慰的話，甚至敷衍的說詞就罷了。隨便聊點別的事情，把話題帶過也行，根本不值得放在心上。但軍神不懂得逃避問題，而是選擇正面迎擊他的困境。

「——但是，」唐突地，正當鼬占想著要含混帶過，不打算再聊時，初洗花卻提高音量，作了個誇張無比的話鋒一轉：「相對的，也有若不像我一樣站在前頭，就不會曉得的事情喔。」

「……什、什麼意思？」

鼬占呆愕地反問，思緒一片紊亂，搞不懂初洗花現在演的是哪一齣。再加上情緒還未平復過來，心底有些亂了方寸。

「不管是我，或者西洋棋銀河，往往都被戒慎與無力感制縛著。」

該先拯救英雄還是平民？是不是對街道造成了過度的破壞？即使軍閥、毒販或惡囚，在宇宙怪獸面前也要拯救嗎？災難中行盜竊的人必須懲罰嗎？為了多數人而優先前往熱戰區，我這是對性命的價值進行裁判嗎？我有曾能守護而未去守護的事物嗎？

無時無刻都如此思索著。

「這些念頭導致遲疑、使原本的計畫動搖，再完美的戰略都存在差錯的可能，我卻無法迴避心底雜亂的質問。」

這是故步自封、是善者的優柔寡斷。

即便西洋棋銀河一直以正確行事，那份正確，仍舊是他做過苦澀的抉擇後，才呈現出的正確。

越期待找到非黑即白的準則，就越深陷於利害得失的算術遊戲。

「但你不一樣，異戰王牌。」

或許如你所說，你與真正的善者存在著距離。但你對「不義」十分敏感。

——幼小的孩子應當受到保護。食物必須分享給饑饉者。不論職業高低，人的性命等價。傷害他人便該付出代價。良善應當被守護，而不是成為弱點。人能夠去愛，有權力相信和平終會到來。

奇蹟存在。

「聽起來都是些理所當然、任誰都能認同的事情。不，我想甚至會被嘲笑理想主義，太過天真吧。」

但每每這些價值被威脅，當意識到「不義」的瞬間——

異戰王牌就會採取行動。簡直像條件反射似的。沒有多餘的顧慮、沒有遲疑、也沒有謹慎的計算。

因為消弭不義的本能，原本就刻寫在我們內裡。

「你知道嗎，你所謂那些領頭在前的英雄——包括我在內，總是一次又一次被異戰王牌這樣的行動者所拯救。」

看著你們義無反顧、擅作主張地一個人衝入亂戰之中，我才終於從度量正義的平衡遊戲裡清醒過來。

去察覺到——啊啊，的確。

我之所以想成為英雄，只是因為如此單純的理由。只是無法坐視不管罷了。

語行至此，初洗花輕輕地從長椅上站了起來。

鼬占以為她打算走掉，連忙也跟著離開座位，沒想到才剛直起半個身子，肩頭就被初洗花按了回去。

「你長太高了，給我坐好。」

「啊，咦？」

鼬占仰起臉來，望向初洗花。

他的表情充滿迷茫。初洗花剛才所說的一切，他必須花很多、很多、很多時間才能消化，現在連好好整理語言都很困難。所以對方到底正打著什麼主意，同樣猜也猜不著。

於是，初洗花彎腰輕吻了鼬占的臉頰。

「什！嗯嗯？啥！」

鼬占像隻被水潑到的貓一樣，猛然從座椅上跳起來，連忙後退身體、發出不成句的混亂聲音，雙眼瞪得老大。

如果畫成漫畫，全身的線條都會向上聳起變形吧。

「如何，這下幸運女神該氣走了吧？」

「這不廢話！妳幹什麼啊臭女人！」

「對了，你還在做以前那個運氣測試嗎？沒事就擲骰子猜出『十一』的無聊把戲。」

「是、是又怎麼樣？關妳屁事！」

他用一隻手遮捂著自己的臉頰，從耳根到額頭都紅得像柿子一樣，邊氣憤地大吼大叫著，還參雜著藏不住的結巴。

「現在做一次如何？試試沒了幸運女神，異戰王牌還管不管用。」

「喂妳這傢伙——」

鼬占正要大發雷霆起來，一時間喉頭卻哽住了。

輝煌軍神的表情沒有在開玩笑。那雙眼神毫無雜質，僅僅是無比淨澈地、一心不亂

地注視著他。

「……」

被氣勢給壓倒，鼬占只得乖乖取出口袋裡的二十面骰。

「這次改變一下規則，不要想著骰出11（太子）。」

你需要的並不是11。初洗花謹飭地、嚴肅地對他說。

「把目標數字換成1（Ace）擲看看，相信我。」

「該死，妳愛怎樣就怎樣啦。」

不抱希望的鼬占，將二十面骰夾在食指與拇指之間，使勁一彈。

骰子如同一粒彈丸，飛旋著被高高拋入空中。

正當落下開始的瞬間，由於習慣高速戰鬥，異戰王牌的雙眼捕捉到了：在他面前堂而皇之、毫秒以內發生的，難以置信的異常事態。

初洗花，不，輝煌軍神的輪廓綻放出光點。

除變身的光輝以外別無可能，骰子仍在旋轉，與空氣摩擦翻滾著，朝重力直墜，一切過於細微，全神貫注下時間彷彿降低流速，璀璨的光之流體布滿視野。

即便魔法少女的換裝不如魔裝操者那般充滿侵略性，但使人忍不住噤聲的震懾力，可說是不相上下。

風暴來迎的神速變幻。輝煌軍神完成變身，伸出手掌「嗖」地、一把掠住了半空的二十面骰，將其捏在手掌內。

零點一、零點二秒間發生的「奇技」，只能這麼稱呼了。待她張開手心時，阿拉伯數字的「1」刻印在骰面上方。

究竟是什麼鬼扯的動態視力？

要逮住高速飛旋的骰子，捏中想要的骰數，如此荒唐的條件說出口也只會被人當作玩笑。偏偏，輝煌軍神實現了。

「如何？」她有些得意，「幸運女神沒什麼了不起吧。」

「……我真的是……無語了。居然為這種事情變身，越來越搞不懂妳……」

「但成功骰出了1（王牌）不是嗎？」

「亂七八糟，妳平常是個這麼亂七八糟的人嗎？沒被宇宙人替換掉嗎？」

鼬占感覺到前所未有的詞窮。

運氣才不是暴力破解法的適用對象吧？用常識想想行嗎？就算以狡辯來說，技術含量也太高了。不要輕易地打擊我的常識啊。要不然，我搞不好會開始相信妳的論點不是嗎？

初洗花將二十面骰還給鼬占，隨後，從戰鬥服的衣袖中取出了女神票。

「喏。」

「女神票？」

「今後我就是你新的幸運女神擔當，請多指教。」

「哈？」

「相對的，下次當初洗花需要英雄的時候，當我再次陷入迷惘的時候。」

初洗花用力將女神票塞進了鼬占的手裡。

她露出溫和的笑顏，彷彿不曾徬徨、不再踟躕一般。

「——我能呼喚你的名字嗎，異戰王牌？」

13 表現主義

第一個問題，「鹿庭，妳是不是有什麼心事，但不願意向我說？」

答案為「是」。

第二個問題，「有關於我的煩惱嗎？」

答案為「是也不是」，做廢一次。

第三個問題，「跟競泳社的練習、或參加比賽有關的煩惱嗎？」

答案為「是」。

到目前為止已經用掉兩次機會。

椴葉搔了搔瀏海的髮絲，陷入長考。兩人之間的空氣逐漸緊張起來。周圍準備觀賞餵食節目的遊客正逐漸增加，大多人都選擇靠近魚缸的位置，群眾的窸窣交談聲與他們有些距離。工作人員已經將活動告示立牌取出，放置在底臺的兩側。

「那麼重新使用第三個問題，」

他像是下定決心似地說：「鹿庭從競泳社退社，是自願的選擇嗎？」

「……不是。」對方用低低的聲音回答。

唔，難辦了。

「鹿庭的心事，與龍王院有關嗎？」第四問。

「是。」

「不只競泳社，這件心事影響到了其他領域的事情嗎？」第五問。

「是。」

「過去曾經發生過同樣的事情嗎？」

「是。」

「那將會成為一個短時間內無法解決的問題嗎？」

「是。」

「並非對我也無所謂，妳亟需他人幫助嗎？」

「不是。」

「並非對我也無所謂，那本身便是一件難以向他人開口的煩惱嗎？」

「不是。」

「唔。」

這是第九個問題。

椴葉雙手合十，用指尖輕點嘴脣，沉吟了片刻：「到此為止吧，我要說出謎題的解答了。」

「確定？」鹿庭雙手指交疊，直視向他的雙眼，「你還有一次的提問機會，但要放棄掉嗎？」

「那麼我要把它用掉。」

「請問。」

「鹿庭，是因為無法信賴我的緣故，才沒有將心事告訴我嗎？」

「……不是。」

即便再追加一次詢問，謎底仍不見輪廓。

椴葉無奈地接受了這個結果，說出猜想的答案：「妳的願望，可能是想繼續留在樞機，待得更久一點吧。」

「猜錯了，真可惜。」

鹿庭別過視線，看著一一入座的人們，用些許虛弱的嗓音說：「這麼一來，願望就保密吧。」

「嗯，我認輸。」

「你還真不擅長玩猜謎遊戲。」

「我也這麼覺得。」

「吶，齊格菲。」她的話音遲疑著，苦苦揀擇著字彙：「從下週開始，我會向學校請假。」

「必須待在龍王院裡嗎？」

「最初是如此，先進行一週的節食與淨心，之後便會巡遊世界各處的龍王寺廟，依序舉辦大祭。」

「大祭？」

「戰爭期間消耗掉太多信仰的力量。為此，必須藉由主祀祭司的巡禮，重新取悅龍神才得以恢復。」

「這是傳統嗎？」

「據我所知已經維持了六、七百年有餘。通常是十二年一次的信眾敬拜活動，同時也伴隨著慶典。」

「居然還有慶典，稍微讓人嚮往呢。」

「非常熱鬧喔。大祭的頭兩日是祈禱與講經，枯燥得要命。不過從第三天開始便會擺開筵席，聚集信徒們一起吃喝，伴隨舞蹈與音樂。」

全豬、全雞，海味鮮魚。雕刻過的蔬菜水果，能餵飽四、五十人的大盅羹湯。龍王不食俗肉，所以長桌上的珍饈，與儀式本身沒有直接關係。更多的意義在於犒賞神職人員，以及勉勵撐過兩天修行的信徒們。大祭結束的同時，也會向信眾們募納善款。常常是數百千萬的額數，做為獻禮的金豬、金牌之多，必須另外請人運回龍王院內。

「像這樣的祭典，將連續進行十數次。」

從本地大懺結良寺開始，最後以印度金身殿作為旅程終點。預計會是一場橫跨十數個月之久的長途旅行。沿路所有祕教的信眾們都將歡迎我們，尤其是主祀的女祭司。

「說到這個，」鹿庭解釋著，停頓了片刻才又開口：「你知道龍王信仰的核心嗎？」

「是什麼？」

「是『敬畏天生』。」

敬畏天生，履信正心。

那麼，綿延十數個國境、跨越春秋一巡之久的大祭——象徵的是的「敬」，還是「畏」？什麼祈禱、慶典，什麼佳餚與貢金。真是無趣至極得令人作嘔。

「究竟為什麼人們如此喜歡龍呢？龍到底有什麼好？」

地球人難道得了龍癌嗎？怎麼會妄圖去追逐一個連真身都曖昧不明的形象？

「我所喜歡的，都是就算沒有龍的介入也毫無所謂的事物。」

龍根本不在意我的事情。龍也從來不曾讓我更加幸福。從來沒有替我帶來過什麼好消息。即便如此，人還是堅持要去信仰龍嗎？

太不講理了。龍也好，人們也好。是不是信仰著龍神的他們都任性妄為、開開心心地活著。其實從頭到尾，只有我一人苦苦恪守著戒條？

空寂的大殿裡，除我以外還有他者虔禮膜拜嗎？

——我時常不自禁地這麼想呢，齊格菲。

「原本巡禮被拖延到了高中畢業以後，但 Narrative 讓龍王祕教對原本的影響力削減感到緊張，想優先鞏固祭司等神職人員的威信。」

「近期臨時決定的嗎？」

「嗯。」她微微頷首：「幾個禮拜前，齊格菲邀我參觀塗鴉展的那週，我不是回了龍王院一趟嗎？那次便是院裡的老頭子要我到場，討論祭儀事項。」

「為什麼那天不告訴我呢？」

「我說得出口嗎？在愉快地整理著自行車的齊格菲面前。」

對著一心投入自行車社，沉浸在興趣中的齊格菲——

說自己放棄社團了、沒辦法再像你一樣普通地度過高中生活了。你覺得當時的我開得了口嗎？

果然，木咬契說得沒錯。英雄的本質之中，有一部分是孤立。

「妳是那麼想的嗎……」

沒有料到鹿庭居然會如此反駁，椴葉的眼神裡蒙上沉鬱。

那如果我不問，妳就打算自己悄悄消失嗎？諸如此類的隻字片語哽在喉頭，積塞著胸口，讓他有些喘不過氣來。

相對於陷入糾結的椴葉，鹿庭卻表現出格外的平靜。她半闔下眼瞼，修長的睫毛掩去視線。

「出國以後，我們依舊能用納拉通互相聯絡。這次的分別並非無期，所以請你別露出那種表情，好嗎？」

否則我原本整理清淨的心情，會又變得難受的。鹿庭沒有把後面的話說完。

她從手提包內，取出了木咬契交給她的女神票。

「那時對你撒謊了很抱歉，請原諒我的任性。」

「……」

椴葉沒有接下卡片，而是默默不語地伸出手掌，越過女神票，緊緊地抓住鹿庭的手腕，將她的手按在自己胸膛上。

他像壓抑著、咀嚼著痛苦似地說：「這回又是向哪一個神明做出的祈求？」是八部龍王天的龍神？還是勇者ＡＡＡＡ的女神？不對吧？

「不應該是這樣的吧，鹿庭？」

妳不需要向那些東西索求，也能被原諒。

即便隔著外套與衣物，改造人類那強勁的、陣陣低鳴般的心律脈衝，仍沿著椴葉熾熱的體溫傳遞過來。

漸漸地，兩人的心拍數共鳴著，產生了同步。

在這份寧靜之下，椴葉低吟似地說：「可以的話，真希望我們的戀愛不必求諸於神佛。」

「……」

鹿庭低垂著雙眸，抿著嘴唇，露出了些許難受的模樣。

見狀，椴葉緊握著的手才緩緩放鬆力道，原本被捏握的手腕處出現一絲痕跡。鹿庭將手掌從他胸上移開，只留下那張女神票。

「『可以的話』，」她的嗓音裡有些嘶啞：「還真希望你能照著我腦中妄想過好幾十次的劇本，對我大發一頓脾氣，指責我的謊言，鬧翻後兩人就此別過。」

那樣肯定彼此都會輕鬆不少的。明明此刻的我們、即將分別的我們，只要用那種方式相處就夠了。對我的話，你明明做到那個地步也就沒有虧欠了。

但，你才不打算照我所想的去做對吧？居然連一個道別的字眼也不肯說。

為什麼偏偏是改造人卻如此善解人意呢？

「果然在金華時我早就知道了，你真是個討人厭的傢伙，齊格菲。」

明明若沒有遇見，我就不會這麼喜歡你了。

*

來到以往熟悉的上坡山路前，椴葉突然感覺一陣少見的、無比的疲憊，只好下車牽著龍頭，慢慢步行前進。

從海生館回到梅谷的這段路，渾渾噩噩，過程有點記不清楚。

直到最後，椴葉都沒找到用上女神票的時機。這使他成了唯一沒完成「作業」的人，不過木咬契對此卻隻字未提。多半是察覺到他與鹿庭都籠罩著低氣壓吧。

從王立返還樞機，再牽車騎回梅谷的路程，不知為何比想像中更長。時間已經要接近八點，什麼也還沒吃，但腳步卻快不起來。他突然想起冰箱裡的咖哩塊、蘿蔔和幾顆蛋。鎖在櫥櫃裡的義大利麵條有兩包。紫菜湯的湯包也還沒用完。

瑣瑣碎碎的事情懸浮在腦海裡，像吊扇垂下的開關繩一樣。沒辦法好好思考。無聊的流行歌曲的旋律，幾天前，從報紙看到的四格漫畫。網路上讀到的關於省電的小訣竅。他企圖甩掉支離破碎、不成邏輯的念頭，晃了晃腦袋想從冷風中找回一絲清醒，同時抬起頭來。

梅谷公寓在遠景裡格外顯眼，一片漆黑的坡地，除橙黃的公路夜燈以外，便是層層格格的窗櫺燈火。

緩緩走過住戶停車場，一旁矗立著刺眼的球場燈柱，將空地上的事物切割得稜角分明，連地面的小石子都格外尖銳。沐浴在白熱的燈光下，他頓時覺得自己無路可逃。

明明光芒幾乎使他眩目，他卻一瞬間感覺黑夜朝著自己狂奔而來。

椴葉打了個冷顫。胸口升起厚重的悶意，他直到此時才加快步伐，躲進機車棚的陰影下，將單車立於角落，鎖上。

爬過好幾層樓梯，總算回到熟悉的長廊時，他注意到門口擺著兩個紙箱。箱裡放著厚實的書本、資料夾，還有核怪獸強吉的模型。老爸最喜歡核怪獸強吉的卡通了，臥房原先供了好幾款不同造型的強吉玩偶，紙箱裡只是其中一部分。

是還沒搬走的物品吧？就這麼擺著沒問題嗎？

一面想著，他打開家門。

「我回來了——」

房裡一片凌亂。尚未歸位的物品、包裝、行李等等靠著角落與牆邊堆積，原本空間就不寬敞，現在更是得慎選落腳處。

後頭傳來瓦斯爐烹煮的聲音，一股番茄的味道飄在空氣中。

「吃了嗎？」

「還沒。」椴葉向母親應了一聲。

真沒想到這是時隔四個半月後第一句話。

忙碌片刻後，母親從窄小的廚房裡，端著兩盤義大利麵走了出來。

她還穿著一身外出的服裝，面上施著厚妝，唇色很顯眼，上唇的用色比下唇要深不少，有點像真女神轉生三代的角色。

那是她經常選用的打扮，為了讓五官的輪廓顯得深一些，給人留下強硬、強勢的印象。

母親是名身型高䠷、體格纖細的亞洲女性。微微下垂的眼角看上去十分緩和，很符合她平時溫吞、沉靜的性格。由於親身接受人造英雄計畫，忍受了漫長的十六個月懷胎才將完成品的椴葉生下，整個尼伯龍根在她面前幾乎都抬不起頭來。

不，母親原本就有那樣的領導氣質吧。柔軟的表象下，偶爾會暴露出一絲令人窒息的強硬。那便是自懂事以來，椴葉對她的印象。

「什麼時候回國的？」他隨口一問。

「中午左右，和國內負責人交流了一下，其實剛剛才到家。」

行李還來不及整理呢，她說著。

沒什麼情報或情感的對話，跟隨麵條的熱煙一同消失在空氣裡。

兩人一面簡潔地寒暄，在茶几前用起了晚餐。盤裡的義大利麵是用即時調理包組成的，因此不存在廚藝或口味的問題。

母親的手藝一直不怎麼樣，這點他們全家三口半斤八兩。

「今天去哪裡了？」

「王立海生館，是學校社團的郊遊活動。」

「和朋友一起玩嗎？」

「……算是吧。」

「很優秀。」母親平淡地表示，卻差點讓椴葉一口麵哽到氣管。

居然說很優秀，中文字典那麼大一本，總覺得還有更加不生硬一些的詞彙可以拿來誇獎別人吧？

兩人都不禁如此想著。

「我學生時期也經常去海生館。」

「唉？媽媽喜歡海洋動物嗎？」

「做遺傳病學研究時，為了觀察眼斑雙鋸……為了觀察小丑魚，在喬治亞水族館的實驗室待過十八週。」

旅美研修的三年，一半時光都耗在那裡，跟你爸一起。那時還沒能做出什麼學術成就，也沒想過幾年後會被尼伯龍根挖角，甚至能和那傢伙再次碰面。

——孽緣呢。

「原來如此。」

果然仍舊是一些和研究有關的話題，椴葉也不曉得自己原本在期待著什麼，撇了撇嘴。

不過母親似乎還想更多聊一點，接著又說：「小丑魚擁有雄性先熟雌雄同體的特徵，這你讀過嗎？」

「雄性先……什麼東西？」

「即便出遊也不該忘記學習，否則會使寶貴的體驗白白浪費。」

「唔。」

「……抱歉，換個話題吧。」

大概是時隔四個半月，印象稍微被淡化了吧。椴葉這才逐漸回味起來，平常跟老媽交談有多麼尷尬。

他用叉子捲起麵條塞進嘴裡。帶著露骨酸味調整的廉價義大利麵醬，吃起來帶點印尼泡麵（營多麵）粉包的味道。既便宜又好搭其他配料的印尼泡麵，算得上椴葉相當喜歡的產品，可他依舊不希望在義大利麵裡面嘗到同樣的口味。

說換個話題，兩人都不曉得該怎麼起頭才好，餐桌陷入了沉默。母親的食量相較小上許多，很快就把盤裡的麵條解決掉了。她取餐巾紙擦拭嘴邊，接著卻察覺了些什麼，微微睜大眼睛。

椴葉正要張口問發生了什麼嗎？母親便伸手將他的右掌捧起，「你受傷了？」

「受傷？」

若別人不提大概也不會發現吧，手腕處有一小塊脫皮的痕跡，露出下層微微粉紅的組織顏色，無足輕重的傷勢。

椴葉回想了下：「下午在王立追逐外星人，曾經穿過滿擁擠的市街，多半在那個過程中被什麼粗糙的東西刮到了吧？」

「你追擊了外星怪獸的殘黨嗎？」

「嗯。」雖然是大家合力圍捕才逮到的。

「做得很好，你應當時時去保護人們。」

即使嘴上不忘稱讚，母親依然露出了憂心的眼神，左右反覆檢查傷口後，才緩緩將他的手放下。

她的神色凝重起來。

——擁有齊格菲框架的椴葉，一點擦傷不該恢復得如此緩慢。

「兩週前送往格陵蘭的採血樣本，檢驗結束了，」

彷彿直到此刻才總算進入重點，母親的口吻明顯能感受嚴肅：「齊格菲框架的適應率，下降了27％。」

但這是數日前的結果。

依半年來數據的走勢推估，現在情況絕不會止步於此，保守估計惡化已經來到三成之幅。

若適應率低於60%底線，齊格菲就不被允許出擊了。

「也許能召喚『殺獸劍』，但當前的你無法使用『殺獸象徵』。」母親一板一眼地說著：「這是目前較急迫的問題。關於此事，你有任何情報可以回饋嗎？」

「就算這麼說我也——」

椴葉的回應有些飄忽，他苦悶地思考了幾秒，仍然沒什麼頭緒。

母親正坐身子，雙眼直視著他：「我也猶豫了很久，一直在思考該怎麼向你傳達。」

「什麼？」

「事實上，我們打算將你接回格陵蘭。」

「格陵蘭？」椴葉猛然抬起頭，「那學業怎麼辦？」

「學期結束才出發，高二下半至高三的課業，在格陵蘭也能完成。」

「就因為適應率？沒有證據指出與我的生活型態有關吧？之前不也像現在一樣讀過好幾年書？你們過度草率了！」

「你提到重點了，適應率下降並非『近期』的事情。」

而是從八月中旬開始。

九月出現明顯下跌，在85%左右浮動。若狀況就此維持，目前沒有急迫野獸威脅的和平時期，倒還可容忍。但很快，數字又持續下降。光靠寄到本部的血樣無法查明真正的原因。嚴謹評估後，需要將齊格菲帶回本部已經是研究員們的共識了。

「很遺憾，這是必要的決定，即使你不喜歡跟媽媽待在一起。」

「我才沒那樣說過！」

「你不必說，我知道。」

「……」

樧葉無法自制，露出了咬牙切齒的表情，別開了眼神，「再等一年也不行嗎？」

「你想等的並不是高中三年級的一年，有別的原因吧？」

又跟那個龍王院的女孩有關嗎？是的，我們等不了。那不構成齊格菲框架喪失養護的理由。

「樧葉，你身上有更加重要的使命。齊格菲必須成為人類之盾，去領導凡人度過難關，若不如此，尼伯龍根指導院也將失去光輝。」

「這些話都是真心的嗎？」

「……」

「媽媽難道……真的那麼討厭身為平凡人時的我嗎？」

拋下這句話，樧葉低垂著頭，雙拳緊握著從座位上站了起來。

他的口齒張闔，似乎還想繼續說點什麼，卻啞住似地半個字詞也發不出來。最終只能緊咬著臼齒，不發一語地轉身離去，闔上公寓的房門。

直到最後，母親也沒有挽留他。

14 天平動

才回到車站附近的租屋處，正想著能喘一口氣，就撞見兩名龍王院的工作人員，直挺挺地站在門口等待著自己。

黑頭車裡坐著司機，連同一男一女的公關總共三人，全部穿得烏漆抹黑、西裝革履，好像他們的工作真的很偉大似的。

「祭司大人。」

「嘖。」

鹿庭一臉淡漠，但多半任誰都能讀出她眼中的不愉快。

她壓根不打算邀請這幾個傢伙進門，於是在公寓門口處，頂著入夜時候的寒風直接問了有什麼事。

公關們畢恭畢敬——不，應該說戒慎恐懼地傳達明日啟程的注意事項。將收在信封袋裡的頭等艙機票用雙手呈給鹿庭，叮囑了些服儀、攜帶物之類繁瑣的事宜後，便閃電告辭，逃命似地回去了。

鹿庭倒也沒力氣多為難他們，將機票胡亂塞進口袋，取出手機。

她這才看到一則納拉通來電未接的訊息。

——是椴葉打來的。

時間在八點半左右，正巧是忙著與公關們交談的時候。她心頭咯登一聲，連忙點開訊息撥了回去。

「怎麼會……」

通話遲遲未被接起，嘗試了十來次依舊未能成功。既然納拉通不該發生訊號失靈的情況，那麼問題多半出在龍神身上。

連這種時候都得找自己麻煩嗎？

「垃圾！」

鹿庭猛然高舉手機，正想把它扔向遠處洩恨，所幸最終煞住了動作。她彷彿這才感受到夜風的寒冷，抿起乾裂的下脣，一陣虛弱。

為何壞消息總得湊在一起來呢？焦慮與委屈自腹部逐漸填滿，一路淹到咽喉處，哽在舌根差點要嘔出來。

回過神來時，她已經從樞機起飛，橫越夜幕朝梅谷奔去了。

鬧區沿路的市景無比熱絡，十一月步入尾聲，幾些店家甚至早早掛上聖誕裝飾，到處充滿歡快的氛圍。那些喧鬧，此刻簡直如同嘲笑般刺耳。

並不是只要住在城市裡，就能夠成為芸芸凡眾之中的一部分。即便搬入樞機、擠進人群裡消費、玩樂，她仍舊與普通人格格不入。自己一輩子也不會掌握那樣的日子吧。

鹿庭抹抹眼睛，撕開刺骨的晚風，憑印象逕直朝椴葉的位置飛去。她的航速不如魔法少女那般快，花了許久才抵達。

然而，在梅谷的國宅群降落時，鹿庭才意識到最根本的問題。她根本不曉得椴葉住在哪個房間。從最開始，飛往梅谷便是一場無用功。

鹿庭自出生以來，第一次覺得自己蠢得令人發笑。沿著幾棟出租大樓漫無目的地遊蕩，想賭賭絲毫的機運能撞見，理所當然毫無結果。

她的腳步漸漸放緩下來。

經過一片空曠的停車場時，鹿庭找了個最角落、不會被球場燈柱照亮的位置，在黃色的橡膠車擋上蹲坐了下來。

她瑟縮地抱起膝蓋，埋下頭去。

又冷、又累、又倦怠。

「……已經受夠了。」

不自覺地、沒有經過什麼思考地——這五個字，就好像順著脣齒間的縫隙不經意落下似的，恍然出現在她嘴裡。

是「誰」已經受夠了，她不曉得主語是什麼。

受夠了「哪件事」，受詞要怎麼填，也毫無頭緒。

沒頭沒尾的一句話。

漏接的電話裡原本會是怎麼樣的內容？椴葉想對她說什麼？各式各樣的可能性猶如

殘酷的幻燈片集錦，在腦海裡喀啦喀啦地跳換著。

吵死了。

自己未來哪天，肯定會被停不住的妄想給害死。但連妄想也是無用功吧。

椴葉會說些什麼，她根本無從揣度。那名少年與自己截然不同。

「鹿庭」或許一直沒什麼表情，至少口無遮攔。遇到過意不去的事情頂多閉嘴不提，即便忍不住脫口而出，也稱得上說一是一、說二是二。

她其實算不上喜怒難料的人。

相對之下，椴葉明明是個改造人，心思卻更加纖細。城府比表現起來的深沉、隱晦許多。好像總在煩惱些什麼，總是顧慮著除了他自己以外的誰，擔心著城市的安寧、人類有沒有被拯救，危機有沒有被化解。連試著向他撒謊，都如同小孩子的胡鬧般被輕鬆戳破。

滑稽死了，小丑一樣。

什麼「龍王祕教的主祀祭司」啊。

在喜歡的人面前，連一件心事都藏不起來。

椴葉從未變過，一直是那個用溫柔的笑容遮掩真心的男孩。

——沒能好好理解對方的，是鹿庭。

「好想見你。」

想再跟你說說話。想更加理解你一點。

難道那也是件奢侈的要求嗎？對我來說、對「鹿庭」而言，追求這些就是一種不知分寸了嗎？她像條垂躺在堤防上的魚，張嘴嘶啞地、乾涸地發出細微的聲音，口吐混雜了沙礫、又苦又鹹的呢喃。

此時，一輛舊休旅車穿越了停車場，朝她所在的方向緩緩駛來。

駕駛的意圖十分明顯。即便有龍神加護，對於深夜裡靠近的陌生車輛，鹿庭仍不自禁繃緊神經，猛然站起身。

如果是哪個不長眼的傢伙，就實驗看看人體能承受幾伏特的電壓。

如她所料想，休旅車真的在面前煞住了。對方悠閒地放下車窗，音量大得吵死人的八〇年代流行樂也流瀉而出。是大橋純子的曲子，那陣「Ah uh～56709」的旋律響遍整座公寓區。

車子的駕駛將一隻手搭在車門窗上，歪著頭，顯得一副風流瀟灑的模樣，手指微微拉下那副在夜間不知所謂的雷朋墨鏡。

「小美人，夜深了為何還不回家？」那傢伙擺出燦爛的笑容，向鹿庭搭訕：「當心喔，梅谷的夜晚潛伏著野獸……而那頭野獸就是我呀～」

說完，木咬契對她拋了個媚眼——（＜ゝω・）綺羅星☆

「龍王顯正——」

「對不起鹿庭妹妹我鬧過頭了車不是我的拜託手下留情嗚咕啊！」

劈里啪啦！

*

應木咬契的邀請，鹿庭乘上休旅車的副駕座位。

車的外觀有點年代感，俐落樸實的銀色臣田 River6，想必車齡超過二十年有餘吧。引擎運轉聲聽起來鈍鈍的、感受得到額外的震動。

椅套似乎最近才換新，選了防汗好清潔的材質。車內瀰漫著一股淡淡的大型犬體味，從地墊殘留的狗毛能看出是黃金獵犬。

除此之外，不知為何到處塞著電影的光碟盒。最後頭較少利用的座位上零零落落堆著幾片、副駕駛席的抽屜裡滿滿都是。各種顏色的塑膠收納盒疊在一塊。《泥醉天使》、《叛艦喋血記》、《四百擊》、《蠟筆小新：風起雲湧 猛烈！大人帝國的反擊》。

鹿庭要入座時，還得把擱在位置上的《亂世佳人》擺到後座去才行。

車內的螢幕特別改裝過，尺寸很大，音響設備也是高級品。座椅下擺著一套清理食物碎屑用的沾黏滾輪，看來這臺臣田不只身為愛馬，同時也是木咬契的小型電影院。

休旅車沿著蜿蜒的夜路、以溫吞的速度駛離梅谷。木咬契沒有明說她打算前往哪裡，賣了個關子。

行過椏子嶺，順著城市外環前進時，她好像有點忍不住車裡沉默的空氣，伸手點了點播放器，突然放起《三大怪獸 地球最大決戰》。

鹿庭似乎對王者基多拉的首次大螢幕亮相半毛興趣也沒有，絲毫不掩飾煩躁，電影開頭剛過，便粗魯地按下了暫停鈕，問：「妳為什麼在梅谷？」

「找椴葉約會。」

「唯獨齊格菲我是絕對不會讓給妳的。」

「啊咧？椴葉又不是妳的所有物。」

「我才不管。」

「嘿？好任性，看來鹿庭妹妹的控制慾很強喔？」

「控制慾強又怎樣？」

「那麼以個性的好壞來推測，椴葉也許會更喜歡我吧？」

「他才不會被來路不明的女人給迷住。」

「但我和他有彼此的聯絡方式喔？」

「妳——」鹿庭的聲音突然哽住，頓了下才說：「玩笑差不多該打住了吧，再說下去我真的會哭喔？」

「啊，抱歉——」木咬契撓了撓頭髮：「其實是打算找他聊個天，問問在海生館發生了什麼事。」

「果然被妳察覺到了。」

「察覺不到的話，這份工作也該辭了。」對方呵呵笑著。

「所以呢？都聊了些什麼？」

「可惜沒聊上。」木咬契輕快地說。

不停自窗邊掠過的、點亮夜色的成列路燈形成某種節奏。車內忽明忽暗，光線斷斷續續地映在她的臉龐上。她注視著道路的盡頭，沒有望向一旁的鹿庭。

「才開到停車場時，就碰巧看見椴葉從公寓走出來。先是在門口打了通電話，看來沒接上，隨後便往車棚去牽了腳踏車。」

像個普通的、負氣的少年一樣，飆著腳踏車下山去了。

可能是想吹吹晚風吧。

「我還猶豫該不該搭話呢。可惜他沒有發現我，於是作罷了。」

「不會的。」鹿庭否定了她的說詞：「半徑三十公尺範圍內有幾個人、性別、歲數、穿什麼裝備、是否受傷，齊格菲都能一瞬間感知到氣息。」

「妳知道的可真詳細呢，關於椴葉的事。」

「這就算詳細嗎？」

「不好說，除此之外還知道些什麼呢？」

「喜歡騎自行車。」

「喔！我想大家都很清楚。」

「不會做飯。」

「呵呵，滿好想像的。」

「獨自一人時會哼歌。」

「哎呀真可愛～」

「買了木吉他卻一直沒練習。」

「看來他也有稍微欠缺毅力的一面。」

「犬派。」

「真巧，我也是！」

「會寫日記。」

「好意外。」

「很講究鞋帶的顏色。」

「喜歡打扮的年紀。」

「午休過後的第一節課常常睡著。」

「認真點上課比較好喔。」

「……」

鹿庭沉默了下來。

她輕咬嘴脣，半闔著眼瞼。

「看，我所知道的，」她乾涸地說：「都是些無關緊要的事情。即便今天那個人不是我，也能夠輕易曉得的事情。」

「妳很煩惱呢。」

「果然被妳察覺到了。」

「察覺不到的話，這份工作也該——喔喔，我們總算到啦。」

說著，木咬契微微抬手，打響右轉的方向燈。

＊

汽車電影院。

直到今晚來臨以前，鹿庭一直認為那僅僅是被記錄在歷史夾縫中、早已消失殆盡的都市娛樂文化遺骸。沒想到能在此目睹它的真身。

群聚於露天的廣場上，觀眾們待在各自的汽車裡一同欣賞電影，到底該說淳樸抑或是新潮？

「之前這塊地是城郊的賣場，可惜在戰爭中被徹底摧毀了。」

木咬契邊解釋，邊小心翼翼地倒車，停在靠後排的位置。

空地盡頭掛著巨幅的白幔，用來投影電影內容。現場停泊著二、三十輛各色各式的小客車。放映還未開始，不少人離開座席，在空曠處慵懶地活動筋骨、跟鄰座搭話聊天。

某些客人似乎是小家庭同遊，還有的自帶露營燈和摺疊桌，稍遠一點甚至看到幾個上班族，聚在敞開的後車箱旁吃外帶進來的披薩。

無論哪個觀眾都很隨興，正因此才不管做什麼都不顯得奇怪，自在的氣氛接納著來自四面八方的旅人。

木咬契將車子停定，熄火，繼續解釋：「原先經營賣場的業主無力重建，乾脆花點小錢清理、重新規劃空間，就變成了現在看到的汽車電影院。」

「妳常來？」

「每個月會光顧兩、三次吧。」

「女士，需要爆米花或訂餐盒嗎？」

一旁走來了個賣零食的工讀生。他們的美食站搭建在廣場角落，不過也主動提供遊走販售的服務。

「還剩什麼口味？」

「什麼都有，女士。黃色這是焦糖、然後巧克力、鹽味——」

木咬契大方地選了兩桶鹽味爆米花，加點奶茶。

等那名大學生年紀的工讀生折返回去拿飲料的期間，穿反光背心的工作人員靠了過來，收取票錢及清潔費。

看她應對得駕輕就熟，的確有老主顧的派頭。

鹿庭無聊地環顧四周，發現不只汽車，許多年輕人騎著機車、自行車來觀影。他們的位置相對偏斜，聚集在離此處稍遠些的空地上。

有點奇妙呢。

入夜後，喧囂的城區居然有這麼多人往郊外移動，只為了看場電影。那與她印象裡的夜生活稍微不同，感覺既通俗卻也風雅。

「總共花了多少錢？」鹿庭拿出錢包邊問。

「不會跟妳算啦！請客請客～我可是堂堂的大人喔？」

「妳幾個小時之前剛被騙掉兩千塊，馬上就忘了嗎？」

「咕唔！」

「拿去吧，不用找了。」

說著，鹿庭將兩張千元鈔塞給她。

龍王的祭司不缺這點錢，兩千塊坐趟計程車到機場就沒了。反倒是木咬契自尊心有點受打擊，賭氣地嘟著嘴，持續發出煩人的「噗噗噗」的聲音，惹得鹿庭煩躁地回「嘖」了一聲。

剛才的工作人員除歸還票根外，還順道發了兩張傳單。內容大意是電影院營收樂觀，即將花錢把剪票口等設施蓋起來，地板也打算重鋪，為此今後得暫且休業個幾週。傳單上有折價券可以撕，確保重新開張時老主顧們回流。看來這座戲院也尚處於發展中。

雖然賣場沒了，但能夠馬上振作起來，也稱得上毅力十足吧。每次造訪這樣的場所，就不禁萌生出和平被取回的實感。

椴葉肯定會喜歡。

始。

不曉得一起看電影是不是被歸類在龍神禁止的行為內。一面想著，放映似乎即將開始。

「女士，您的中奶兩杯。」

「謝啦帥哥～」

接過飲料，木咬契將車窗重新搖上。熄掉車內的照明燈，點開收音機調整至對應的頻道，順手也轉開空調。

「妳的份喔～」她把爆米花遞過來。

「多謝。」鹿庭拾起一顆塞進嘴裡，用舌尖舔掉沾在拇指上的鹽粒，漫不經心地問：「要播的是哪部作品？」

「《美國情緣》。」

「老片嗎？」

「算吧，二〇〇一年的片子。」

收音機裡開始傳出片頭音樂。畫面上的男女主角，因為某個微不足道的巧合相互認識，於是當晚便在餐廳共進晚餐。原以為彼此緣分到此為止，沒想到時隔不久便再次重逢。

感覺冥冥中似乎有命運牽線的兩人，偕行在深夜裡的中央公園溜冰、談心，分享著彼此的點點滴滴。

「雖然不是新片，但我對這部電影充滿感情呢。」木咬契說。

「有什麼特別的回憶嗎？」

「嗯，三百日戰爭即將尾聲時發生的事情。」

連神明都會大叫「Climax！」的、既瘋狂又絕境一般的日子。

那時，英雄與凡人軍隊都已經疲憊不堪。

依尼伯龍根的預測，若不在兩個月內結束戰鬥，今後無論要採取維持防守、或主動討敵等行動，都將因人力物力缺乏而愈發困難。

即便最後獲勝，由於毀壞程度過高，文明的損失也難以修復。

優秀的將軍考慮戰勝，但優秀的君王必須考慮戰爭後的復興。

再繼續下去，輪不到對方動手，人類便會滅亡於饑荒吧。

所幸宇宙怪獸的軍勢早已元氣大傷，僅存百分之四十左右的戰力，暫時從地球撤退，前往月面建立基地休養生息。

期間月球仍然有陸陸續續的小型攻勢穿越大氣層，發生地點不固定。除了應戰以外，英雄也疲於奔波。

雙方都很清楚，賽局的尾盤已至。

兩邊都撐不住再更多消耗了。

人類於是選擇「種子島宇宙中心、卡納維拉爾角太空軍基地、薩迪什達萬航天中心、普列謝茨克航天發射場、圭亞那太空中心」五個地點分散風險，組裝火箭，準備將能進行宙域戰鬥的英雄送上月海。

與此同時，宇宙怪獸的有智種擬態間諜也獲悉情報，雙方展開了極其慘烈的發射基地攻防戰。

兩邊都殺到眼紅、死到麻痺。

三百日戰爭中近四成的死傷，全部集中在這短短的十六日內。

「第四次——也是最後一次圭亞那防守戰的終局，我失敗了。」木咬契有條不紊地說：「發射設施全毀，修復不可能。參戰英雄半數以上重傷，宇宙怪獸達成戰略目的揚長而去，留下一片焦土。

失敗？不，「慘敗」。

「我的右手掌被宇宙怪獸邪刃影魔斬飛，因為天很黑，夥伴們花了快一個小時，才從瓦礫廢墟裡幫我把手挖出來。」

那個時候，勇者AAAA筋疲力竭了。鬥志還未抹消，精神卻已經支撐不住了。

「遠遠還不到打算投降的地步，但心底其實想著『我多半會這麼戰死吧，倒也不錯』。」

說著，木咬契莞爾一笑，伸手微微拉起袖口。在她手腕關節處，有一環深色的傷痕。

「隊伍裡的僧侶拿到手掌後，立刻緊張地幫我施放治療術。我動彈不得地躺在一臺廢棄的坦克上，任憑她擺布。」

還好隊友裡招募了補師呢。

至少以後用不著拿嘴咬著女神寶劍戰鬥。

「重傷臨頭妳還真輕鬆，多體諒點夥伴的心情吧。」

「也對，是我不好啦。」聽到鹿庭責難，木咬契咯咯笑了起來。

「整個團隊從遊俠到法師全都慌到不行、團團圍在我身旁。看著僧侶忙得滿頭大汗，捏著手全神貫注地修復，我一時沒忍住，開口說——」

「『你在觀察我的雀斑嗎？』」

（You're looking at my freckles？）

此刻，木咬契口裡吐出的話音，跟收音機之中傳出的臺詞重疊了。她所講出的，正好是《美國情緣》中的對白。

遠處的白幔上，由於不久前在溜冰場摔倒，男主角正替女主角手背上的擦傷抹藥。兩人的臉龐靠得很近，氣氛正曖昧時，她像是要抹消尷尬似的，自嘲地聊起了自己皮膚上的瑕疵。

「不過是玩笑話一樣的，隨口說了句腦海浮現出的電影臺詞罷了，事實上當下我連片名都沒記起來。」

然而隨即，正忙碌著的僧侶沒好氣地回應：

「『那不只是雀斑。』」
（Those aren't just freckles.）
「『若你仔細看，就會找到仙后座。』」
（If you look closely, you can see Cassiopeia.）
她彷彿事先預習過的一樣，依著此刻電影放映的時間點，一字一句，跟隨著念出了當前的臺詞。彷彿彼時她與僧侶的拌嘴，正發生在鹿庭眼前。
「我直到那一刻才恍然大悟，」木咬契看著螢幕，說著：「才意識到，什麼是不能退讓的東西。」
「不能退讓？」
「嗯，不能退讓。」
之所以奮不顧身地朝險境縱身一躍，踏入非日常之中。
到頭來，我想保護的，只是這些瑣瑣碎碎的回憶。
「跟朋友相處在一塊，當你隨口說出一句電影臺詞，對方居然流暢地把下一句接了下去——只是這樣的『日常』罷了。」
聽起來很蠢，卻是勇者AAAA一生最珍貴的時光。
為了守住那一點點幸福的時間，我可不能簡簡單單地戰死。
「喏，鹿庭妹妹不也有嗎？絕不能退讓的東西。」

「我也有？」

「『喜歡騎自行車』。」

不會做飯。

獨自一人時會哼歌。

買了木吉他卻一直沒練習。

犬派。

會寫日記。

很講究鞋帶的顏色。

午休過後的第一節課常常睡著。

那多半不只是所謂的，「無關緊要的事情」。

「那些一個一個散落的，微不足道的日常，是妳的寶物吧？」

「我的……寶物。」

鹿庭這才察覺，自己的嗓音出乎意料地混濁。

正當她手要再次伸進爆米花的紙桶時，幾滴水珠落到手背上，突如其來的觸感使她反射性地縮了一下。

「咦？」

她滿臉意外地、瞪大雙眼愕然許久，片刻間無法反應。

隨後，她才吸了下鼻子，狼狽地拾起衣袖用力抹擦眼角。木咬契很自動地將後座的面紙盒取來，鹿庭沒多說什麼，抽過兩張默默擦拭。

有好長一段時間，兩人只是靜靜看著電影。

「木咬契。」

「嗯？」

「唯獨齊格菲我絕對不會讓給妳的。」她的喉音還有些哽咽，不過字字分明地說：「世界上最理解齊格菲的人，是我。」

「看來沒錯呢。」

「最喜歡齊格菲的人，也是我。」

「喔、喔齁，突然聽到還真有點害臊。」對方尷尬地笑了笑。

「……但謝謝妳，如此簡單的事情，我差點就忘了。」

＊

電影完滿結束，現場的觀眾零零落落地離開了露天戲院。木咬契與鹿庭有些意猶未盡，趁美食站打烊以前，又各自買了杯飲料。

兩人站在汽車旁，吹著晚風聊了起來。

「勇者AAAA隊伍內的僧侶，是個怎麼樣的人？」

「唔嗯，」木咬契想了想：「老媽子一樣的傢伙，囉哩吧唆。」

「喔？」

「明明有著愛操心的個性，卻老是一身哥德風格的打扮，每次出門都在當黑衣怪人。喜歡的音樂風格也很硬核，第一次見面的話，多半會讓人覺得是個有點可怕的女性吧。」

「居然嗎？」

「但其實很可愛喔，各方面。」

「比方說呢？」

「因為打耳洞和舌環，面試到處碰壁來找我安慰的時候。養的狗挑食，懷疑狗糧口味太難吃所以自己嘗試的時候。意外摔破了我送的成對馬克杯忍不住偷哭的時候，還有學我去做了挑染，一時興致太高昂寫了首詩，結果被我發現，後悔得要死的時候，都很可愛。」

「……妳和僧侶小姐是『那個』關係嗎？」

「就是『那個』關係喔。」

「真狡猾，根本算不上注孤生。」

「別在意小細節嘛。」

「可惡。」鹿庭大吸一口飲料，向後仰倒在車身上，仰望向黑夜：「好不容易把心情整理乾淨，妳居然在我面前炫耀。」

「那麼，對於苦惱著的鹿庭妹妹，由我來提供有用的情報吧。」

「情報？」

「事實上，椴葉小弟很快便要回格陵蘭了。」

「……」

一聽到這句，鹿庭立刻直起身子，用銳利的眼神盯向她。

然而木咬契沒有停下：「尼伯龍根的實質掌權者，也就是他的母親今晚剛抵達梅谷。為進行齊格菲框架的養護，這學期結束後將帶著孩子前往總部。」

「妳是怎麼知道的？」

「推理。」

「以時間順序上來看，妳應該掌握足夠的線索嗎？」

「不應該唷。」

「所以我才想問是怎麼知道的。」

「明天，」對於她的質問，木咬契似乎不以為意：「椴葉的母親即將前往鞍岳新潟，為今後由尼伯龍根主導的再生都市——以及祕密營造的研究基地建案，她打算親自到場檢核進度。」

那大概是妳最後的機會，鹿庭妹妹。

「木咬契，妳……」

並非刻意為之，但此時鹿庭整個人的氣場都升了起來，暴露出作為龍王祭司的魄力。她像是要將對方徹底看透，瞪視著那雙眼睛。

與之相反的，木咬契的模樣卻一如往常，迎刃有餘。

「想必妳也很清楚今晚椴葉去了哪裡吧？」她嚴厲地問。

「很可惜，我不能告訴妳。」

「選擇性的讓我獲得這些資訊，有什麼目的？」

「我並不討厭電影中的機械降神喔。」

「作為旁觀者，指揮舞臺上的演員是妳找尋樂趣的方式嗎？」

「不是，因此決定權得保留給演員。」

木咬契的回應十分迅速，看不出遲疑或思考的破綻。似乎沒有撒謊的痕跡。

對此，鹿庭沉默了下來。

她與對方四目交會，心中的確信感只有愈發加深。

「妳究竟是什麼來頭？」

「我想妳大概誤會了。木咬契並沒有變成一個妳不認識的人，」

她的眼睛細細瞇了起來，似笑非笑。伸出右手食指豎起，放在嘴脣上，比了個保密的手勢：「我是 Narrative 的輔導員啊。」

15 戰地實錄：三百日戰爭（錆垣縣）

二月九日凌晨時分。

錆垣縣。

四十八小時前，這片南國之地正結束一場血腥的惡戰。

英雄們沒能摧毀當地宇宙怪獸的巢穴，生化孢子導彈基地培育成熟，在眾人絕望的注視下盡數發射。

種子島宇宙中心化成毫無意義的廢墟。

防守戰徹底失敗。

受傷的英雄們撤退至周圍城鎮，聚集在凡人軍隊的駐紮處，利用殘存的設施進行醫療與整頓，並嘗試修復大破的鋼魂機天V。

「活地獄」。

想必那是任誰都會如此形容的光景。

共二十四座基地被「空投種植」。即使英雄們極力剷除，最終成型的兩處巢穴，仍然使鄰近海空化作無法地帶。

噁心的藤蔓與膠質狀肉丘聳立大地，不知羞恥地吸取地球母親的養分，朝天空伸出醜惡觸鬚，形成大片褐紅色、充斥腥臭與流漿的死之森林。

為此，較富資歷的英雄們受到召集，在半毀的小柳航空站會合。

「無論如何，至少得先把導彈基地破壞掉。」

「不，事到如今沒時間管了，既然宇宙中心已經失守，我們應該馬上動身，協助其他發射場的防禦。」

「但菲律賓海也受到這些導彈威脅，考慮到聯合艦隊的安全，兩座基地我看是非處理不可的。」

「會耗費掉另一個四十八小時吧？」

英雄們你一言、我一語地激辯著。

長桌堆滿地圖與資料。除戰鬥員以外，通訊士被分成十二張辦公桌的個別小組，正操作著各種儀器，及時處理來自各地的通訊請求。

話語彼此交織，現場顯得無比嘈雜凌亂，緊張的空氣迴盪在會議室中。無論英雄或凡人，兩日以來幾乎都沒睡滿過一個鐘頭，大家其實是強打起精神、靠提神飲料和鬥志，死撐著繼續面對現況。

「這樣吧！一部分人留下來處理導彈基地，傷勢較輕的英雄馬上出發，前往法國圭亞那。」

鋼魂機天V的現任駕駛員：犬神嵐，用不太標準的英語如此說。

他右腳纏滿石膏，拄著拐杖步履蹣跚。要不是服用尼伯龍根的痊癒刺激劑，不曉得休養幾個月才能再次坐上駕駛艙。

聽到他提出的意見，另外幾人紛紛搖頭。

斬翼女孩雙手交叉抱在胸前，嚼著口香糖反駁：「要就團體行動。現在英雄的勢力已經比開戰時單薄不少了，如果僅憑兩、三人組隊，與敵人遭遇會應對不過來。」

「況且，」長桌另一側，渦輪騎士從面甲內發出機械式的嗓音：「你打算留下對吧，犬神嵐？沒有我的協助，鋼魂機天V的修復該怎麼辦？假使我與你待在鏡垣，其餘人失去波導護盾的輔助，長程移動將面臨比以往更多的危險。」

「咕唔……」

夥伴們的論點確實無法忽視，犬神嵐再次眉頭深鎖，陷入苦思。

突然，會議室房門發出「砰」的一聲巨響，被粗暴地打開。

「輝煌軍神呢？」

闖入者是氣急敗壞的魔裝操者・異戰王牌。

他此刻保持普通人的模樣，穿著厚夾克，安全帽也沒拔，雙手手套來不及拆，可想見是騎摩托車頂著寒流、一路風塵僕僕至此。

從其他戰場趕來想必十分疲倦，情緒也正繃在弓弦上吧。他大呼小叫地喊著軍神，四下張望卻沒看見人影。

「輝煌軍神在哪！」

「你先喘口氣，王牌。」犬神嵐轉過身來向他搭話：「軍神暫時不在。」

「去哪了？」

「需要吃點東西嗎？我們還存著足夠的飲水與即食口糧。」

「那種破事隨便。」魆占煩躁地反手撥開他遞過來的礦泉水瓶：「我才不是特地來這陪公子們吃喝拉撒，軍神在哪？」

「究竟什麼事那麼急？」

「……」

面對嵐的反問，魆占反而一時間卡住了。

他遲疑片刻，思度著該不該告訴外人，最後才悶著聲開口：「是關於她故鄉的消息。」

軍神曾經居住的地方，剛剛毀滅了。

城鎮化做灰原，宇宙怪獸來得很快，生還民眾寥寥可數。他正好在附近追殺擬態間諜，當下立即到難民營去，往倖存者群裡找了很久，遺憾沒發現初洗花的父母。

「如果兩週前的偵察衛星沒被擊毀的話……」

「──稍早之前已經知道了。」

「什麼？」

「軍神的父母身亡的情報，她稍早之前已經知道了。」嵐盡可能平靜地解釋。

魆占瞪大眼睛，花了點時間才理解過來，「那軍神她人呢？」

「從通訊員處收到訊息後，一語不發地離開了。」

「去哪裡？」

「……不曉得。」

「『不曉得』？為什麼不攔住她？」

「我們沒有過問，」對於鼬占咄咄逼人的追問，他似乎十分無奈：「放心，讓她自己待著也沒問題的。」

「你一點也不擔心軍神掉隊嗎？要是她就這麼離開的話呢？」

「那樣也好。」

「……你說什麼？」

「軍神就算不回來，我們也……」

——喀噠！

嵐的話還來不及講完，鼬占便一把揪住他的衣領，將他整個人懸空提了起來。對方先是發愣，隨後也回敬以冷徹的眼神。

會議室瞬間沉寂，所有人都將目光投射向兩人。

要論脾氣火爆，犬神嵐作為超級系機器人的駕駛員一路走來，自然不可能比鼬占溫文儒雅到哪裡去。

雙方像鬥犬般互相瞪視著，沒有絲毫示弱的跡象。其餘英雄很清楚這不是能隨便勸的架，心懸著，閉嘴不敢吭聲。

「你什麼意思？」

「我才問你什麼意思。」鼬占的聲音彷彿撕磨著利齒，低沉地說：「這就是你身為戰友的處事方法？在這種情況下放著軍神不管？」

「既然她想獨自靜一靜，就隨她去，我只是尊重軍神。」

「尊敬？還裝得高風亮節，尚好你攏袂死老爸老母就著了？」

「嘴巴放乾淨點！」

嵐也一副隨時會揮拳的神情，鄙夷地瞪著他：「軍神打算去哪、要幹麼、想怎樣，什麼時候輪到你來指指點點了？就算她因此退出作戰、放棄英雄活動，你也得尊重她的決定。」

「誰在跟你談什麼『決定』！」

鼬占使勁一推，奮力將他按在長桌上，惡狠狠地說：「從頭到尾我只聽到一個結論，那就是你對軍神的事情，打算捲起袖子站在旁邊看著什麼也不做！」

「有些事她必須自己面對！」

「軍神才十六歲！你這白痴該不會連這都忘了吧？」

「但她是個戰士！」

「在魔法少女的身分之前，戰士也只是普通的人！因為軍神的能力強大，所以你們都覺得無所謂了嗎？認為她即便剛失去雙親，只要像盆栽一樣澆澆水放著晒晒太陽，就會恢復過來？」

「那我又奈她何？」嵐毫不遲疑地吼了回去：「把她挽留下來、花時間慣著她安慰她，軍神的父母就會復生？問題就無事解決？異戰王牌，你根本只是想把事情變得更複雜！」

「人本來就該是複雜的！」鼬占揣著他的衣領，將他猛烈地撞擊在桌面上：「人本來就該是複雜的啊，『大英雄』！」

互殺只要其中一邊去死就完事了。就因為還活著，事情才複雜。

女高中生更是複雜的精銳分子。她不是一架揮舞著魔杖的戰爭兵器、不是你的破鋼魂機天V耶？這間會議室站著五、六名英雄，沒有一個人感覺一丁點不對勁？

你們到底是當英雄還是當佛像。

「誰都好，給我伸出手啊！越是這種痛苦無比的時刻，就越應該緊緊拉住自己的夥伴，不是嗎？」

「……」

彷彿被鼬占的氣勢給壓倒過去，犬神嵐緩慢地卸下了猙獰的表情。取而代之的，是流露出無力感的眼神。

窒悶的氛圍像是會傳染，會議室內的眾人們也沉默著、如同蠟像般不知做何反應。

一片死寂之中，鼬占這才輕輕放開了對方的衣領。他不再多說什麼，悲傷地環視在場的人一圈，便轉身離開。

他沒有在小柳航空站附近找到初洗花。

鼬占擔心她是不是真的已經離開錆垣了。懷著惴惴不安的心思，到市區裡尋找幾個鐘頭，最後才發現她人坐在一間小小的雜貨店前面。

前臺貨架上擺著顏色各異的零食糖果，從古早味的梅子棒棒糖，到比較新潮的汽水糖都有。店門一側遮雨棚下，設置著幾臺電動遊戲機，初洗花就坐在那裡。

街區的電力似乎還未完全喪失，機臺螢幕裡透射而出的、染上迷幻色彩的燈光照亮了她的半臉。她駝著背，環抱膝蓋，靜靜地注視滴滴答答跳動的點陣圖。彷彿那便是這世上最美麗的存在，專注地看著。

鼬占原想出聲招呼，動作卻不自禁地停了下來。自己好像直到此刻，才頭一次覺得初洗花看起來相當「瘦弱」。對於無從而來、莫名萌生的念頭，鼬占感到一絲意外。

那絕對是整本字典之中，與初洗花最不相襯的詞彙了吧？

正直、堅忍、聰敏——有許多更貼切的選擇能被拿來形容她才是。然而不發一語，蜷縮著盯著電玩機臺看的初洗花，好像氣場散去、鎧甲被剝掉般，矮小纖細的體格毫無遮掩地暴露在眼前。

鼬占靜靜走到身邊，在一旁的位置坐了下來。

對方一定察覺到了動靜，卻沒有絲毫反應。

「你喜歡麻將機臺嗎？」

「嗯？」

「披著吧。」

鼬占脫掉夾克，從口袋裡取出銅板，隨手將外套扔給衣服單薄的初洗花。

他熟練地投入硬幣，開始打起遊戲。

老舊映像管畫面印著一名標致的電子女郎，賽局機制是雙人麻將，節奏很快，音響內傳出俗氣的配樂，以及報牌面的聲音。

才沒幾手，鼬占就贏下一局，成績達標進入次局遊戲，周而復始。電子女郎的表情一直是哭臉，彷彿在控訴鼬占蠻不講理的強大運氣。

立直七對子、混老頭、海底撈月自摸。

四暗刻字一色、小四喜自摸。

雙立直、門清自摸平和、一盃口、斷么九清一色。

「你很擅長呢。」

「換作別人來打肯定不是這樣啦。妳不會玩嗎？」

「不會。」

「想不想嘗試看看？我還有很多零錢。」

「不要。」

初洗花輕輕搖了搖頭，把屈起的雙腿放下。

她的眼眶看得出些微紅腫，神色也十分憔悴。連遮遮掩掩也做不到，所以才乾脆放棄假裝了吧，她用些許沙啞的嗓子開口：「你呢？不是來找我回去參加作戰會議的嗎？」

「沒，跟作戰會議無關。」

「那你到底想幹麼？」

「只是來打麻將而已。」

面對初洗花狐疑的追問，鼬占反而擺出了一副輕描淡寫的模樣。

她洩氣地嘆了一聲，又回到原先低下頭、抱著膝蓋的姿勢。而鼬占保持不良少年一樣的翹腳坐姿，兩人凝視著畫面上跳動、翻轉的牌面。

天光微微亮起了。

鏽垣的雲層依循著朝日光輝，從邊緣映出鮮明的輪廓，空氣裡氤氳著薄薄的水氣。

成列的交通號誌還兀自閃爍，指揮著無人的秩序。寂寥的市街很快被晨光所淹沒，人造物的陰影拖出長長的痕跡，切割開群落。這個世界此時已不再發語，只餘下小小的雜貨店鋪門前、兩人守著的遊戲機仍然發出一點聲音。

既漫長又沉默的時光持續了片刻，鼬占才徐徐開口：「稍微平靜一點了嗎？」

「我也不曉得。」初洗花沒有看向鼬占，淡淡地說：「現在只覺得很疲倦而已，哭還真是件累人的事情。」

「想睡一下也行喔？我會負責把風。」

「你的肩膀要借我靠嗎？」

「別說奇怪的話，給我到店裡找個位置躺。」

颱占咂了咂嘴，隨手胡了個國士無雙。

初洗花大概也真的是在開玩笑，拉拉披在肩膀上的夾克：「你是從小柳航空站來的吧。其他人呢？大家還好嗎？」

「別擔心那些王八蛋的事情。」

「太強人所難了，怎麼可能不擔心。」

「活蹦亂跳的，伙食好，住得好，各個學習情緒高，一邊嗑花生一邊喝啤酒呢，輪不到妳操心。」

「亂講。」

初洗花狠狠瞪了他一眼。

可對方也沒動搖，不置可否地聳了聳肩，避重就輕地回嘴：「我說真的，本大爺現在可是全知全能的異戰王牌，相信我。」

「那，阿波羅11號成功登月了嗎？」

「攝影棚裡拍出來的。」我一直幫那群美國佬隱瞞著呢。

「尼斯湖水怪存不存在？」

「總共六隻。」祖孫三代。

「諾亞方舟的遺址在哪裡？」

「瑞士。」改天一起去逛逛吧，諾亞方舟博物館。

「要怎麼吃漢堡，內餡才不會從另一端掉出來？」

「生出第六根手指。」除此之外別無他法，憑妳那又瘦又小的指頭。

「猜拳的必勝祕訣是？」

「往對方的鼻梁出『石頭』。」屢試不爽。

「人生幸福必須具備哪三個條件？」

「睡眠九小時、溫熱的食物，以及皇后樂團……軍神？」

不知從哪一句開始，不停拋過來的、沒頭沒腦的問句聲便漸漸細微。颱占一直耐著性子思考該怎麼應答，反而沒留意到。

最後，初洗花安靜了下來，她緩慢地、迷濛地，將頭倚靠在颱占的肩上。

橫跨數日強撐精神的戰鬥，加上心理層面的緊繃，缺乏休息的輝煌軍神，至此刻似乎終於到達極限了。

連喀喀敲打著機臺按鍵的聲響，都成了一種催眠的背景。

眼皮好重，雙眼睜不開。

「……颱占，我到底該怎麼辦？」她細微無比、幾乎難以辨識的話音有如夢囈一般：「我已經不知道該如何是好了。」

「先好好休息吧。」

「無論再怎麼努力，還是持續有人死去。」

或許想趁著意識消失前說出口吧。

初洗花含糊地、斷續著吐出稀薄的詞句：「我到底是為了什麼，才回來當魔法少女的呢？」

戰爭持續太久，已經忘了。是不是該在恰當的時機，讓扮演英雄的遊戲畫下句點比較好？但我太膽小了。連放棄英雄身分的勇氣也沒有。

「颱占，像這樣的我，到底該怎麼辦才好──」

「……」

聲音弱了下去。

初洗花的一手抓著颱占肘部的袖子，纖細的手指失去力量地勾在衣襬上。

她靜靜發出節奏有致的呼吸聲，眼角還掛著淚痕便睡著了。

「……抱歉，我果然不是什麼全知全能。」確定對方聽不見，颱占才低吟地回答：「就算軍神問我該怎麼辦，我也給不出令人滿意的答案。畢竟妳能夠做到的事情，大多都是我做不到的。」

唯獨一件例外。

「如果是『奇蹟』的話，妳可以放心交給我，初洗花。」

軍神就做軍神能夠做到的事情就好了。

「然後，我會負責替妳帶來奇蹟……不，無論妳身在何處，請允許我帶著奇蹟去找出妳吧。」

那樣的話，妳也能明白，自己不是孤獨一人了。

＊

慈祥母星的另一側。

雪國。

「下巴好瘦！我死也不要吃你們的魷魚乾啦！」椴葉唐突發出大喊。

他恍恍惚惚間做了個關於高智慧貓咪統治地球、建起集中營高壓管理愛狗人士的噩夢，冒著冷汗睜眼清醒過來。

他掙扎著、一把推開身上的薄被褥，卻瞬間被凍得渾身雞皮疙瘩。汗水接觸到冷空氣，簡直是最強的寒冰惡咒。

「嗚哇好冰！」

自己正身處一頂簡單的軍用營帳內。

頂端吊著煤油燈，鵝黃光亮充滿帳篷，多少提供了溫暖的氛圍。除此之外便是矮桌、收在木盒裡的醫療用品，以及兩副行軍床。擱在摺疊桌上的收音機，正嘎嘎傳出略帶雜訊的廣播電臺節目。

「現在美國東部已經接近傍晚，各位觀眾或許正在回家的路上、聽著車內的收音機吧。沒錯，又到了每週例行的特別貴賓訪談環節，本日都市之聲邀請到的英雄，是來自義大利的偶像戰士米露露鈴。妳好～」

『主持人好。』

「米露露鈴小姐，請問在過去的幾個月——」

椴葉呆愣半晌，花了點時間好好運轉思緒。

「原來是活下來了啊……」

伴隨著腦袋發重、昏昏沉沉的感覺，一些記憶這才慢慢恢復。

此處是芬蘭。

恰逢午夜前後，氣溫正要難受的時點。

椴葉坐在行軍床側沿，抹去額角的汗水。齊格菲的作戰服完好地收納在腳邊，他現在只穿著深色汗衫與短褲，造型有點像在盛夏裡抓著獨角仙與夢想的快樂少年。

開什麼北歐玩笑，現在二月耶。

他伸出右手掌放在眼前，動了動五指，緩緩張、握關節。

心有餘悸。

大概十二小時前，位於俄羅斯的普列謝茨克航天發射場失守了。

敵人從月面派來一頭前所未見、所向披靡的新生宇宙怪獸「千手百眼血魔王莫拉克」，頃刻燒盡發射場的土地。為了不讓千手百眼繼續毀滅其他站點，齊格菲、鹿庭等一眾英雄展開追擊，配合凡人軍隊的包圍，千鈞一髮總算攔住牠的腳步。

椴葉更是在短時間內發射了兩次「殺獸象徵」。雖然成功取下怪獸性命，他也不堪負荷昏厥了過去。

世間居然存在吃下一發投劍也不會死的生命——真是可敬的敵人，千手百眼血魔王莫拉克。

當他忙著回味虎口餘生的安心感時，帳篷門簾被掀開。走進來的是端著食物餐盤的鹿庭。她包裹厚厚的大衣、圍好圍巾，肩膀與毛線帽上還落著白霜。

果然如他所想，鹿庭是名與冬日十分般配的美人。潔白乾淨內透出淡淡血色的肌膚，因寒意而通紅的脣瓣輪廓變得明顯。細長睫毛氛圍慵懶，令人聯想到一同依偎在溫暖火爐前的時光。

像精靈一樣呢，椴葉屏息，暗暗讚賞著，移不開眼睛。

「醒了？」

「嗯。」他點點頭。

帳篷外傳來芬蘭語、俄文和英語交雜的談話聲，以及大型車輛駛過的聲響。看來凡人軍隊還忙於整頓，況且是這大深夜裡。

鹿庭在另一張行軍床上坐了下來，「身體狀況如何？」

「很餓。」

「我喜歡你的答案。」

餐盤盛著兩只熱氣騰騰的鋁盒。裡頭是馬鈴薯泥、通心粉和鷹嘴豆，澆淋厚厚一層鹹奶油，隨便撒點胡椒。毫不掩飾的高熱量，但要步行於凍寒之國，這些是必要武裝。

「鹿庭沒休息嗎？」

「這種簡陋的行軍床，怎麼可能睡得著。」

「……妳還真有大小姐的架勢。」

「那當然，」對方不以為然地爽快承認：「只要床鋪上放著一粒豌豆，疊三十層厚厚的棉被我也睡不好。」

「喔，那則童話我聽過，叫做《豌豆公主》對吧？」

意思是妳的皮膚很嬌嫩囉？

「不過，就算改疊三十層鋼板，大概也睡不好吧，真苦惱。」

「我想問題多半出在鋼板。」

「疊三十個剛失業的中年男性，睡得不錯。」

「妳該輾轉難眠才對吧！為什麼睡在人家身上！」

「昨晚睡得不錯。」

「疊了嗎？昨晚疊了嗎？三十個剛失業的中年男性！」

他們的新職場就是負責幫妳擋住豌豆的觸感嗎？

先把豌豆給我拿掉啊！明明有三十個人的說！

認識鹿庭還不滿一年，但椴葉似乎漸漸明白了，她就是個腦迴路混沌的女生。

這麼一來一往地吐槽，再加上剛醒，椴葉口乾舌燥得不行，順手拿起飯盒旁的小紙杯飲品，仰頭飲盡。熱辣辣的氣味伴隨著直衝鼻腔的烈香，登時讓他嚇了一跳。隨即，從咽喉到胸膛處都暖和了起來。

「嗚，香料熱紅酒。」

「劍客椿姬替大家煮的，說有助於撐過夜晚。」

「感激不盡。」他忍不住舔了舔牙齒：「以前待在尼伯龍根的時候，聖誕節總是能喝到呢，香料熱紅酒。」

研究員的平安夜餐會上，這是一定得準備的飲品。意外地把去年錯過的份補回來了。

「科學家們還真優雅。」

對於椴葉的西洋習俗小分享，鹿庭沒有表現出太多興趣。

「齊格菲，你明明能分析物質的組成內容，為什麼還老是一驚一咋的？」

「唔……畢竟改造人之眼也並非隨時開著不吃效能。」他撓著頭髮，解釋著：「需要降低負擔的時候，會適度關掉一些背景程式。」

「連物質分析功能都不能常駐運行，古董機。」

「別說古董機啊。」

「那，DOS作業系統。」

「哭給妳看喔。」

鹿庭小姐，就算是改造人也會哭喔。

「但我覺得這樣反而很可愛，遇到什麼事都會先嚇一跳的齊格菲。」

「什麼？」

「……我在稱讚你可愛。」

「唔，謝、謝謝。」

椴葉的臉羞紅到了耳根，別過視線去迴避她的目光。

反應這麼慢，果然是古董機吧。一邊想著，鹿庭從容地取來裝熱食的鋁盒，拿塑膠湯匙舀了一口，「齊格菲，來『啊』。」

「咦？啊——」

椴葉張開嘴，迎向對方伸過來的湯匙。然而兩人動作隨即僵住、食物在隔著嘴脣幾公分之遙踩下剎車。那幅畫面客觀上顯得有些滑稽，像被誰擅自按下暫停鍵似的。

互相餵食也是被龍神禁止的行為。

「果然不行。」

「沒、沒關係啦。」

椴葉嘴角浮出苦笑，伸手接過飯盒和湯匙，大口大口扒起通心粉。五穀根莖主食群的紮實感填滿五臟六腑，薯泥粉粉的口感讓人欲罷不能。

「最後，能請米露露鈴小姐給觀眾們一句話嗎？」

『雖然戰況很嚴峻，但大家絕對不要放棄。米露露鈴今後也會繼續在舞臺上，為全世界的哥哥們唱歌，所以——』

另一邊，鹿庭倒沒那麼焦急著開始用餐。

她關掉咕咕作響的收音機，翹腳端起熱紅酒靜靜品嘗。

帳篷外頭仍時不時有聲音傳來，顯得很繁忙。

那是種令人微微不安的忙碌。混雜著疲倦、抱怨、一點點喪氣和茫然，隱藏起這些後強打起幹勁的空氣。

「大家在忙什麼？」椴葉嘴裡還含著食物，邊問。

鹿庭放下水杯。

「修理超合體忍機．殺陣王和其他載具、搶救可用的火箭材料，回收武器，分配補給品、重新編制軍隊，以及聯絡其他防禦點。」

總之就是該做的事情，她說。

不過，丟失五分之一的希望，夥伴的情緒都有些低落。

「不止俄羅斯，日本的防禦點也毀滅了。法國正發生第四次交戰，情況一點也不樂觀，但我們要想動身支援，最快也是天亮後的事情。」

「遺憾，結果運氣沒有站在人類這邊嗎？」

「齊格菲，」鹿庭的聲音帶著一絲遲疑：「你認為人類最後能贏嗎？」

「要看『贏』的定義。」聽聞這個問題，椴葉輕輕拿開飯盒，嚴肅地回答：「如果『贏』指的是種族存續，那麼暫時看來，贏面還很大。」

妳聽過「最小存活族群數」(Minimum Viable Population Size)嗎？

簡單來說，「ＭＶＰ」代表一種生物要保持基因多樣性、容忍繁衍中可能發生的致命的遺傳缺陷等障害，必須最少最少存活的個體數量。

只要低於該數字，該族群將不可逆地隨時間自然消亡。

目前的數字，依尼伯龍根指導院最新計算，考量戰爭後環境遭汙染的次生災害等等因素，結論是——

兩萬五千。

只要兩萬五千名人類生存下來，就還能握住一線生機。

當然，如果「贏」的定義在於文明存續，就得讓更多人倖存。畢竟都市建設、製造工具與教育等等諸多崗位，需要投入大量勞動力。

假設把「贏」的定義向上提高到找出宇宙怪獸的母星，發起復仇戰、徹底消滅未來的威脅，那門檻就更嚴苛了。

我想目前人類肯定沒那個力氣吧。

「但話說回來，這些都只是局限於科學分析的答案。」

椴葉的語氣停頓下來。

他看向鹿庭，用堅定的眼神說：「對於人們來說，最重要的——是『○○』。」

16 雙縫干涉

四百段，鋪石階梯。

灰色的廊道好似沒有止境般向天延伸，在鬱鬱靜山深處劃出一脈缺痕。肅穆的重壓令來者卻步，與此同時，卻也使人不禁產生一絲妄想：若真有人成功征服這邁天苦旅，是否就能染指仙境神國。

鎮守長階盡處、位於氤氳靈岳中的，是座宏偉山門。雕龍繪鳳，金碧輝煌，那便是所謂煌煌天堂在人世間形象的映射吧。

青瓦上龍蟠虎踞、百獸雲集，彩雲伴隨奏樂天女、神兵擁護寶馬金鑾，昭示超凡的極樂之象。

而支撐高聳山門的四尊粗壯巨柱，則雕滿淒烈的地獄光景。受苦的靈魂們，扭曲地攀附石梁渴望往上爬，磨牙鑿齒、剖肝泣血。

矛盾的天國與地獄相對遙望，組成山門的形象。

最終，前來瞻仰的渺小眾生才會注意到那塊烏黑發亮、刻印金字的匾額。

——龍王院。

此處即祕教聖域、人神交界之境。

「少年，你理應感到榮幸！」

於山門後的蒼石階梯上，傳來一道宏亮又威武的聲音。

只見四抹姿態各異的身影排列著站在那裡，形成待接之勢。

「禮鶴大人現在允許你報上名姓，開口！」

終於有人應門了。

自天還未亮起前，他早已騎著自行車抵達此處。佇立在山門前靜靜等候了兩個時辰有餘，一路趕來的渾身大汗都被蒸乾，取而代之冰冷的露水凝結在他髮梢。

直至烈陽高掛，才終於有人願意見他。

「我的名字叫做『椴葉』！」他不甘氣勢落於人後，大聲答應：「尼伯龍根指導院人造英雄一號，齊格菲！」

「英雄齊格菲，擅闖淨地所求何事！」

質問他的是名身穿古代鎧甲、手持狼牙棒的彪形大漢。

尼伯龍根收集過各英雄與勢力的資料，那些情報齊格菲自然被要求著細細讀完。雖然只看過肖像，他也一瞬間認出了對方的身分。

身長十尺虎背熊腰，儼然怪力之貌。出聲響若洪鐘，眼神蠻惡犀利，坐有鎮殿重行有撼林威，持棒之姿使人望而生畏：龍王院四天王，「護教」之虎堂。

第二人體格消瘦、隱藏在厚實的大袍下。面色枯槁蒼白如殭屍。發青的嘴脣好像會吸人魂魄，手摟一對鐵冷鐮刀，陰深的癔病男子：龍王院四天王，「解經」之蛇凋。

第三者，略顯福態、衣飾華美的雍容貴婦。在一片深林裡格外突兀，慵懶的雙眸流露出輕視。輕搖鋒利鋼扇的、令人不快的傲慢女性：龍王院四天王，「宣道」之貂糯。

而位於這三人的排列陣勢正中央、一副領導者之姿的，是名風度翩翩，肅穆斯文的美男子。

——前代龍王祭司，禮鶴大人。

他身披雅素的淡青色漢服，體態筆直，眉清目秀。銀白色長髮高高束起，任憑歲月在臉上留下痕跡，但氣質難以想像是名耆壽老者。

椴葉單單與他細柳似的雙目對上，就立刻「明白」了一些事情。

例如：這是個聰穎的人。

又或者：這是個對於智慧、道德、禮節有教養，內心有尺度的人。

禮鶴大人的表情未帶多餘的溫度，既不像排拒的冰冷，亦沒有親愛的逢媚，而是正如為人榜樣所需的，溫徐似清風一般。

瑟兮僩兮，赫兮喧兮。有斐君子，終不可諠兮。

所幸，椴葉並沒有被龍王院幹部們的大陣仗給震懾住。況且四天王中唯獨欠缺鹿庭的身影。他以為從昨晚海生館解散以後，鹿庭已經動身回龍王院了。

心頭的焦躁遠遠蓋過膽怯，他大聲發問：「鹿庭還沒到嗎？我想見的人只有她一個。」

「放肆！」護教之虎堂立即斥喝：「祭司的所在，豈准你一介莽夫張口便問，滾！」

「阿虎，且慢。」

禮鶴大人揚起手來，露出長袖之下、節骨嶙峋的素白手掌。也只有在這點小地方，才能稍微看出他是個上年紀的老人。

他制止虎堂劍拔弩張的態度，徐徐地說：「這位椴葉少年是龍王院的客人。他已經以耐心的等候表達誠意，我們自然應當以禮相應。」

「萬分慚愧，全怪屬下設想不周。」

「椴葉，」訓斥虎堂後，禮鶴大人將視線轉了過來，「龍王院有自己的規矩，想提步跨越山門的人只能是信者。這道守則過去不曾遭犯，往後也不該打破。」

「那就在這裡把問題給解決怎麼樣？」

「我可不願讓來客站在門外。為此有個提案，不知是否願意一聽。」

「說說看。」

「——成為龍王的『僧兵』吧，少年。」

如此宣告著，禮鶴大人張開雙臂，展現歡迎。

從他身後走下兩名老嫗，恭敬地奉上紅絹盛盤的契約書，以及鋼筆。

「若身為僧兵，踏入大院登上殿堂未嘗不可。屆時，我們便能好好來聊關於你想要聊的話題。」

椴葉盯著眼前A4大小的契約，沉著氣思考須臾，才做出回答。

「我了解了，」他拾起鋼筆，「不這麼做的話，我就無法見到鹿庭。」

*

寺院裡的老婦人們對於待客流程十分嫻熟，首先便將椴葉領到後殿去潔身沐浴。雜亂的頭髮要稍微修飾，並且往後梳起，沒有瀏海的感覺讓他稍嫌不安心。盥洗打扮完畢後，院方呈上薰香過的修行服讓他換上，修行服很樸素，沒有口袋，因此私人物品只好先由他們保管。

「稍等一下。」

在手機等東西被收走之前，椴葉攔下了那位仕女。

他從裡頭拿出「女神票」。

「僧兵大人，那是很貴重的物品嗎？」為了盡善保管的責任，老婦人於是如此問。

椴葉搖搖頭。

他拿起手機，拍了張女神票的照片，發到注孤生社的群組內，這才再次把東西遞交給院內人士：「只是護身符一樣的東西罷了，別在意。」

於此，事前準備總算結束。

四天王領著椴葉，漫步穿越長長的半開放側廊。

沿途盡是蕭瑟的冬景，不過意外的令人平靜。院地所在的此處靈山，連樹林都有一股說不上的特殊氛圍，彷彿真的能不受塵囂叨擾。

通過龍王院龐大的建築群，一行人才抵達主殿。椴葉以工作人員的側門入室，再從後廂通道前往大堂，至於四天王則直接由正門進堂。

看來不只虛有的職務名號，在這宗教的世界裡，不僅人的階級分明，相應的繁文縟節也很多。

主殿大堂是每日誦經、冥想與講道的場所。但龍王院內本身沒幾個常駐的僧侶，何況日課從清晨四點開始，此時早就結束了。

室內裝飾與椴業所預想的遠遠不同，幽麗樸素，絲毫不見奢侈。相對的，龍神信仰的財力則直接體現在格局上。

三百坪的堂室大到能產生回音，幾座籃球場占幅的地板以橡木鋪實、打蠟，天頂承重結構的反影依稀映照在上。四周裝設著許多經過造型設計、古雅的電氣燈點，但整體依舊略顯昏暗。

位於殿堂末端牆，一張巨幅的石雕作品幾乎填滿了整面空間。雄偉的東方龍盤旋在灰石上、俯視前來頂禮膜拜的芸芸信者。

「歡迎。」禮鶴大人見椴葉已來，親切地出聲招呼。

他人正跪坐在祭壇前的地板上。身前擺著茶盤茶具。

空蕩蕩的殿堂裡除他一人，就只有四天王排成橫排、坐守在右側牆邊的暗處，氣氛顯得格外清寂。

椴葉深吸一口氣走上前，在禮鶴大人對面入坐。他不太習慣金剛坐的跪姿，局促地挪了幾次才找到恰當的位置。

對方正專心泡著茶，抬頭看了他困窘的表情一眼，隨即微笑著低首繼續照顧茶具，邊用平靜的聲音說：「氣色好多了。」

「嗯？」

「一個人經過沐浴盥洗、換上整潔的衣服、慢步通過長長的走廊，躁動不安的心境也得以收斂。你現在的氣色比剛來時好多了。」

「……我該說聲謝謝嗎？」

「呵呵。」禮鶴大人輕笑起來，斟了兩杯清茶：「收斂心思是你自己辦到的，不需要向任何人道謝。」

「我還以為你會說些什麼『要謝就謝龍王』之類的話呢。」

「很常見的預想。」他將茶杯以雙手呈給椴葉，解釋著：「然而龍王信仰並非全然的偶像崇拜——嗯，對於粗淺的年輕學子來說或許真是如此吧，可此地的僧侶不應該做此思考。」

「龍王不重要嗎？」

「當然重要，馭使三千世界命數與運力的龍神，是這個宗教的中心點。」

但重要並不代表一切。

「僅止於敬恐神靈，卻不為此修練、將知曉的道義身體力行的信徒，是一種嚴重的責任破棄。」

「意思是修行比起信心更重要？」

「看來這多半也屬緣分，由我向你慢慢說明吧，椴葉少年。」

說著，禮鶴大人捧起自己的茶杯，以茶水潤澤嘴脣：「——比方說，」

比方說，夢。

快樂的夢，與愛人相思的夢。抑或，嗔痴、憎恨，與人相殺相死的夢。人們本身擁有智慧，能清晰無比地理解：不過只是夢。夢的虛幻，我想多數人會認同。不過，夢所帶來的情緒，卻也是真實的。

「倘若未經修練，人很難輕易地從情緒擺脫。即使那份情緒的來源如夢般僅止泡影，一時半刻也無法釋懷。」

你也能夠理解吧？椴葉少年。

夢見橫死、夢見父母不合，喪失珍視之物，又或者，整個大世界的墜落。

令人心哀的夢甫一結束，你從臥榻上驚醒，抓著胸口陷入悲傷。即使自嘲著說「別放在心上」，惶惶不安也不見削減。為什麼？

因為你的「心」是真物。

「紊亂的情緒使人以錯誤的方式與世界相處。好比夢見叛變，而向屬下動怒的上司，又如夢見不貞，而對妻女羞辱的丈夫。」

人的心真是可怕，它居然能毫無由來地傷害他者。

更何況，浸染人心的事物，遠遠不只有夢而已，對吧？

來自遠方遺憾的消息、師長不慎的貶低言詞、壞天氣、對錢財或權力的憂憂碌碌、得不到回報的施恩、明白死期將至的恐懼……

「椴葉少年，你能說自己的行為判斷，總是遵循自我，沒有受他者影響嗎？能片刻不違背地坦然開口說：我的愛憎、喜怒，並非因為一場做夢所造成，而是發自內心、真實的行為嗎？」

「……」

不可能。因為你並不是個「什麼也不是」的存在。

「你是英雄，眾望所歸、承歷磨難後收穫榮譽，是尼伯龍根指導院教育出的英雄，而那便感染了你心的形狀。」

禮鶴大人的話語在此停頓。他再次起杯，輕微啜飲。

模仿著對方端正的姿勢，椴葉也笨拙地喝了一口茶。

「所以，」他向禮鶴大人發問：「修行就是端正受到的影響、避免汙染，追求真實的內心嗎？」

「呵呵，椴葉少年做僧兵太可惜了。」

對方露出愉快的笑臉，以古稀老者來說，還真是滿面春風的表情。

「理解得很正確，我欣賞你。」

「唔，謝謝。」

「但那僅停留在第一步。」

「什麼意思？」

「我想，鹿庭一定也時不時與你抱怨過，關於龍神在主祀祭司身上施加的種種力量保護，以及舉止限制吧？」禮鶴大人放下茶杯，「在我剛成為祭司時，同樣如她一般怨懟著龍神的蠻橫。直到年近四、五十歲、已經無法稱自己是個青年的年紀，才漸漸領悟龍神的意義。」

龍王的祭司必須擁有真實的心，才得以真實地愛人。

愛人。

抹去差別、消弭歧視。

直至那番境地，人便能夠坦然愛人。

「正如同我愛你、與愛著四天王是同等之心一樣，椴葉少年。」他以止水靜風般溫柔的語氣說：「鹿庭還在學習，還未能正確地愛人。那也是現任龍王祭司無法回應青澀戀愛的原因。她必須正肅內心，成為信徒們的導師。」

「……龍王祭司的職責，就是去愛所有信徒嗎？」

「是，祭司必須愛所有信徒。」

「換句話說，如果我也加入祕教，就能得到鹿庭的愛了嗎？」

「讓椴葉少年入教？」

對這意料之外的要求，連禮鶴大人少見地露出了饒富趣味的神情。

他端詳著椴葉文風不動的認真表情，殿堂裡陷入死寂。

「未嘗不可。」

隨著前代祭司抬手一招，在後廂房待命的老嫗們取出正式的袈裟與經書，來到他身旁奉上。

椴葉輕輕地將手放在那件袈裟上，感受著絲絹柔軟的觸感。

找到了，這裡似乎便是捷徑。

突破過去使他們痛苦不堪、無法相思相戀的阻礙，使兩人真正互相連結的一道意外之門。袈裟披上，然後，去成為能夠待在鹿庭身旁的「存在」。

那正是自己一直想要的，不是嗎？

椴葉若有所思，踟躕著嘴裡的字詞，最後開口：「禮鶴大人。」

「請說。」

「成為信徒之後，我還能愛著鹿庭嗎？」

「你必須開始學習如何擁有真實的心，並且真實地敬愛他者。」

「那個愛，除鹿庭以外，也適用於鹿庭以外的人嗎？」

「沒錯。」

「——抱歉，果然我還是不打算信了。」

椴葉強撐起發麻的雙腿，倏然站起身來。

「如果不是只喜歡著鹿庭的話，就沒有意義。而且，鹿庭如果不是只喜歡著我一個人的話，也沒有意義。」

我只想獨占她。

她的溫柔。她的任性、愛好、關懷、惡作劇、煩惱。如果對所有人都一視同仁的話，如果不是由我一個人獨占，不是只有我是特別的話——

那種東西我乾脆不要。

「我已經照你所說的成為僧兵，請遵守承諾，告訴我鹿庭人在哪裡。」

「……她往鞍岳新潟去了。」維持坐姿的禮鶴大人，用欣然的眼神注視著他：「知道以後，你又做何打算呢？」

「該做的事情沒變，現在就去鞍岳見她，趁鹿庭還在國內，對她告白。」

現任龍王祭司到底能不能回應青澀的戀愛？

恐怕這件事情，不是禮鶴大人說了算。

「在結果被寫定前，我想要聽由她自己說出口的答案。」

「椴葉少年，別忘記你此刻身為龍王的僧兵。」

「所以？」

「若違背規矩擅離院門，四天王將出面阻止叛教者的腳步。作為當今龍王院秩序的管理者，操刀必割，執斧必伐，遺憾不該為你破例。」

「忘記的是你，」椴葉低身拿起茶杯，仰頭一口飲乾才放回：「我是鹿庭的戀人。」

茶很美味，多謝款待。告辭。

17 牛頓環

鞍岳，海天一線。

湖面的灰藍色調襯墊出空之深蒼。摩天高樓的遺骸零落錯置，僅有半端高度露出水面、印下倒影，成為植物與海鳥的新樂園。

白色燕鷗貼著波浪滑翔、低低掠過。波濤沙沙的聲響此起彼落，層疊複誦著生生流轉的訊息。

人們總說太陽是金色，其實不然。

撕裂地揮灑於大海原上、隨浪紋熠熠生輝的，分明是溫柔高貴的銀光。

僅僅過了半年左右的時間，生機居然就恢復到了如此程度。注視著此般景色，便能直覺地意識到：地球或許是一面巨大的舞臺，生死不過是配樂，人類有幸占據著其中一隅，也只能彆腳地隨旋律而起舞。

然而，此時聚集在這塊新生樂園內的，正好是群不信者。

尼伯龍根的科學家、職員們在岸邊搭起營地、劃設前線。陣列的工程機具，巨量的器械與材料已經在棚內就位。船隻與直升機等載具同樣一輛不少，駐泊於空曠處接受整備。

以祕密組織而言，尼伯龍根能動員的人力稱得上數一數二雄厚。

穿越放射線汙染的危險線，離岸三點二公里遠處，原址為鞍岳電信大樓的殘骸頂樓，此時停著一架小型直升機。

三名科學家裝備厚厚的核生化防護服，正在進行樣本採集。

「第一筆分析出來了。」

說著，研究員將筆記型電腦的畫面轉向，呈現給梓司令。

隔著方窗型的透明面罩，她盯著圖片沉吟半晌，才點頭回應：「生態系果然被汙染了。」

梓司令的語氣中帶著一絲憂慮，拿觸控筆翻閱螢幕。

「你看，紋藤壺的交尾器原本不該生長成這種形狀，反倒還有點像廣島宇宙怪獸導彈基地的觸鬚結構。」

「附近的藤壺，有戰前的紀錄能拿來比對嗎？」

「已經從王立海洋生物中心拿到支援資料了，這多半是畸變。」

「宇宙怪獸的細胞真厲害……」身旁的研究員不禁低喃。

從資料來看，附近的生物或多或少都受到了感染。

當時於此處倒下的宇宙怪獸，名叫「腐泥超獸喰魂特里爾東」。那頭野獸一面侵吞城市中的生命、一面變換自己的體徵，透過吸收其他物種的基因優點，漸漸強化自身的戰鬥性能。

由於侵略路徑上曾通過鞍岳市立動物園，特里爾東進化成了前所未有的型態，甚至讓普通的英雄無法妄然挑戰。

指導院打算讓齊格菲搶先迎擊，因為「殺獸象徵」的特殊波動，會引發名為「殺獸崩解」的連鎖反應，能更徹底解決危險。

沒想到巨大機器人英雄的手腳更快一些，賽博超忍隊駕駛著超合體忍機・殺陣王，用粗暴的能量砲擊垮了敵人。

其結果，就是特里爾東的殘存細胞在鞍岳肆虐。

將來等建築群遺骸徹底拆除後，指導院必須投放毒藥殺死現地生物，並在未來兩個世紀持續監視鄰近陸海的生態情況。

那同時也是他們打算偷蓋地底研究站的主要原因。

嗯，「主要」原因。

正當梓司令反覆確認那些令人在意的圖片時，一旁看守直升機的研究員走近，表示接到了來自岸邊營地的對講機聯絡：「梓司令，他們說有『客人』找妳。」

「客人？」梓司令抬起頭，困惑地反問。

然而她馬上便理解了狀況。

從灣岸的方向，一名少女正徐徐朝電信大樓飛來。

果然看幾次都不會習慣呢，人類不憑藉任何器械飄浮於空中的模樣，她想。

*

「冒昧打擾，我是龍王院的祭司鹿庭。」

畢竟沒有事前預約，出於禮貌，鹿庭總之先打了招呼，才在殘骸樓頂落地。

一路飛來，圍在潟湖岸邊布陣的指導院成員們完全沒有攔她的意思，甚至派員主動告知她想找的人的所在位置。

鹿庭對此頗感意外。通常的經驗裡，就算同為英雄組織，因為各自戰鬥的理念不同，應該多少會有排外傾向才對。

該說不愧是理性至上的指導院嗎？

「初次見面，梓司令。」

眼前的三人雖然穿著大同小異的防護服，她卻第一時間便認出了椴葉的母親。氣質不凡。

隔著透明玻璃罩，那張嚴肅又難以親近的臉孔，讓她不自覺回想起寺院的老頭子。說實話，她不太擅長跟這類散發著強烈氣場的大人相處。因為在察覺到對方很聰明的同時，也會認知到自己的青澀。

鹿庭一點也不喜歡認知到自己的青澀。

另一方面，見她穿著日常服降落，梓司令立刻對部下做出指示：「潔希德、奧特琳，拿備用的防護服幫她穿上，快！」

「不用麻煩。」鹿庭連忙搖手拒絕：「有龍王的保護，毒素汙染對我無法造成影響。」

「那麼至少得吃抗輻射藥。」

說著，一旁的助手們也不容她婉拒，塞上藥丸和鋁鋼水壺。

藥丸是普通民間販售的德國碘片。至於水壺，她曾經看椴葉拿過相同的款式：那是指導院自己研發、瓶壁很厚，造型很科幻，而且必須用力吸才能透過滅菌橡膠壺嘴吸到水的防汙染保溫瓶。

「……」

你們家花樣真的特別多。

乖乖吃完藥，交還水壺後，梓司令還千交代萬叮囑地追加說明：「有任何不適要馬上向我們反應，絕對不許忍耐，明白嗎？」

「唔，嗯。」

感覺自己好像造成了對方的麻煩，鹿庭突然有些不好意思。

「麻煩你們繼續收集樣本和看管機器，我陪陪鹿庭。」

「收到。」

「交給我們吧，司令。」

將任務發布下去後，梓司令便轉向鹿庭招呼。

兩人偕行著，走幾步跨過屋頂的結構，稍微遠離探測組，來到頂樓另一側的開闊處交談。

鹿庭抬起頭。從清晨時分起，原先晴朗和徐的冬日似乎有變色的跡象。灰色的陰影在地平線盡處聚集，恐怕過不了多久便要迎來雲雨。

怎麼回事？

「妳很在意天氣嗎？」

察覺鹿庭些許遲疑的舉動，梓司令出聲詢問。不過她揚了揚手表示別介意，沒有進行這個話題的打算，而是改口反問：「那些研究者明明稱妳為司令，為什麼妳會在第一線執行任務？」

「的確，我多數時間的工作在於決策、統籌與評估，」

對方似乎沒有留話的意圖。

這是雙方頭一次會面，對於她的坦然以待，鹿庭反倒有點敬服。

「但偶爾我會親上現場，因為不想忘掉當研究員時的手感。」

「手感嗎？」

「還有，因為我是工作狂。」

對方面無表情地將腰際的望遠鏡取下，觀測遠處廢墟的狀況。

那是只先進的電子遠視裝置，就算隔著防護服的窗罩，使用起來也毫不彆扭。

「靠著投入研究工作，我順利結了婚、生了孩子、離了婚、被孩子討厭。經歷過所有的一切後，我仍然在研究，因為那是我的興趣。」她輕描淡寫地說：「鹿庭呢？妳的興趣是什麼？」

「游泳。」

「那麼妳貫徹了游泳嗎？」

「……」

察覺對方遲遲沒有回話，梓司令這才放下望遠鏡，轉過頭來。

她將望遠鏡轉交給鹿庭，有些尷尬地致歉：「對不起，我不太擅長與人聊天。」

「無妨。」

理所當然一般，鹿庭也拾起鏡頭，模仿著對方朝遠處眺望。

梓司令輕輕來到身後，伸手慢慢地牽引著鹿庭的手臂與視線，直到將視野對準西南方的一座高臺。

茵綠覆蓋著混凝土與鋼梁的構造，模糊了原先建築物的輪廓。

梓司令將臉湊到鹿庭耳邊，輕聲問：「告訴我妳看到了什麼？」

「一群海鷗。」

「還有呢？」

「沿滿潮水線生長的藤壺群。」

「還有嗎？」

「……某種藤蔓狀的攀附植物，大概這就是全部了。」

「做得很好。」

鹿庭將望遠鏡拿開。

她這時才發覺梓司令稍微露出了笑容。雖然並不明顯，但她彷彿是真心滿意鹿庭給出的答案。在椵葉年紀還很小的時候，梓司令肯定也像現在一樣親手指導過他吧。

「妳觀察得很深入，繼續保持。只可惜漏看了一樣東西。」

「是什麼？」

「妳剛才所見的『建築物』本身，是鞍岳市立圖書館。」

曾經，人們將書本與資料收藏在那裡。

工具書、教科書、童書、漫畫、雜誌、報紙、文史文獻、小說。原本應當成為保存人類智慧、文明財產的倉庫。那些累積數千年、經歷苦痛與血腥、輾轉無數雙手的努力才得以打造而成的美麗結晶。

今日，當妳向它眺望時，卻只能見到海鳥、藤壺與葉蔓。

真令人悲傷。

所以我總是提醒那孩子，要從望遠鏡裡找出圖書館，去保護圖書館。

「妳打算來這裡和椵葉見面嗎？」話鋒一轉，梓司令單刀直入點進主題：「很可惜他並不在這裡。」

「不，我是來找妳談條件的。」

「談條件？」

「關於讓椵葉回國的事情。」

「……原來如此，真不曉得是由誰提供的情報。」

肯定不會是椴葉吧，否則他們兩人應該一起出現。基本上司令的行蹤應該是機密，沒想到不只行蹤，連晚餐上的對話也能被洩漏出去嗎？又或者是Narrative，那個令人摸不透的組織在搞鬼呢？

梓司令玩味地勾起嘴角。

她以清晰的思緒猜想著各種可能性，一面開口：「想讓椴葉留在梅谷，與妳一起完成高中學業嗎？」

「事實上，那無論如何都辦不到了。」鹿庭壓著嗓音說。

天色變了。

灰沉的雲影愈發沉重，海灣內的風漸漸狂妄，伴隨冬景捎來寒意。

隔著稍遠處的兩名研究員已經完成工作，向這邊打出幾個手勢，示意他們不該輕看天候變化，必須盡早做撤離的準備。

梓司令抬手傳達暫緩，她想讓鹿庭把話說完。

「辦不到是指？」

「龍王祕教即將舉辦敬神巡禮。我會有十幾個月不在國內。」

「原來如此。」

「梓司令，今後當尼伯龍根指導院需要討伐野獸的英雄時，請向龍王院申請支援吧。無論幾頭都無所謂，龍王院的祭司會出面殺獸。」

「——相對的？」

「相對的，請讓齊格菲留在電齋高中直到畢業。」

將齊格菲框架的養護工作暫緩。

延後讓他回格陵蘭的時間。

「如果是因此而缺少的捍衛人類的戰力，就由我本人補上。隨著儀式進行，祭司的祕術也將增強，戰力絕對足以信任。」

「為了那孩子的日常，妳打算將自己當作談判籌碼？」

梓司令的眼神凌厲起來。

僅僅被這麼一反問，鹿庭便意識到，她現在正說著的話有多荒謬。

「那是我的寶物。」她強忍住指尖輕微的顫抖，直視向對方的眼神：「齊格菲的日常是我的寶物。拿自己當作籌碼太划算了。」

「即使退一步來說，妳認為自己跟齊格菲是對價的存在嗎？妳真以為自己有著與齊格菲相同的價值嗎？」

「我不會那麼說，但我會盡力去戰鬥。」

「妳的承諾沒有根據。」

「我的承諾有代價。」

「那個代價，對於尼伯龍根的利益而言沒有意義。」

「那個代價，對齊格菲而言肯定能帶來益處。」

「妳對於齊格菲框架的理解，不足以使妳得出這個推論。」

「沒錯，因為我理解的不是框架，而是齊格菲自身。」

越是理解他——越是想要更加深入地理解他，就越想保護。就越覺得必須拿自己當作籌碼。

做為一名十六歲的祭司，面對指導院並沒有什麼放得上檯面的賭資。僅憑這面薄弱的身分，能思考出的手段並不多。

「所以只能像現在這樣，隻身來到此處，與妳談條件。」

「……」

遠方傳來隱隱的雷聲。

陰雲凝結攪動、遮蔽天光。鞍岳飄起粉末般細微的雨絲，寒意似乎愈發懾人，每每鹿庭張開雙唇，淡淡的白霧便從嘴角飄出。

與她固執的眼神對視著，梓司令沉默了半晌。

「鹿庭，妳知道為什麼指導院需要『人造英雄』嗎？」

「為了擊倒野獸？」

「那樣的話，只需研發機器就行了。」梓司令抹去掛在面罩上的水痕，看向灰黑的海面說：「人類是聰明的物種，懂得使用工具。相較於拿肉身相搏、去跟比自己大上數十數百倍的怪獸戰鬥，遠程武器迎擊顯得有效率得多。」

手段多的是。

需要擊穿甲殼與皮肉，就研發更強的破盾砲。需要追上野獸、或是從利爪與刺針下存活，就製作迅捷坦克。需要深入海洋惡地、或擊落天空的魔物，就打造超複合航母。

那才是符合理性的思考。

倘若只為擊倒野獸，根本不必讓一名少年成為英雄。

不如說，齊格菲框架本身便是一件效益低下的兵器。假使僅僅為了讓他發射「殺獸象徵」，還不如考慮能遠端操作的「殺獸象徵無人機」。

所以到底為什麼呢？

椴葉為什麼得成為英雄呢？

梓司令敞開雙手：「因為光靠科學無法拯救人類，僅憑理性的答案不足以使人得救。」

比方說，「你愛我嗎？」

當子女向父母如此發問、妻子向丈夫如此發問，又或者甚至——當「妳」，當鹿庭向椴葉如此發問時。妳期望聽見的回覆會是什麼？

誠實的答案嗎？那當然，妳肯定希望對方說出口的句句屬實。

然而，若毫不違心的回答與妳所需要的不同，難道妳不會情願對方撒謊嗎？

子女不會情願父母撒謊，也說愛他嗎？妻子不會情願丈夫撒謊，也說愛她嗎？

妳真能確信對方是否撒謊嗎？再者，妳能確定今日的答案，跟明日的答案一模一樣嗎？

所以妳不可能只問一次。

看，人類固然聰明，卻同時猜忌且多疑。

直到現在，仍然有人堅信地球是平面、野鴿與麻雀是政府的監控攝影機、藝術家不用吃飯也能過活。

「這是多少？」梓司令伸出兩根手指。

鹿庭不加思索地回答：「2。」

「很好，那麼這樣呢？」

說著，她讓另一隻手也伸出兩根手指。

「總共是4。」

「正確。當我們提出計算問題，例如『2加2等於多少？』時，」梓司令將雙手併起，放在鹿庭眼前：「只要得出答案『4』就行了，在數學裡，問題只需要被求證一次。」

即便四百年後我再問一次，妳依然會回答「4」。

數學固然如此。

然而「你愛我嗎？」並不是。

妳必須花一輩子的時間求證這個問題。或許每次得到的答案不一定相同，不一定是實話、也不一定能符合妳的期待。

但妳絕對無法不問。

這便是「人心」，憑藉純粹理性無法拯救的人心。

於是──

「對於人類的存亡而言，最重要的是『勇氣』。」梓司令態度肅正地、溫徐地說。

那似乎是三百日戰爭即將迎來終局時，在芬蘭的軍隊駐紮地，椴葉也曾經跟自己說過的話，鹿庭在腦中閃過回想。

原來如此。

一直以來，椴葉便是被如此教育著長大的。

就像梓司令捍衛人類意志的延伸般，他繼承著母親的使命，也掌握了母親的思想。

「縱使將齒輪化軀任鋼鐵代殼，人也跨越不了恐懼，唯有勇氣──唯獨勇氣令人盼望未來，去度過否定的危機、迎接心的永恆不安。」

齊格菲之所以存在，是為了替人們帶來生存的勇氣。

我們將那道光命名為「殺獸象徵」，便是這個原因。

──他必須成為象徵。

成為英雄、成為碑銘、成為明日。

「所以很遺憾，鹿庭。妳是不可能取代齊格菲的。理性面也好、感性面也罷，妳終究不會是齊格菲本人。」

她的語氣即便柔軟，仍然像利刃般扎刺著鹿庭的心臟。

「覺得誰能替誰暫承使命、能替誰假代職責，這種思考的出發點本身便是錯誤，因此我不該與妳立下那種承諾。」

讓椴葉回格陵蘭的決定，早已經成為指導院的決定。

我們不能答應妳，梓司令清晰地表達了否決。

「請別那麼快定下結論——」

鹿庭還想說點什麼來反駁對方。

她將懷裡的望遠鏡遞出去、交還給梓司令時，一縷細細的電絲突然從指尖迸裂而出，劈啪一聲輾碎了圓筒上的鏡片。

「咦？」

「那是什麼？」

兩人頓時愣住，望遠鏡喀噠地失手摔落在地上。

旋即，劇烈的痛楚從鹿庭的骨髓深處竄出。從胸口深處炸出電流，電弧的光芒突然自她皮膚上綻開。她抱住自己的雙臂，彎曲身體。

「嗚、啊啊！」

「鹿庭？」

「……身體、不聽使喚……嗚唔！」

「潔希德、奧特琳！」

梓司令呼喚部下的名字，然而聲音卻淹沒在緊隨而來的巨響中。

海面炸出數條淒厲的閃電，驚駭的雷鳴淹沒了風聲。電柱一道緊挨著一道不停降下，強光讓世界失去顏色，彷彿只剩黑白的剪影。

——轟隆！

妄圖靠近的研究員、連同梓司令，被一股沉重的熱波震倒在地。從鹿庭身上持續跳出電弧與火光，猶如被雷神擁抱而劈啪作響。從她詫異的神情能看出，那並非出於己意。

暗雲的模樣迅速扭曲，凝結成恐怖的鬼面。甚至不容許研究員們再反應，幾秒不到的時間內，雨牆便淹沒了一切景色。

「該死、這是……『龍門』？」鹿庭齜牙咧嘴地低喃。

身體變得好笨重、骨頭深處像打鑽鋼釘般傳來銳利的痛覺。

承受不住的她雙腿一軟跪落下去，用手撐著地板無法抬起上身。

淒光。

劇烈雷電的裂線割開冷風，彼此交錯匯集，在龍王祭司的頭頂正上方構築出一個清晰有形的物體，幅度巨大，使得烏雲也被映亮。

那是龍王院的山門。

煌煌猶如天堂，卻同時映現地獄苦海，她再熟悉不過的門扉。

「龍神……祢這是怎麼了？冷靜點，快回應我……」

她的額角滲下汗水，痛苦地向神祈禱。體內的法力正被大量抽取、藉此形成壯麗的山門形象，一陣脫力的暈眩襲上腦門。

但龍神仍舊沉默不語。

每當祭司遭遇危險、連原有的守身加護都可能無法保全安危時，為了讓愛徒免於不測，「龍王顯正・龍門」便昭然映現。

天地變色。

象徵神之怒火的雷閃緊密地圍繞祭司、拒絕其他事物接近。烈風咆哮著掀開激昂的高浪，轟然傾落的急雨夾雜忽遠忽近的雷柱，彷彿打算第二次撕碎這片戰爭廢墟。

歷史紀錄中龍門只發動過四次，大多是戰亂時代的紀錄。此時的龍神卻好像察覺到了將至的危機，不顧鹿庭的意志布下禁錮。

為什麼？

梓司令沒有傷害她的意思，究竟「什麼東西」讓龍神感受到敵意？以前明明從沒有如此激烈的介入發生過。

她強咬牙關，平時淡漠的表情少見地緊繃起來，猛一抬頭望向山門。巨大的門扉懸浮在潟湖的水面上，靜靜停佇於可怕的景色之中。

既美麗又異常。

「門面朝的方向……是龍王院？」

怎麼可能，院內現在應該只有禮鶴大人與四天王在而已。

該不會——

「梓司令，請快點撤離吧！」

兩名研究員攙扶起梓司令，在狂風的轟鳴中近乎咆哮著說。

「說什麼傻話，我們得想辦法保護鹿庭！」

「來不及了！再拖延下去直升機會無法返航！」

「……嘖。」

部下的建言無比正確，她必須先保全自己的性命才行。梓司令悔恨地瞥了盛大的雷景最後一眼，不再猶豫。

直升機倉皇起飛，逃離了暴風中心。

唯獨留下被雷幕所淹沒的、身影渺小的龍王祭司。

*

椴葉飛快地穿越深山老林，稀落的樹影被拋在腦後。

明明是石階下坡，他的腳步卻應付自如，跨開大步遠遠甩開山門的禁域。至此已經屬於明目張膽地觸犯教規，沒有回頭路了。

「唔……」

身體平衡感不成問題，但「改造人高速力」的功率不如預期。

只要企圖提速，昨晚踩過一夜踏板、還沒全然恢復的「改造人腿肌」就發出哀號，即便看上去很快，椴葉卻自知這不是全力。

別拋下我啊，齊格菲，他低喃著。

首先的目標是自行車。

為了更快離開這座山頭、重新跨越破百公里路程返還鞍岳，取回停在石階前不遠處的自行車是他的當務之急。

因此，第一步要克服的便是這條橫越過石磚地廣場、全長不到六十公尺的衝刺短跑。但真正的難關很快便降臨了。

「大膽叛教者，立刻降伏於正道、束手就擒！」

高空之中，巨軀墜落。

「哈？」椴葉發出了不爭氣的聲音。

只見魁梧的虎堂高舉武器做了個大幅跳躍，重重落在他面前的空地上，猶如戰機過境空投炸彈。

轟隆！

蠻橫的動能一舉擊潰地磚、將灰岩炸成亂七八糟的碎塊。來不及踩剎車的椴葉只得傾全力轉身，閃避虎堂橫掃而來的棒槌。

不料「改造人瞬間判斷」失常，左側臂膀直接吃下了揮擊。

「咕！」

震撼的痛楚衝上腦門，轟得他剎那間意識一片空白。要不是有全身的「改造人強化骨骼」，這一擊必定讓左手折斷。

「咯啊——！」他發出短促的悲鳴。

就連痛楚抑制機能也失效了。現在齊格菲框架的適應率究竟還剩下多少？六十嗎？五十？

或更糟？

一面思考著，失衡的椴葉被鈍擊震飛、在空中翻轉身體，調整落地平衡的瞬間，反手射出好幾道小型的光彈飛刀進行牽制：「殺獸流星！」

這些弱化版的光束投劍，傷害力與速球投手的極限直球近似，是齊格菲少數能放心用在人類身上的技能。

但虎堂機敏地以棒槌彈開光彈，隆隆踏著大步追趕而來：「別以為我會放水，也別期待『其實是四天王之中最弱』的蠢事發生！貧僧『護教之虎堂』即是四天王第二，做出覺悟應戰，椴葉少年！」

「是！」椴葉大聲應答。

就算啟動不了完整的殺獸劍也無所謂，齊格菲還能戰鬥，自己不是靠著殺獸劍而成為英雄的，他告訴自己。

在低頭躲避第二記沉重揮棒的瞬間，椴葉雙臂向下一撐，整個人身倒立過來、雙腿像螺旋槳般高速迴旋，使出踢技。

「殺獸腳刀！」

「嗚呶！」

反擊奏效了！

齊格菲擅長的戰術，便是在對手的攻擊之中穿插入自己的攻擊。

兩度踢腿成功痛擊虎堂的下顎，但這名彪形大漢的頸脖肌肉粗厚得像堡壘，除了瞬間的晃蕩以外，並沒有預期的暈眩效果。

「天真！」

對方狠狠砸下巨棒，椴葉也同時後空翻避開，以不可思議的敏捷改變體態，再度與追擊的橫掃擦身而過，完全超越人類的反應能力。

未料伴隨而來的，是渾身關節的悲鳴。

「嘖！」

肌肉正發出受損的警訊，動作也逐漸變得越來越遲鈍。心肺系統以高負荷運轉著，胸口痛得好像隨時要罷工。

「吵死了！回應我啊，齊格菲！」

椴葉單手撐地穩住、猛然抬起頭，眼神閃過一絲血性。

「殺獸流星！」

光彈再一次投射，被回過神的對手輕易揮破。

眼看自行車明明近在眼前、只要多跨幾步就能搆得著了，橫擋在中間的虎堂仍毫不動搖地踏著打樁般的腳步，一面掀裂石磚地板、炸爛土塊一面撲來。

長六尺有餘、青黑發亮的狼牙棒劃破空氣。

「龍王顯正！」

這記攻擊不太一樣！

從「改造人瞬間判斷」傳來的警報在腦中大響。正當椴葉打算偏頭躲避時，他才理解，自己迴避動作最終所處的位置被看破了。

怎麼可能？對方能預知未來嗎？

無論如何都閃不掉！他只能立即抬起手臂架在胸前。

咚！

「咕咳！」

自正面貫穿的鈍擊波動穿透雙臂防禦、逕直滲透入胸骨，震傷肺臟。椴葉臉頰一鼓、沒能收住勢頭，嘩啦嘔出好大一口鮮血。

他撲通跪坐，視野發紅，只差一點點沒倒下。

好痛……好痛！

虎堂高高揚起狼牙棒，漆黑的陰影與木漏間的日光一同淋在他身上。

「看來結束了。」

「還沒。」椴葉把嘴脣咬出裂痕，顫巍巍地爬起：「我要去告白！」

「那就只好先擊暈你，再帶你回院內療傷。」

龍王顯正！

對方大喝一聲，蹬步轉腰，眼神一橫狠狠出棒下斬。

噹——！

一道猶如晨鐘暮鼓、空靈悠遠的兵械交擊聲響起，於密林內嗡嗡迴盪直達天際，浸透了椴葉滲血的心脾。

「抱歉抱歉～來晚了。」木咬契架起女神盾牌，注視著高出三個頭的魁梧巨漢，輕快地說。

虎堂表情未變，但心中暗暗驚訝。這名纖細的女人舉手架盾、吃住他渾身的必殺揮打之後——左臂的肘部居然「沒有出現一點彎曲」。

他感覺盾牌的對面不是女人，而是一面文風不動的古老磐石。

自己剛才都打了什麼？歐亞板塊嗎？

「在此，以 Narrative 未成年英雄輔導員的身分介入！」木咬契正經八百地高聲宣告。她猛然振臂敲開狼牙棒，用身體擋住椴葉，抬劍指向虎堂：「其一、龍王院與未成年人所簽訂之雇傭契約，涉及限制行為自由、人身自由，Narrative 判斷為不合理契約、要求其效力即刻廢棄。」

「妳又是哪——」

「其二。」不由得虎堂插嘴，木咬契繼續說著：「確認龍王院成員試圖攻擊英雄齊格菲，現在起 Narrative 對齊格菲提供緊急保護，所有戰鬥行為應當停止，未來將要求龍王院提供本事件的正式解釋。」

「……好吧，是來找麻煩的。」

「椴葉，快去，」木咬契轉過頭：「大家都在等著你。」

「嗯。」

椴葉領悟過來，點點頭從兩人身邊跑過，牽起自行車往山下離開。

眼睜睜看著目標被放走，虎堂倒沒有表現出氣急敗壞一類的情緒，而是收斂心思，正式面對意外登板的新對手。

他觀察著除寶劍與盾牌以外別無裝備、一身輕便的木咬契。

「貧僧可以視為勇者AAAA即將與龍王為敵嗎？」

「嗯？我是勇者耶？」木咬契莞爾一笑：「硬要分的話，勇者本來就是『鬥惡龍』的那一邊吧？」

「施主是打算履行自身認可的的正義？難道不該由椴葉少年獨自去面對他的問題嗎？」

「你告白的時候，也會希望朋友聲援自己吧？」

「……看來多說無益。」

虎堂露出了然的表情，重新舉起狼牙棒。

「繼續吧，由貧僧戰勝妳的成果，充作追丟椴葉少年的贖罪。」

「誰輸誰贏可不好說呢。」

「『龍王顯正・護堂戰鬼』。」

宣言名諱，他擺出一尊奇異的架勢，好似供奉在佛院的金剛力士那般。隨之整副巨驅氣場陡然一變，身型似乎更加碩大了些。

「當貧僧啟動『護堂戰鬼』的加護時，能夠輕易看破對手的防禦意圖、打出無法自保的鈍器斬擊，請施主自己小心。」

「什麼？」

「喔喔～看來我得用全力好好回應你的紳士風範呢！」

「——**發動技能：【基礎未來預視 lv.6】**。」

【超高速再生 lv.9】

【超加速 lv.4】

【劍圍擴展】

【回避性能、避彈性能上升】

【思考加速 lv.5】

【讀心 lv.3】

【體術宗師 lv.8】

【神盾 lv.9】

【稱號：強欲而叛逆者】

【戰線鎮壓結界】

「接下來這裡發生的事，你可要替我保密喔。」

她慧黠一笑，伸出食指放在嘴脣前。

同時，勇者AAAA頭頂上緩緩浮現出紅色與藍色、代表生命力數值和魔力儲存量的指示條。將身體狀態數值化、甚至顯擺給對手看，充滿了角色扮演遊戲的不正經感，卻十足充滿勇者的風格。

突兀的狀態介面上方，清晰標註著「勇者等級255」。

「哼。」

看到這一幕，連板著臉的虎堂也總算忍俊不住，無奈地發出輕笑。

這等級是卡在極值了升不上去嗎？計算系統也太老舊了吧。

「勇者，有時我不禁會想：襲來地球的宇宙人究竟何德何能，居然能在你們這種英雄面前撐過三百日。」

「彼此彼此。」

語畢，雙方擺出架勢。

「龍王顯正。」

「劍技・裂咆斬！」

——鏘！兩道身影原地消失，激盪的熱氣流爆震擴散，林中棲鳥紛紛驚惶地振翅而起，四散潰逃。

龍王院前，金石轟鳴！

18 萌芽的戀情

桅帆市。

三百日戰爭期間，由於宇宙怪獸的毒氣攻擊而緊急疏散住民，隨後經歷幾次戰鬥，直到今日仍是座無人重建的空城。

暴露的鋼筋骨架、四處散落的廢棄物成為街道的主色調。

細微的雨絲從灰空飄落，似乎有逐漸增大的趨勢。然而令人寸步難行的並非濛濛雨景，而是入骨的死寒。

「唔唔……」

椴葉騎行在龜裂的柏油路面上，沿筆直的幹道痛苦地朝鞍岳前進。

自行車高速飛馳過無數斷垣殘壁，風景一片蕭瑟。沿途甚至能看見凍死的野鳥與貓犬，這絕不正常。

冬服也抵擋不住襲來的寒氣，他十指凍得發白僵硬，稍微施力握住龍頭就刺痛得不行，幾乎使不上力氣。齒輪與鍊條甚至開始發出不妙的喀咖聲，運轉得膽顫心驚。

他冷得頭腦發昏，喘著白氣，只能猛踩踏板盡快通過這片灰暗大地。

飄在肩膀上的水滴開始變成粉霜，再這樣下去路面會出現積雪。對自行車通過只會越來越不利。

颼！

「殺獸流星！」

從暗處射出好幾枚鋒利的冰錐，箭矢般飛來。

他只能抬手勉強用小投劍攔截利矢。然而漸漸就連低版本的殺獸劍，啟動起來也愈發不靈光。

齊格菲真的拋棄自己了嗎？

幾枚漏掉的冰錐削過疾行的自行車，在車體骨架上打出火花、割裂長褲褲管的布料，留下一道道明顯的血痕。血珠凝結成冰滴，每當他驅動大腿，搔刮的刺痛就二度折磨傷口。

「嗚唔！」

他疼得閉上雙眼。

藉著改造人的感知力能夠察覺，兩旁的廢棄街道之中，「解經之蛇澗」正以完全不下於他行駛的速度緊跟著。消瘦的敵影時不時便出現在屋頂上、跳躍著前進，一面朝他發射冰刀，像窮追不捨的忍者一樣。

椴葉沒有停下來應戰的餘裕，但如果繼續消耗體力，遲早要倒下。

「放棄吧，少年！」

說時遲那時快，又是幾乎同時從兩個方向飛來的無數冰針。

簡直是場反應時間不到一秒的冰獄死鬥！

「殺獸流星、殺獸圓斬！」

「太遲了，我就不客氣拿下這份功勞啦！」

他狼狽反擊、抬手用老方法自保。然而錯過的其中一枚針矢穿透短劍，朝著頸脖處的要害處襲來，眼看就要命中。

椴葉胸口收緊、心跳驟停了一拍。

砰！

「嗚唔！」

來自迷茫的雪景對岸、令人愕然的槍響將他從絕望拉回現實。被子彈精密直擊的冰錐爆散成一陣晶瑩的花霧，紛飛撒在他臉上。

正前方出現一道不祥的身影。

椴葉的疾馳沒有停下，而是更加提高了速度。

就在他與那抹凶惡的黑影相互交錯的瞬間，彷彿兩人早已演練了成千上百次、再熟悉不過，雙方默契十足地抬起了手掌。

——啪！

響亮的雙掌交擊，霎時逼退了心中的寒冷。

那句不需要說出口的「這裡交給我，你繼續前進吧」，已經藉由交換手心熾熱的溫度，確實傳達給了椴葉。

自行車消失於市街彼方，此處獨留惡役，準備與惡役一較高下。

「來者何人！」

緊跟著趕上的蛇澗，眼見居然出現第三者介入獵殺，毫不留情地從長長的袖擺中射出陰毒的冰矢箭雨。

「居然敢向四天王插手？龍王顯正！」

二十、三十、四十。

鋪天蓋地的攻勢朝陌生的人影猛撲。霎時無數冰塊碎裂、爆破的嘩啦作響不絕於耳，光從可怕的聲音便能感受到飛矢連彈的驚人衝擊力。

蛇澗屈膝一躍降落在街道中央，左手、右手交錯施展祕術，直至眼前的路口被一片灰白色的冰霧水氣淹沒。

惡狠的針雨澆淋持續近十數秒有餘。無論對方是何方神聖，絕不可能從這種過飽和攻擊下全身而退。

然而，他很快便察覺到一絲異樣。

從看不清輪廓的冰霧深處，有一道扭動的細長黑影在狂舞。

「……什麼東西？」

蛇？

蠍尾？

『魔裝操者・替換啟動。』

都不對。

那是一柄分割為多節仍然不失鋒利，變換自在的「鏈鞭長劍」。

「抽牌替換。」

『黑桃！紅心！梅花！方塊！你的命運被玩弄於股掌！』

『卡牌大師異戰王牌，抵達戰場！』

烈情的狂嵐。

一股暴躁的風壓之牆自爆心地擴散，彷彿地獄顯世的熱炎頃刻間撕爛了冰霧，一路摧枯拉朽、將溫文儒雅的寒氣斬得血肉模糊。

地板縫隙迸出熊熊火焰。落雨也被迫收止、空氣因灼燒而波狀擾動。變身器發出駭人的咆哮。

『跪伏！此即統御此世全部王者之王（Overlord）！』

『當霸王被呼喚名諱，他必走下玉座，前去誅討死敵。』

隨著霧氣潰散，變身英雄的身影也清楚地顯現了出來。

原先分布於雙腿的裂甲機鎧構造，此時覆蓋全身。從陰暗黑色全裝的縫隙內側，隱隱洩透出如熔岩般的光輝，只傳達出一個訊息：憤怒！憤怒！憤怒！

那便是曾經只差一步便將西洋棋銀河置於死地，手鐲的最終型態。

四張「K」，全王模式。

「來，」從修羅怒容般的面罩內裡，傳出鼬占平靜如水的聲音：「用不著客氣，雙方都別留遺憾，好好打一場。」

「你打算與龍王為敵嗎！」

「嗯？沒有，我對你們的神沒什麼意見。」

「那為什麼還要攙和進來？這件事與你無關吧？」

「我正在練習。」

「啥？」

「我正在練習著扮演某人的夥伴。」鼬占將手掌張闔、活動指關節，好像還不太習慣這套裝甲：「並非誰的敵人，而是去擔當夥伴。暫時還沒摸索到訣竅，但這種事情果然就得硬著頭皮慢慢習慣，對吧？」

「愚蠢至極。」

「有可能。」

他表示贊同，隨後將拳頭握緊，抬首望向蛇澗。

機械的凶惡雙眼倏然一亮。

「木咬契怕我又做得太過火，所以事先告誡了：在Narrative的人員趕到現場、調停英雄紛爭前，我只有大約五分鐘的自由發揮時間。」

五分鐘內解決你。

邊說著，異戰王牌屈身架起鏈鞭長劍。

這把神器名為「攻點劍」。

若黑太子的意義在於弱點滲透，神不知鬼不覺中消滅重要單位。那麼「攻點劍」便是羅修羅公司展示手鐲火力極致的配套武裝。

單點破壞。

精準癱瘓高價值目標，旋即全身而退，保持機動性的同時進行深度打擊。不停使防線暴露出部署缺口，導致敵軍的戰術崩潰。

戰場上的王只能存在一尊，這套衣裝便是為了擊倒其他偽王而生。

「別太小看人！」

激怒的蛇澗斥喝一聲，亮出收納在長袖中的兩柄鐮刀、相互交疊高舉過頭。比起銳器，那對工具似乎更近似於法器。

「龍王顯正・幽宮大懺！」

無數粗厚的冰錐凝聚在他身旁，飄浮著宛如獸爪，圍成一輪。

更大、更快、更鋒利！

驚人的冰槍祕術瞄準異戰王牌，彷彿成列出艙的飛彈般，颼颼颼地鑽破空氣射出。

「大懺？抱歉，我已經做過了。」

對應敵人的攻擊，異戰王牌踏步，出斬。

動作看似無比緩慢，然而卻看不清他究竟「做了什麼」。只能意識到攻點劍的劍身片片分裂，彈跳著美麗的火花劃出軌跡。

要記住——

視覺總是先發生，巨響後到。

兩側樓房慘遭切裂、瓦礫來不及飛濺便化做齏粉。以異戰王牌為圓心的市街剎那潰爛，令人產生天地歪曲的幻想。路燈柱、廣告招牌、柏油路面的標誌線、雲朵或枯樹，一切原本能用以判斷上下方向的事物盡皆顛倒崩壞。

要斬，便斬整座塵世。

由於眼睛所看見的景象傾斜——就好比盯著不停轉動的錯覺畫，大腦會產生暈眩感一樣，蛇澗一陣重心不穩，失衡跌坐在地。

「這是王前，你的頭抬得太高了。」

冰錐大槍早已不見一絲殘留。

魔裝操者間的戰鬥經常陷入高速膠著，可沒有餘地讓他投什麼冰槍。亞於音速的投擲道具大可不必拿出來丟人現眼。

異景結束。

隨後，才是萬物墜落的嘈雜響聲，又或者對王的出征最高的喝采。

僅僅「一斬」罷了。

大地便為此慟哭不已，其道途即是全王。

足足數十秒之久，四周才塵埃落定。在桅帆市的廢墟森林中嗡嗡作響的爆破回音也逐漸平靜，一切回歸死寂。

「……咦？」

蛇澗仰臥著瞪大雙眼，喉間發出還沒反應過來、驚魂未定的虛弱聲音。

勝負已分。

「抱歉，五分鐘有點太看得起你了。」

這招可沒法傷到西洋棋銀河呢。

鼬占刷地抽回伸展的鏈鞭劍，輕描淡寫地做出評價。

*

巴里庫安區。

緊鄰王立，範圍涵蓋幾個小鎮、農園與荒地的邊陲郊市。

距離鞍岳僅剩二十公里左右。

經歷一路顛簸與改造人的猛力操作，自行車的結構早已出現鬆散的跡象。連胎紋都磨光、露出底層纖維，不進行替換的話十分危險。

「再撐一下啊，戰友！」

這輛車簡直跟自己一樣破爛，椴葉心想。

風雨露骨地加強著，越接近鞍岳天色就越糟糕。他壓低身體，大幅傾斜車身轉過彎道，甩出成片的水花。眼前是一座荒廢已久的遊樂園，而最快的路徑便是逕直穿越園區。

他猛地撞破生鏽的鐵柵大門，沿花園廣場的低矮階梯騎行。

「龍王顯正。」

「唔！」

一把飛旋的鐵扇低低掠過，清脆地將自行車的前輪削成兩半。

無法煞住勢頭的椴葉向前跌出，往地面紮紮實實摔撞、翻滾了好幾圈才停下。無論膝蓋或肩膀都磨得遍布擦傷。

他慌忙中撐起身子，鐵扇卻像迴力鏢似的，從反方向二度襲來。

「殺獸圓斬！」

椴葉大喝一聲抬手啟動光刃，未料是一次空發。

指尖黯淡無光。

「咕啊啊啊啊——！」

刷啦！鐵扇的利刃輕易劃破皮膚，在手臂上造成一條血淋淋的傷口。椴葉哀號一聲，抱著重創蹲下身去。

「哎呀，真是抱歉。」慵懶而傲慢的貴婦「宣道之貂𤞤」，此時才緩緩自雨幕後現身，「我其實不太喜歡見血呢，原本以為你防得住才這麼做，原諒我吧？」

「別擋路！」

椴葉以怒吼壯膽，抹掉濺在臉上的血珠與汙泥，隨手抄起斷裂的自行車骨架往地面一砸、拆成棍棒便朝貂檽撲去。

「呵呵呵。」

呼颯一聲，他只在雨景裡劃出了一橫乾裂的空白。

揮擊不可思議地落空了。貂檽的實體彷彿並不存在那裡，稍微轉身便從視線裡消失得無影無蹤。

「別白費功夫，在『龍王顯正・嚴華窗檽』的結界範圍中，你絕對無法未經允許便觸碰淑女的身體。」

「可惡……又是祕術嗎！」

「乖，讓我來教育你禮節如何？」

「殺獸流星！」

椴葉盲目地朝聲音傳來的身後投出光劍，卻只打中飄零的雨點。

居然連生物感測系統也會失靈，祕術真的萬能？

「失去冷靜了嗎？也罷，你就專注欣賞我華麗的舞姿吧。」

自豪地宣告著咒法的發動，花園廣場四處「紛紛」出現貂檽的身姿。六人、七人、八人，隨雨聲逼近，還在不停增加。幻影們曼妙地旋舞重疊，但身為改造人的椴葉知道，她們手中每一把鐵扇都能確實造成物理傷害。

的確，若非此時面臨死局，那真是如牡丹花叢怒放般的仙女群舞。

貂檽溫柔嫵媚地笑著說：「如何？把鹿庭忘了吧，少年。我不也十分華麗可愛嗎？」

「夢話留到夢裡去說。」

「真失禮，母親從沒教導過你該如何與女士對談吧？」對方嫣然微笑，嘩的一聲展開扇面：「**龍王顯正・香紡殺陣～**」

「可惡，為什麼不啟動？回應我啊，殺獸劍！」

束手無策的椴葉向天咆哮，朝著雨的盡頭伸出手掌。

然而奇蹟並未發生，他的右掌，已然觸摸不到光。

剎那，高速旋轉的鐵扇化做翻飛的黑死之蝶，簇擁而上。

「剛才的話，我可不能當作沒聽見。」

對應著鐵扇的數量，不多也不少，十數道射線彷彿自帶導航般轟臨。扇面剎那熱融變形、化成狼藉的灼爛鐵汁，嘶鳴著遍地灑落。

爆散。

遊樂園的煙火也不過如此。

手持十字星短杖，尚未變身的初洗花翩然現身，在椴葉身旁落地。

「居然在魔法少女面前較量華麗可愛？妳的華麗可愛已經死了。」

「什麼東西莫名其妙。」對方放聲大笑，同時將周圍的幻影解除。

為什麼突然收回法術？初洗花提高警覺，取出魔法鈴環。

「**將我的心臟自肋骨（弱小牢籠）摘……**」

「等等等等！」

貂檽連忙扔掉鐵扇，雙手高舉：「我不打了，投降啦投降！」

「哈？」

「還沒有生物撐得住一發『可愛暴政』呢。如果真等到妳變身，我肯定會成為四天王裡養傷最久的吧？丟臉死了。」

據說當軍神投下可愛暴政後，軌道比較低的人造衛星甚至會被電磁脈衝波及呢。就算真是開玩笑，哪天站在對面也笑不出來吧。

你們魔法少女平常扔的到底是什麼？戰術核彈？

「那才不是祕術能抗衡的招式，所以我決定投降～大不了再跟椴葉少年道個歉？」

「妳還真沒原則呢。」

「請稱為『處事圓潤』，軍神這麼可愛，別總說那種傷人的話喔～」

「……」

錯愕歸錯愕，既然對手失去戰意也只得作罷。

初洗花收起魔法短杖，撐住椴葉的臂膀，將他攙扶起身。

「還行嗎？」

「嗯……很痛。」

「肉體的痛楚無法擊倒英雄，來。」她從手提包裡取出繃帶，粗略進行包紮：「自行車毀了，有點可惜呢。」

「接下來會用跑的。」

「還剩下十幾二十公里喔？」

「我跑過更遠的距離。」

「以這副身軀，你沒有通過海面的手段。」

「那就強制借用一架指導院的直升機吧，我能熟練地駕駛。」

「雷暴之中，直升機安然抵達的機率很小。」

「別管了！機率什麼的根本無所謂，」椴葉按捺不住，制止了她繼續質問：「我會想辦法的，鹿庭還在那裡等我啊。」

「不錯的回答，」初洗花滿意地點了點頭：「原本如果你的鬥志已經挫折，我是打算全力出手阻止的。畢竟不應該放任著學弟去送死。不過現在，我可以確信椴葉沒問題了。」

「學姊對我還真嚴格。」

「那是因為你有資質。」

包紮很快便結束了，她拍拍椴葉的肩膀。傷口有點刺痛，但一股全新的安心感充滿胸膛。

他不再沉陷於傷勢，朝著鞍岳的方向舉步奔去，消失在雨中。

「這樣真的好嗎？」

一切恢復平靜後，貂檽走了過來。

她撐起一只漂亮的洋傘，搭在自己與初洗花頭上。能稍微獲得遮蔽的確讓初洗花輕鬆不少，即便協助是來自方才的敵人。

「嗯？謝謝。」

「別客氣，淋雨不好。」

對方親切一笑。

初洗花將繃帶等工具收起，拿出手帕擦乾臉上的水珠。

兩人往離開遊樂園的方向同行，老實說，初洗花最初以為這座園區會淪為戰場，摩天輪啊旋轉木馬啊什麼的等著被打成稀巴爛。

那個預想沒有發生，真是太好了。

她反問：「所謂的『這樣真的好嗎』，是指什麼？」

「椴葉少年是尼伯龍根的英雄吧。」貂糯聳了聳肩：「而鹿庭則是我們院內可愛的祭司，無論哪邊都不會輕易放手的……應該說，一點放手的可能性也沒有。」

至少無法想像禮鶴大人退讓的模樣。

「那麼等著椴葉少年的，恐怕也只會有殘酷的現實吧。妳就這麼放他往鞍岳去，真的是對他而言好的選擇嗎？」

「想太多了。」初洗花不假思索地回應：「椴葉現在只是去告白而已。」

那是任哪一個高中男生都可以去做的事情。

沒什麼大不了的。

「──所以，也沒有人能阻止他的腳步。」

讓鹿庭下定決心成為祭司的契機，是在十四歲時發生的事情。

由於訓練逐漸成熟，作為禮鶴大人的代演者，她終於獲得初試啼聲的機會，首次登上大殿、作為數萬信眾的代表向龍祈福。

自那天起，統御八部龍王天境界，獨尊一座的神明，將至珍至寶的守身加護賦加在這名少女的靈魂之中。

鹿庭感受到自己的視野，似乎與過去產生了不同。

人的格局、塵世之事的重量，一些從未被注意到的輪廓開始浮現。

老實說，她並沒有「成為」什麼新身分的實感。刻印在心底的，只有對於眾生縹緲如沙的再度認知。

繁瑣的祭禮順利結束。是夜，禮鶴大人將她喚至書室，正襟危坐地面對她。

「鹿庭，妳是從孤兒院領養的孩子。」

若依循傳統，龍王祭司應由信眾捐獻男嬰女嬰，交予院方撫養成長並且培訓。禮鶴大人自身也是依著如此系統成為祭司的。

但他本人並不贊同獻嬰的傳統，便擅自前去孤兒院，從一群棄兒裡領養了最安靜、最不哭鬧的那名嬰孩入門。

並且取名為鹿庭。

因此她真正的雙親不詳，也無從找起。

直至今夜，她終於成為獨當一面的服神者，禮鶴大人才坦明了真相。

聽到這番話時，鹿庭的內心「毫無波瀾」。

緊接著，她便意識到：啊啊，原來我是個相當欠乏情感的人。居然對這種事情也能平淡置之。我對於自身的命運，一直以來都是毫無所謂地過活著。

「鹿庭」這個存在的「自我」異常狹小，感性也無比淡薄，因此能將關懷與溫柔分享給更多的「他者」，為服務「他者」而行動。

簡直就像是為成為神職者，才來到世上一般。

她心知肚明。

如果想成為祭司，就不得不消滅自我，去兼愛所有人。

「……」

相比正忙著安慰她的禮鶴大人，鹿庭反而陷入了沉默。

胸膛深處，有一扇深窗被闔起——不對，那扇窗其實一直以來都是緊閉的，只是過去的她不曾察覺罷了。

那便是鹿庭做為一名祭司，資質覺醒的時刻。

於是世上再無喧雜煩音能染指她的寧靜。

彷彿正射必中的箭矢，她在祭司的道路上謹飭盡心。拋棄差別與獨愛，用自己的雙手、自己的十指，擁抱渴求救濟的人，成就偉業。

在那之後——

「鹿庭！」

無限的深淵裡，一道聲音喚醒了她。

鹿庭自漆黑的、幽暗的啜泣中回過神來。她好像等待了十分漫長的光陰，太過久遠，以至於喪失言語。從跪伏、蜷曲著的姿態緩緩抬起身體，她終於第二度能夠將頭仰起，用模糊的雙眸去觀測現實。

鞍岳新潟早已墮落為地獄。

猛襲的神雷傾灑而下，將海水折騰得泛出滾燙白煙。漩渦相互蠶食、嚙咬著遺恨的高樓黑影，震出淒厲哀號的浪濤。

一切皆可崩解，唯獨龍門尚在。

那還能稱得上神聖嗎？數百年以來，恐怕少有祭司能親眼目睹，無上龍王罕有真性表露的凶厄之相、壓倒生靈的殘暴示現。

但此刻，鹿庭的心中充滿感激。

因為只有龍門尚在，她才得以從一片雷景之中，發現那人的身影。

暴風雨裡，一架殘破的指導院直升機，正搖搖晃晃地朝她飛來。

——她不需要猜。

她知道。

「龍神。」鹿庭從乾啞的咽喉深處，一個字、一個字，唸出詞彙。

雖然分不清自己究竟是否正哭泣著，又或者終究露出了破涕為笑的表情，但這是她此生第一次確信，祝禱肯定能穿越天際、抵達神前。

「連祢也無法再移開視線了吧？快看。」

「我的英雄，為我帶來勇氣了。」

*

自山門中射出一道霹靂。

電光彷彿擁有意識，精確地炸碎了直升機的螺旋槳。火焰和危險的碎片四處濫射，椴葉當機立斷地鬆手放開操縱桿，踢開艙門，往寒冷的虛空中一躍。

失重感浸染全身。

他必須強忍著刺痛，才得以從下墜的風壓中睜開雙眼。慘烈的鞍岳新潟映寫在對焦困難的眼底，模模糊糊中彷彿化做一張血盆大口。

我會就這麼跌得粉身碎骨嗎？

痛楚、迷惘，以及恐懼。

無數情緒如同雷柱的封鎖層層包圍，此刻他已孤立無援。

木咬契說得對，英雄的本質，果然是孤獨。

「鹿庭！」少年張開雙臂滑翔著，以嘶啞、不成調的聲音呼喊。

猶如漫步於杳無生機的荒原之上，世間最後一頭名為椴葉的滅絕動物，哭啼著發出求偶的鳴叫，正試圖呼喚不存在的伴侶那般。

他早就用盡力量了。千瘡百孔的肉體甚至不需迎接雷擊，只要再一陣輕輕的風吹，骨架多半便會希里嘩啦碎散成無名的拼圖。

詭異的是，唯獨頭腦前所未有的清晰。

高速分析凍結、採集數據停止，空空如也的腦海只剩下一個念頭：

他必須將思念傳達出去。

「別任性了！快回應我，齊格菲！」椴葉對著無能的自己咆哮，在狂風中調整身姿：「你不是堂堂的英雄嗎！」

話音剛落，第二道雷擊便朝著他正面劈來。

「唔！」

一瞬。

自消滅的官能中，唯獨那幅光景、那道溫柔的聲音——

幽遠的溼地裡火鶴成群振翅撲向晴空。

鯨魚高昂地出水翻身，堂皇朝無限的深藍嘩啦墜落。

蝴蝶自蛹掙脫，舒開瑰麗的翅膀。

夕陽餘暉下的野牛隆隆踏過地平線。

灰狼仰首向白月咆哮。

人類在高樓間穿梭，蟻群似地洄游於霓虹燈下。

初生嬰兒的號泣，戀人的輕聲細語。

全身上下雞皮疙瘩無一不聳起。雙眼睜大，瞳孔倏然縮小，靈魂一片空白。當迴響徹底向後方縮退，殘存於椵葉精神中的便僅剩本能。

英雄・齊格菲的本能。

「原來你在這裡。」

等你好久了。

來。

思考吧。

所謂閃電，是為劇烈的靜電放射現象。假設龍門擁有自主決定電場，朝特定方向散布軌道的能力，那麼此刻將成為最終的機會。

齊格菲，還剩下多少時間？立刻開始計算吧，別害怕。

右臂長度是多少？指尖距離龍門幾公尺？

過去許多傳說都將閃電視為神明力量的展現。

暴雨的組成材質與密度？介電常數呢？不要只用眼睛看，把肌膚、鼻腔和舌頭的情報納入計算資料。是不是嘗到二甲硫醚與氮氧化物了？

印度教的因陀羅。

別漏掉，加進時限的考慮裡。

希臘神話的宙斯。

負電荷的引導軌跡相對容易捕捉，能不能將其作為動作應對的參考？別在這時候停下。

人類之於雷擊的聯想，往往與位於神祕頂點的形象產生呼應。

開始設計能量位差的對策吧，改造肉體的耐受力肯定無法承受回擊時的壓潰，所幸發生速度僅僅止步於光的個位數分之一，很熟悉的數字對吧？

正如同神靈專屬的武器，凡人無法妄圖的權能。

殺獸象徵早已無數次觸摸過那個邊際，是齊格菲習以為常的觀測時間不是嗎？看，整個世界都在幫助你，那麼要做的事情似乎很簡單了。

其崇拜反映著古老文明的記憶裡對自然的恐懼。

龍神的雷擊存在致命的弱點，即是高高在上的神明也得依循科學的手段將你殺死，但科學是尼伯龍根指導院的舞臺。現在輪到你出招了。

而你要像伸手染指太陽戰車的普羅米修斯一樣優雅，將天火盜入囊中。

讓祂見識見識吧齊格菲。

這道閃電已經──

「──這道閃電已經是我們的了。」

椴葉恍惚地伸出手掌，一把「抓住了電流」。

「咕嗚、咯啊啊啊──！」

盛大的能量轉眼撕碎了整條右臂，皮肉寸寸綻裂，沸騰的蒸血與熱煙散發出焦臭。若不是改造人骨架強撐，肯定早已灰飛煙滅。

搔刮空氣的電脈尖嘯聲引來耳鳴。

他瞪大雙眼、死命捏住雷霆禁錮住能量，齒縫迸出用力過猛的咳血。他很清楚，當紫電從手心逃走、流竄過身體的瞬間，就是「死期」。

指甲裂解，關節嘎嘎作響，皮膚朽木般一層層翻起，但他做到了。

「……請別擅自遺忘，英雄不是『去成為』。」

這該死的五指、屠盡無數野獸的五指，終於再次掌握光芒。

少年緊握勇氣，奮力高舉。

振臂！

「英雄是『去貫徹』啊，齊格菲！」

「──殺獸象徵（Symbol Balmung）！」

踏足光速十分之一的投劍，將彈道沿途的萬物加熱至電漿態，形成一條瑩瑩閃亮的等離子絲線，跨越蒼空。

英雄的「一擊」。

於此，時間彷彿休止，命運也沉默了片刻。

在那須臾間醉人的寧靜結束後，世界才開始發生變化。

雄偉龍門慘遭射線貫穿，自上而下——

自人而神。

擊潰，羽化成崩落的夢影。

那些聚集岸邊、目睹絕景的見證者們，隨後便迎來革命的巨響。

轟隆！高昂的暴震撼搖空氣，光身歷其中靈魂便會變得白熱。嗡嗡作響的耳鳴足以洗褪思考，淹沒一切言語。萬幸的是，此刻人們再也無需言語。

城市在光與音的二拍子後，甦醒了。

投劍打穿龍門，向後深深釘入海床、靠近落海點周圍的樓房紛紛炸裂，石礫廢塊啪嚓啪嚓地激起水花。

靶心處的海水高速沸騰，湧升的熱氣流暴升數千公尺，在烏雲中鑽破一張旋開的破口，陽光灑落。

彷彿應示著夢的結束，晴天重回。

瓦解的結界殘骸無法維持形體、溶解成點點的法力微光，自晴空懷中緩緩灑落，如粉雪般溫柔地逐漸消失。

在那片景色中，一名少年正朝海面直墜。

力盡的椴葉昏厥過去，從四、五百公尺的高空落下。

「椴葉！」

鹿庭幾乎無法多想，縱身一躍遁入水中。被殺獸象徵加熱過、溫暖的水流使她回憶起熟悉的觸感，不再沉溺於迷惘。

她朝椴葉的方向筆直游去。

在比賽上絕對拿不出這種成績吧，她魯莽地、不顧體力分配、一心不亂地撥開水浪前進，左手、右手、左手、右手，比任何選手都更加奮力。

嘩啦！椴葉在她面前深深墜入海中，大片大片的氣泡湧現。

可不准你像人魚公主一樣化做泡沫消失啊！鹿庭低頭深潛下去，一把將他抱起，費力地游出海面。

「椴葉、椴葉？」

鹿庭抓住對方的肩膀搖晃，少年嗆出一口鹹水，恍惚地取回意識。

他虛弱地張開雙臂，兩人緊緊摟在一起。

「椴葉。」

彷彿這個詞彙甜同甘露，必須放在舌尖一再品味似的，鹿庭反覆呼喚他的名字，把過去無法實現的分量一口氣彌補回來。

太喜歡了。

以至於連直呼對方的本名，都被歸在龍王所禁止的行為內。

這還是第一次。

橫跨了整整十萬餘字——從鹿庭口中說出的「椴葉」。

「……鹿庭，我來找妳了。」

「椴葉。」

此刻，她總算領悟龍神如此限制的理由。

因為僅僅互道姓名，胸膛裡那炙熱之物，都能顫動得如此激烈。

簡直太傻了。

緊抱著自己、彼此深擁的椴葉，肯定也察覺到她的心跳了吧。

心思洩漏得一乾二淨，羞恥感幾乎要將她殺死。

但絕對不會放開，絕對不可能放開。

這個時間還得持續更久一點才行。那個偶然在腦中浮現出的「更久一點」具體上指涉的是多長，她心裡尚未有具體的答案。

唯一肯定的，那必然會比「亙古」或「永遠」一類膚淺的詞彙更令人滿意吧。

「請留在我身邊。」氣若游絲地，椴葉用沙啞的聲音說。

他將臉埋在鹿庭的肩膀上，掩飾著止不住的哭泣，吐出片語：「我需要妳。」

比世上的誰都更需要。

所以，請不要擅自消失在我不知道的地方，別讓我孤獨一人。

即使自私，我其實也想要挽留妳。

「……我好喜歡鹿庭，喜歡得無藥可救。」

「嗯，我知道。」

「我希望與妳普通地交往。」

「真巧，我心裡所想的事情，與你一無二致。」

「即使我是尼伯龍根的英雄也可以嗎？」

「即使我是龍王祕教的主祀祭司，也毫無所謂。」

「我好高興，心跳得好快。」

「我也是。」

「鹿庭，成為我的戀……」

「噓——」唐突地，鹿庭發出輕輕的噓聲，制止了他繼續說下去。

她已經能無礙地說出他的名字，長久以來的願望也得以實現。

少女張開雙脣。

「椴葉，成為我的戀人好嗎？」

明明艱辛橫跨如此多的苦難，甚至不惜搏命獵捕奇蹟。

史上最大最強的告白，終究還是失敗了。

椴葉莞爾，在雙眼闔上之前，給出唯一的答覆——

19 後日談

右臂粉碎性骨折、嚴重燒傷、肌肉斷裂。

放射線汙染。

沒有剩下哪怕一根都好，未損的肋骨。

輕微腦震盪、肺臟受傷。

族繁不及備載。

「同學，你跑去跟棕熊打架了嗎？」

「比棕熊稍微強一點。」他如此回應醫生。

拜此所賜，椴葉在水林榮民總醫院度過了將近整個十二月。期間尼伯龍根的醫療小組肆無忌憚地進進出出，造成院方極大的困擾。

他的上課時數嚴重缺曠，不僅全勤獎失格，寒假還得補習。校方甚至以「因情感糾紛在校外打架」的名義記了他一支大過，原本的模範學生身分瞬間跌落谷底，喜聞樂見。

可惡，開什麼玩笑。

為度過醫院裡的無聊時光，偶爾寫寫作業避免脫離學習進度之外，他還把「空中戰艦瑞風」的模型組裝完了。無奈於右手不方便，湯口修得奇醜無比，分模線也到處都是，但至少組裝步驟沒出錯，成品算得上有模有樣。

終於，出院的通告來臨。

「When I was a young boy,

My father took me into the city～（註5）」

回到梅谷的公寓，換上學生制服背起書包，如往常般的早晨。

椴葉輕哼著歌，以單手握著新自行車的握把，穿越電齋高中前的小路。右手臂還包裹著石膏、繩袋吊在脖子上。

總覺得好久沒回來了。

他仰起頭，盯著熟悉又陌生的校門口發愣。

周圍擠滿往來的學生與外賓，今日正巧碰上舉辦校慶園遊會的日子。熱鬧喧囂的氣氛從門前遠遠就能感受到。

12月22日。

上一次度過這個日期，印象裡自己還待在國外戰鬥。真不能小看文明的修復力呢。

椴葉摘掉耳機，牽著單車穿越擠滿前庭的班級攤販，到棚架去停車。

註5　搖滾樂團「我的另類羅曼史」歌曲〈Welcome To The Black Parade〉。

這時，褲袋裡忽然傳來震動。

「嗯？」

他動作彆扭地取出手機，才發現是從納拉通發來的訊息。

＊

初洗花學姊的教室位於求仁四樓。

才剛接近，隔著老遠便聞到一股厚重的奶油香味。畢竟是學長姊們的活動空間，椴葉有些局促不安，小心翼翼地從後門探頭。

「嗚啊。」他不禁輕聲喟嘆。

教室內根本堪比戰場。約莫八、九位高年級學生，正忙裡忙外地大量烤製著風味麵包。來不及收拾的鍋碗瓢盆，以及意外滴在桌面、地板上的麵糊，顯示出場面有多混亂。

「巧克力的還沒好嗎？」

「嗚！水好冰，手指頭沒感覺……」

「包裝紙妳用完放在哪裡？」

「咦？不見了嗎？」

低氣壓籠罩著現場，畢竟得支援園遊會攤位的供貨，壓力很大吧。

「別自亂陣腳！」

一道熟悉的聲音傳來。只見嬌小的初洗花學姊圍著圍裙、頭戴衛生帽，口罩與手套齊全，正以尋常人的大約三倍速度準備著生麵團。

「這是場沒有敵人的戰爭，驚慌是多餘的情緒！」

「家、家政股長……」

「請領導我們！」

「廚房組的使命便是烤出美味的麵包，讓參加校慶的賓客們幸福。」

她雙手動作片刻未停，高聲疾呼：「在場的各位都擁有使人幸福的力量。沒錯，我能夠斷言！那是自始便隱藏於你們內裡的光輝，不要讓天性的自豪蒙塵！」

咚！

她將鐵盤推進烤爐，大力關上閘門：「去拿下勝利！光榮的C班！」

「是！」

「遵命，家政股長！」

「嗚喔喔喔喔！」

班級裡的氛圍驟變，從混沌的勞動地獄，轉眼成為古代攻城現場。

不不不，已經算得上某種程度的洗腦了吧？學姊妳這樣沒問題嗎？

交代完分工次序、情況好轉後，初洗花才總算注意到藏在後門的椴葉，於是脫去手套，朝著他走過來。

「椴葉，身體恢復得如何？」

「嗯，框架的適應率正在慢慢提高，會痊癒得越來越快。」

「很優異的體質呢。」

「畢竟耐操是我的特色。」他聳聳肩，苦笑了下：「說是這麼說，真令人搞不懂。我究竟是如何在適應率低於兩成的狀態下投射殺獸象徵的呢？指導院現在還遲遲得不出結論。」

姑且一致的共識是：適應率的可靠性存疑。

未來得修正出新的基準，藉此監測框架的活躍度才行。

「回格陵蘭的預定也因而推遲了，真不曉得該不該為此高興。」

「你大可更坦率一點。」初洗花握拳，在他胸膛上輕輕一推：「沒有偏失自我，是件了不起的事情。」

「唔，謝謝……噢對。」他猛然回想起來，連忙取出手機：「好險吶，差點忘記。」

「發生了什麼嗎？」

「有訊息得向妳轉達。」

＊

與學姊打過照面後，椴葉穿越中庭，向坐落於東側的體育館走去。

體育館同時兼具著禮堂的功能，此時折疊椅已經全部陣列整齊，從下午開始將會進行一系列的舞臺演出。

他向負責的老師說明來意，進入後臺。

許多社團正擠在此處預備登場，室內的空氣異常悶熱。學生彼此占用空間，連好好走路通過都很艱難。

還來不及出聲，就聽見從一片嘈雜中格外鮮明的、鼬占的吼聲。

「又拉斷？妳呷這大漢第一天扣鈕釦嗎？天兵是不是啊！」

他從腰包裡取出別針，替演員的裙裝進行補救：「這樣會不會太緊？」

「不、不會。」

「去外面走兩圈，跳一跳看會不會掉，有問題回來我再幫妳想辦法。」

「唔嗯……」

那名女學生戰戰競競地往前臺離去。而鼬占也沒閒著，轉頭繼續處理剛才中斷的任務，拿美工刀拆開一只紙箱，喊著：「熱舞社過來領社服！從最小號的ＸＳ開始拿，乖乖排隊記得簽名。」

「為什麼衣服今天才到貨？」

「吵死了，去問你們自己選出來的器材股長！」

「呃，學長我忘記尺寸了。」

「再混啊？你給我排到隊伍最後面去。小姐等等，領完簽名！」

看得出他此時很暴躁。

雖然嘴上不忘發洩，但颱占反應力不錯，處理起雜務亂中有序。而且學生群裡正瀰漫著一股對不良少年無言的恐懼，沒人敢添亂。

看來抽不開身呢，椴葉只好回到外頭等待。

度過近二十餘分鐘，熬到人手輪替後，颱占才走出側門與他會面。

「辛苦了。」

「吶……」

難得看到他表情這麼憔悴。

兩人散步到體育館後方，從自動販賣機處隨便買了冷飲。

「你怎麼會在禮堂幫忙？」

「銷過。」

「理解。」

原來是學期末操行成績不及格的部分。

「但挺好的不是嗎？我看你處理起來得心應手呢。」

「那種場合本來就需要有人跳下去扮黑臉。要不然你看負責管秩序的老師性格那麼溫和，六個社團全部擠在後臺，還不三國群英傳。」

「學生會幹部呢？」

「太緊張，拉肚子。」

「真是災難。」椴葉遺憾地說，啜了口泡沫紅茶。

住院期間，閒著沒事的鼬占是最常去探望他的注孤生社員。偶爾會帶遊戲牌來玩，以及指導他做模型。

多虧鼬占不嫌麻煩，讓枯燥的臥榻時間稍微有趣了些。椴葉其實也正為此煩惱著，該找什麼機會向他致謝。

「你那邊呢？」鼬占將可樂空罐扔進回收桶：「先說聲恭喜出院，見過鹿庭了嗎？」

「待會就去。」

「你本人倒無所謂，反正抗摔耐磨還原廠保固，鹿庭的恢復情況如何？」

「唔，」椴葉遲疑了下才回答：「正在逐漸取回以前的加護，速度很慢。」

「對交往來說挺不錯吧？」

「至少兩、三年內還能牽手，得慢慢摸索長遠的相處方式。」

世界巡禮也退出了。

其餘的四天王，以及禮鶴大人等人目前正進行著國內的祭典。光是三個寺院就忙到不可開交，農曆年後還得繼續往南亞前進。

而無論要遠行至何方，都已經與鹿庭無關。

在那之後——

對於鞍岳發生的事，無論指導院或龍王院，反應都十分被動。

一方面為了消化缺乏前例的制度挑戰，各自正急得焦頭爛額。再者兩名英雄既然清楚表態，立刻止血、退讓懷柔成了最優解。

畢竟雙方都不是邪惡組織呢。

……呃，尼伯龍根的部分暫且別把話說死好了，椴葉暗忖。

「喔對，鼬占，有訊息要向你轉達。」

他拿出手機。

＊

向鼬占交代的事項告一段落，最後便是鹿庭。

心裡有點忐忑。

休養期間早就見過許多次面，即使經過告白，兩人之間的氛圍也沒有太大的變化。反倒不在相處時會莫名緊張。

鹿庭的班級，開設的攤位在B1地板教室。主題是創意勞作與親子遊戲，讓來賓體驗熱縮片、捏麵人之類的創作活動。

原先鬼屋的提案被學生會瞬間駁回（已經有三個班級做鬼屋了），歷經輾轉與吵架才改成了現在的營業內容。

生意似乎不錯，椴葉走下樓梯時，便聽見教室傳來嘻鬧的聲音。

他在幾個不同的主題區之間，找到了鹿庭負責的說故事角落。

「於是，奧茲王將稻草人的頭摘下，將腦袋裡的草稈扔掉，換成一團有魔法的針線與麵團。結果，裝回腦袋的稻草人果真獲得了智慧。」

似乎是《綠野仙蹤》。

鹿庭坐在繪本櫃前，身邊圍繞著四、五個幼稚園年紀的兒童。她的表情仍舊與以前同樣，沒什麼變化。但閱讀時的起伏倒是相當到位，徐徐的節奏給人放鬆精神的感覺。太好了，鹿庭看起來很樂在其中。

「而後，奧茲王在鐵樵夫的左胸挖洞，把纏著繃帶的心臟塞進胸膛。等洞口再次被填補起時，鐵樵夫也得到了他想要的、溫柔的心。

「最終輪到膽小的獅子，奧茲王取出神奇的魔法藥水，倒進獅子的嘴巴，才沒過多久，獅子就感覺自己全身都充滿勇氣……」

故事已經接近尾聲。

追求者跨越磨難，獲得追求之物。善良被獎勵，邪惡被懲罰。無論要再反覆聽幾次類似的故事，恐怕自己也不會感到厭煩，椴葉心想。

「嗯？」

鹿庭將繪本闔起，抬起視線朝這邊看了過來。

周圍的小孩子相當敏感，紛紛跟著轉頭向他投來關注，其中一個幼幼班年紀的小小孩，直接伸出手指，對著椴葉大叫：「鐵樵夫！」

只要一人帶頭，旁邊的小毛頭就會跟著起鬨，這個年紀就是如此。

「真的耶，是鐵樵夫！」

「鐵樵夫來了～」

「不不，改造人跟機器人差很多，請別一概而論。」

椴葉不曉得自己為什麼會想跟小孩較真，才剛解釋完心裡就升起一股悔恨。

我行我素的幼童們，自然也不可能耐心搭理他說了些什麼，開始朝他群起包圍、把玩右臂上的石膏與吊袋。

「等、唉？這不是玩具喔，不要摸——哇！放☆開☆我！」

「大葛格我幫你畫貓咪。」

「貓咪？不用不用不用，我喜歡它保持空白的樣子。」

「你看三角龍～」

「嗚啊什麼時候完成的！」

這什麼專業的蠟筆塗鴉生產工廠嗎？靈長類智人的幼體居然可以在這般短暫的時間裡處理如此龐大的繪圖分工？

「來，大家聽我這邊，」一直等到整條手臂變得五顏六色，鹿庭才覺得滿意似地雙手拍拍，吸引現場小鬼們的注意力：「可以去跟向日葵姊姊拿點心囉。」

「點心！」

「我要葡萄果凍～」

食物的吸引力遠比剛出院的男高中生強上不少，登時群魔做鳥獸散，被班上另一名女同學領著隊伍離開了。

真是群小野獸，椴葉長吐一口氣。

還沒從驚魂中恢復過來，鹿庭便牽起了他的手：「我們逃走吧，『鐵樵夫』。」

*

將園遊會裡的攤位逛了個遍。

鹿庭的出手仍舊闊綽，只要稍感興趣的食物都會買一份來嘗嘗。不知不覺所有攤位都被征服了，整整十幾個班級耶，不可思議。

最後兩人達成共識，學姊的麵包店果然是所有攤販中的菁英存在，品質完全不像高中生的手藝。除卻學生會的豪華熱狗堡，以及體育老師的章魚燒以外，其他攤位在那面前只能惜敗。

一個小時後預計有話劇社表演，他們打算光顧。

等待的期間，兩人二度回到市集裡，買了藍色的汽水、一年級的紙盒炒麵及零食，往人群較少的中庭移動。

坐在貼滿瓷磚的矮仙丹花圃旁，看著熙攘穿梭於走廊、忙碌的學生們，椴葉把炒麵塞進嘴裡，一面問：「還有在做檢查嗎？」

「嗯？」鹿庭滿臉頰都是烤棉花糖餅乾，花了點時間咀嚼，吞下去才回：「還有，一切都很正常。」

說的是放射線汙染的事情。

龍門結界遭殺獸象徵擊破的瞬間，加護也潰散了。

值得慶幸的是，鞍岳電信大樓所在的位置在汙染圈最外緣。最終送醫檢查後，鹿庭受到的影響很輕微。

反倒椴葉更危險一些。

為什麼？沒道理啊。即便只剩兩成，有齊格菲框架保護也不該更嚴重才對。是體質嗎？特別容易把自己搞得情況更糟的體質？

「恭喜出院。」鹿庭輕聲說：「哪都不能去的日子，對自行車愛好者來說很可怕吧。」

「嗯，總算回到人間了。」

「我沒去接你，會覺得寂寞嗎？」

「別介意。」

「喔？看來椴葉也長大了呢，之後開始一個人上廁所吧。」

「不不，我本來就是一個人上廁所喔？」

「洗澡要洗乾淨，腳趾縫搓一搓。」

「獨力洗澡也行之有年了！」

「但石膏沒拆之前，盥洗都不需要幫忙嗎？」

「唔嗯的確。」原來是想關心自己，椴葉有點不好意思地撓撓頭髮：「一些瑣碎的事情還能應付啦，用不著妳操心。」

「嘖，你就那麼抗拒讓我幫你洗澡嗎？椴葉，你的心離我好遠。」

「不准打那種算盤！」

沒必要！請妳本人離光溜溜的我遠一點！

「洗澡不喜歡的話，至少上廁所……」

「上廁所也一樣！妳可別真的踏進男廁啊！」

「太驚人了，」鹿庭掩起嘴巴，露出敬佩的表情：「少了慣用手生活雜事也不受影響，不愧是改造人。」

「在妳的想像裡，我的生活只剩洗澡和廁所嗎？」

而且那不包含在改造人的功能裡。

尼伯龍根的科學家會哭的。

「這樣吧，洗澡的部分由我協助你，上廁所則換成你幫我。」

「『這樣吧』的用法太奇怪了！鹿庭小姐妳還好吧？」

「抱歉，很久沒跟椴葉好好演一場相聲，腦袋變得不太清楚。看來這就是人們口中所傳的相思病。」

「可惡，妳以為相思病就能當成無敵的護身符嗎？」

給我向其他犯相思病的女高中生道歉。

「那麼還是請你自己告訴我吧，椴葉，」鹿庭啜了口夏威夷風情的汽水：「今後，我們該用什麼方式互相依賴？」

這段平和的日子，可不會持續到永遠。

龍王的加護正在重構，齊格菲框架也遲早必須養護。

「每一分每一秒，我們的時間都在減少。」

同時，每一分每一秒，我們的相戀也愈發膨脹。

直至可預見的那天，暫且擱置的問題再度來臨的那天。若結論仍是注孤生，肯定會比過去的我們更加痛苦，而我死也、死也不想——

「我死也不想對椴葉說出『要是沒有交往過就好了』那種話。」

「那個心情，我也是一樣的。」椴葉輕輕地將手覆蓋上鹿庭的手背：「而且也不會發生。在妳說出口之前，我就會擊穿一切，到妳身邊緊抱住妳。」

「……」低垂著雙眸的鹿庭輕輕頷首，抬起視線。

「果然相思病是無敵的呢，椴葉。」

下一次，我也會到你身邊去，再度擁抱你的。

一定。

*

校慶園遊會順利落幕。

經過收拾整頓、清理復歸，等學生們也紛紛離開校園，祭典的痕跡便從熟悉的日常中悄悄褪去了。

椴葉與鹿庭一同拉著手推車，來到社會科教室門前。

看來另外兩人比他們早了一步。

「喔喔，來了。」

初洗花懷裡抱著沉甸甸的尼龍提袋，鼬占則是幾瓶家庭號果汁罐。

「你們負責準備的是啥？」鼬占向椴葉問。

他拉開推車上的紙箱，將裡面的器材露出。

「湯鍋，以及卡式瓦斯爐。」

「蔬菜和火鍋料。」鹿庭追加解釋：「姑且看來，是打算辦圍爐派對吧。」

「咦？那這又是怎麼回事？」

初洗花詫異地問，把提袋裡的投影機展示給眾人。

「居然讓蘿莉搬這麼沉重的東西，不可原諒。」

「別說蘿莉。」她毫不領情地反駁了鹿庭。

四人正吵吵鬧鬧著，社會科教室的門突然嘩的一聲打開。

「戰鬥物資到啦？歡迎～」

木咬契戴著聖誕老人的紅布帽，全身厚厚的毛衣。手裡拿著《口袋裡的戰爭》的塑膠盒。從她身後透射出教室的燈光，隱約有股暖氣機殘存的溫度，還能看見課桌上擺滿成堆生鮮超市的肉盤以及披薩。

幾個月不到，使用率較低的社會科教室已經變成木咬契的巢窟了。壁櫃裡塞著一大堆電影光碟，宣傳海報貼得亂七八糟。

這是公器私用吧？Narrative 選人真的沒問題？

「打算約大家一起吃火鍋嗎？」

初洗花問，而對方點點頭，雙手比出勝利的手勢。

「作為社團，就該有聖誕之夜！明明如果你們 Cosplay 來就更好了呢，為什麼還穿校服啊可惡？」

Cosplay 那是萬聖節，妳完全把兩種節慶搞混了吧。

不過話說回來，如此充滿普通風格的社團活動，若非由木咬契相約，還真不會在他們之間發生。

——普通，理所當然。

這些世上最強的詞彙，由最強的木咬契掌握著。

「好了好了～外面那麼冷，快進來！」她大大張開雙臂，對英雄們露出開懷的笑容——

「歡迎來到注孤生社！」

（正文完）

番外

「在妳發表任何評論之前，先聽我解釋。」

「好的，請解釋。」

通常而言，這種時候應該體貼地率先表示：「我對別人的興趣抱持尊重的態度，所以其實沒有打算發表什麼評論喔？」然而看著他方寸大亂的模樣，初洗花從心底升起了一絲新鮮的惡趣味。

她決定暫且打住，等對方表演。

「那個……總之，事情是這樣的。」

對方局促地將購物袋提上肩膀，雙手合十祈願世界和平，擺出準備長篇大論的態勢。

他仰起視線，深深吸了一口氣，稀薄的寒意搔癢著喉頭：「最近不是在打復甦的冬季聯盟嗎？」

「冬季聯盟？」

「冬季棒球聯盟。」

才沒兩句，對方的語氣就變得笨拙了起來：「因為『冬天沒有棒球可以看所以來辦吧』而成立的比賽。」

「真遺憾，我沒有聽過耶。」

「唔嗯，唔嗯好吧。」

他搔搔鬢邊，抿緊嘴脣遲疑了幾秒才繼續說：「總之最近，我常常在網路上看冬季聯盟的球賽轉播。」

「沒想到你還有這樣的嗜好呢。」

「偶爾也得涉獵一些能跟朋友聊上天的話題嘛。」

「前提是有朋友？」

「妳在瞧不起我嗎？」

「梳妝鏡裡的倒影不能算是朋友喔？鼬占。」

「我給妳的印象到底有多孤僻啊！」鼬占發出尾巴被踩到似的詰問句。

相對的，初洗花則回以充滿包容的微笑，「從今以後，想聊棒球的話題就來找學姊吧。」

「別在這時候露出關懷的眼神啊！妳的溫柔也太尖銳了吧！」

「我會隨便找點事來做，然後靜靜聽你說喔？」

「不如請您也撥空看個幾場如何！重點在討論啊討論！只有我一個人單方向輸出多沒意思！梳妝鏡嗎？學姊的志向是成為梳妝鏡嗎？」鼬占用力以掌心按住額頭，仰天宣發他的感嘆調。

反應完全舞臺劇化了呢這傢伙。

站在宅店門口手舞足蹈的凶惡男子高中生，畢竟也不是每天都能撞見的奇景，附近的路人紛紛投來畏怖的目光。

——糟糕。

真好玩。

之前鼬占在應對自己的時候，態度有這麼弱勢嗎？

繼續逗弄對方的話，自己的個性肯定會漸漸變得跟鹿庭一樣難搞。初洗花在心裡猛烈反省，壓抑住萌生的快感。

「所以，」她付出十二萬分的努力不讓嘴角崩壞，追問：「冬季的棒球賽，跟鼬占意氣風發地戴著西洋棋銀河的面具，從宅店裡走出來有什麼關聯？」

「不是說『先聽我解釋』嗎混蛋！」

「噢對，抱歉。」

總算像往常一樣暴怒了。

如此這般——英雄們你一言我一語上演著鬧劇的，是電齋商店街、平靜無恙的正月初旬景色。

*

學期接近尾聲。

適逢年關，隔幾日前才經歷四天彈性連假，受課業所苦的學生們仍舊緊抓住週末，再次回到了商圈裡。跨年的幽靈似乎殘留於街巷內，慵懶來往的客流充滿眷戀的氛圍。

時近中午仍不見露骨陽光，鐵灰色天空將風景刷舊，讓人有種錯覺，或許新的一年並未真正開始，時間是連續的，今日也不過將成為某個嚴冬裡被延續的、日曆深處懷念的符號。

初洗花掛著耳機，一面收聽昨晚錄音的電臺訪談節目，從車站方向出發，沿步行道踏入熱鬧的地帶。

好巧不巧，經過排滿服飾店的邊街時，一名戴著塑膠變裝面具的男生輕哼著歌，推開了「納拉 Soul」的店門。

「啊。」

「嗯？」

初洗花輕輕將頭偏倒向一側，歪著臉摘下耳機。隨興紮起的馬尾從肩旁滑落出去，擺到頸後，消瘦的鎖骨曲線暴露了出來。

她用參雜著狐疑與訝異的眼神，盯著眼前僵立不動的「變身英雄」。

「這、這是『那個』！」對方比手畫腳地指著臉上的面具說：「威尼斯嘉年華！」

「你早了兩個多月呢。」初洗花取出手機確認日期。

「泰國皮塔空！」

「六個月後。」

「菲律賓的巴柯羅面具節！」

「十個月。」

「居然沒有正月戴面具的節慶嗎……」

認清到自己無論再多說什麼，也無法申論此刻扮裝的正當性後，鼬占無語地慢慢脫下西洋棋銀河的玩具面罩。

隱藏在內側的，是張羞恥到漲紅的臉。

像是被誰往嘴裡塞了一口帶著溼氣的泥土似的，鼬占苦悶地別過視線，不敢跟初洗花對上眼。

「在妳發表任何評論之前，先聽我解釋。」

「好的，請解釋。」

下略千字。

經歷一陣嘴上的嬉鬧後，鼬占重整事態繼續說明：「去年——噢不對，前年還在打三百日戰爭，絕大部分體育比賽都被迫中斷了不是嗎？」

球場等大型空間受徵用於緊急需求。舉凡物資囤放、軍隊集結、檢疫站或野戰醫院，甚至受災戶的臨時宿所。

球星與各財團也相當積極地響應著援助行動，零星舉行過幾場慈善賽，但除此以外，例行的賽制則不見推進。同樣的景況延續至戰後第一年，許多城市被炸得支離破碎，連提供平整的地板給大型比賽也很困難。

撞球、網球一類活動正逐步回歸，然而棒球愛好者們的運氣沒那麼好，球迷基本上已經兩年沒有新節目看了。

某個偉大的人曾說：「忍耐對身體不好喔。」

「因此去年末的冬季聯盟，實質算得上戰後首季。」

鼬占從手機上找到了相關的新聞，拿給初洗花看。

筑殿洲際棒球場和武洋棒球場，去年年底相繼整修完畢。場地缺乏的問題解決後，在各方支持下催生了這次的復甦賽。不過啟動的時間比以往還要晚不少，賽程從十二月十二號排到一月九號，中間休掉了幾天。

「規模倒是跟以前一樣，有日韓的隊伍飛過來參加，球迷們都期待得快吐出來了，像盯著餅乾發抖的小型犬一樣。」

「比喻真沒禮貌。」

「我沒有把自己排除在外啊。」

颱占聳了聳肩。

他伸手往購物袋裡掏索了片刻，取出兩只小包裝袋，「喏，要不要吃？」

「這是什麼？」

「葡萄味的軟糖，食玩裡面附的。」

購入類似轉蛋那樣的小尺寸模型玩具時，常見附件在紙盒裡的零食包，雖然不是商品原本的重點，但不吃掉挺可惜。

颱占塞給初洗花一份，自己扔了幾粒到嘴裡。

她瞪著手心上，包裝像乾燥劑一樣樸素的軟糖，迷惑地問：「在你講完關於小型犬和餅乾的比喻後，居然請我吃這個？」

「我沒有把自己排除在外啊。」他咕嘰咕嘰地咀嚼著軟糖說：「還沒解釋完。妳知道峰仙煬嗎？」

「突然冒出一個很寫實的名字呢，沒什麼印象。」

「豪宛鵜鶘以前的左投先發，同時也是個英雄。」

以英雄而言的確算不上有名氣，但在球場上是眾人期望的年輕一輩。

在鏡頭前總是表現得很開朗愛玩的模樣，態度一派輕鬆地應對著各種比賽，防禦實力也有目共睹。

可惜戰爭期間，參加駱阜海岸的防禦時，出差錯把腳踝弄傷了。

為此消沉了很久呢，仙煬兄。

「但差不多半年前，才剛流出仙煬很希望回鶺鴒繼續投球的傳聞，結果他十月初就被編進職聯名單裡，準備冬賽登板。」

鼬占哼哼笑了起來，彷彿光榮復歸的是他本人。

雖然對術語的部分不太理解，但常聽廣播電臺的初洗花，確實知道這則英雄投手復歸的消息。

或許被鼬占的熱情感染了吧，她似乎能體會球迷們的雀躍。

「這下別說發抖，都興奮到閃尿了吧，各位小型犬。」

「咕噗。」

初洗花剛把軟糖放到舌上，聽到鼬占神經壞死般的發言又吐了出來。

她狠狠踢向鼬占的腳脛骨，鞋尖發出明顯的「喀」一聲，對方毫無懸念地哀號著彎下腰去痛哭。

「嘎——！」

「用詞給我適可而止。」

「……對不起。」

一旁並列坐在機車上抽菸的情侶檔忍不住望過來，眼中帶著驚愕。

嘖。

初洗花嫌惡地低視向鼬占：「棒球的話題夠了吧？長話短說，大型犬。」

「為什麼妳老是對我這麼嚴厲……」

＊

龍王院的主祀祭司（國內留守中）此時，正面臨她人生中，或許是最必須挺身而出、行使善舉的時刻。明明能享受假日，依然決定陪男朋友通勤、回電齋高中參加週末補修的鹿庭，因為沒多考慮後續行程，便乾脆散步到商圈來。妝也畫了，門也出了。

拎著買慣的紅茶拿鐵，沿路清點街上有幾間古著鋪，百無聊賴地玩著孤獨的地圖遊戲時，她看見了：

站在「納拉 Soul」店門前的初洗花，以及不知為何，跪伏在她身前的鼬占。

「……哎？」

毋論龍王祭司如何鐵面，也要被那幅構圖給震懾住的。一抹冷汗順著顎際滑下咽喉，搔癢的觸感使她打了個冷顫。

他們什麼時候確立那種沒羞沒臊的主僕關係了？

初洗花的手腕真高明。

先冷靜地喝點紅茶拿鐵吧，嘶嘶嚕——

「這不是鹿庭前輩嗎？」

「哈哇！」

下意識就使出來了。

鹿庭一瞬間所採取的技巧，在武術項目中被稱為「氣合」。藉由發出喝斥，猛烈吐氣逼迫肌肉緊繃，正肅精神達成心體一致。

雖然拿鐵有點灑出來，但前來搭話的對象的確呆怔住了，像在沙漠中撞見狂奔的仙人掌一樣束手無策。

「前輩居然能發出那麼大的聲音，我從來沒聽過耶……」搭話的人滿臉歉意，尷尬地說。

對方穿著針織為主的毛衣及短裙，個頭很矮，短髮整理得很簡潔，頂著貝雷帽。雖然臉孔還帶著抹消不去的稚嫩，但神情裡透露出一股志得意滿的氣質，比起同齡人顯得更驕矜狡慧。

若是很注重輩分禮貌的人，或許會因此對她留下壞印象吧？

「淘氣草莓？」

眼前的國中女生，是魔法少女隊伍「水果系列」的成員。

比起初洗花那種從「可愛」肇事逃逸，在魔法少女的高速公路上全力逆向行駛，莫名其妙的嚴肅英雄，淘氣草莓果然可愛多了。

得趁她變得遍體鱗傷之前，好好疼愛她才行。

——啪。

淘氣草莓一掌拍開了鹿庭緩緩伸過來的手。

「鹿庭前輩，妳在做什麼？」

「咦？我只是想摸摸妳的頭而已啊？」

「唉——」淘氣草莓雙手抱胸，遺憾地嘆了口氣：「前輩完全沒變呢，遇到年紀比較小的女孩子就想動手動腳。」

「肢體接觸是促進感情很重要的一環喔？」

「跟妳的辯護律師嗎？」

「居然已經走法律程序了！」

「判賠三十萬。」

「還勝訴！」

「別的不談，鹿庭前輩請妳改改壞習慣，用正當一點的手段跟晚輩打交道吧，否則遲早會惹上麻煩的喔。」淘氣草莓沒好氣地說。

面對蘿莉露骨的鐵壁防禦，鹿庭挫折地別過臉去嚙咬拇指的指甲，低吟詛咒著：

「龍王的枷鎖明明解開了才對，為什麼我還是不受小孩子待見呢？難道陰影中還存在著在那之上的惡意嗎？」

「跟龍王沒關係，是鹿庭前輩的個性問題。」

「龍王的枷——」

「是鹿庭前輩的個性問題。」

受害者毫不留情地反駁了她。

她擺了擺手，揮去鹿庭對神明大人的無端栽贓，雖然仍舊一副人小鬼大的表情，但其實沒有真正嫌惡的模樣。

「和鹿庭前輩說話果然很累人呢。」她手扠著腰，苦笑著說：「抱歉，但時間差不多了。我還得去見軍神學姊，先告辭囉。」

「妳接下來要跟初洗花碰面？」

「嗯嗯，我們約在附近的餐廳。學姊想打聽水果系列的近況。」

「原來如此。」

鹿庭理解地點了點頭。

因為彼此年齡有不小的差距，加上組織內風氣比起信賴更注重尊敬，水果系列缺乏跟前輩保持聯絡的積極性，初洗花時常提起。這多半是為了防患未然，強化安全意識而舉辦的定期會議吧。

初洗花真的很愛操心呢。

鹿庭微微轉過身，偷偷瞥向不遠處氛圍祥和、仍舊聚在宅店門口聊天的一高一矮組合。

雙方區隔在馬路的兩側，斜方向保持著一段距離，他們似乎完全沒注意到窺視的鹿庭。由於並未壓低音量，依稀能聽見互有攻防的交談聲。

「最棒的惡役？肯定是魅塔騎士還用說嗎？」

「帝帝帝大王可愛多了，而且魅塔騎士的主題曲不覺得很陰森嗎？」

「你怕什麼 BOSS 戰的背景音樂！」

初洗花開懷地嘲笑著對方謎樣的纖細感，鼬占則面紅耳赤地否定，總覺得話題既缺乏營養又沒建設性。

說來，對她而言也是難得的假日。

「淘氣草莓。」

「怎麼了？」

鹿庭前輩如今的表情似乎柔軟許多。即使如此，被前輩正經八百地呼喊名諱，淘氣草莓還是愣了一下。只見前輩那雙深邃的眼神朝自己望了過來，伸手做出彷彿邀請一同踏入舞池般的優雅舉止。

「為了不被強迫就不懂得休息的初洗花。」她輕盈地說：「我在此有個提案，姑且一聽如何？」

＊

「發生了什麼事嗎？」

「淘氣草莓傳過來的訊息。」

一面回應著鼬占，初洗花解開智慧型手機。

納拉通的聊天室頁面從小圖標裡擴展，粉紅色的頭像在幾枚縮圖裡格外顯眼，是淘氣草莓斷斷續續發了幾封短訊。

大略瀏覽一遍後，初洗花微微蹙起眉頭：「……難辦了。」

「有突發狀況？」

「喏。」

她將手機畫面轉向，遞給鼬占看。

↓學姊，抱歉。

↓（布偶熊慌張鞠躬的貼圖）

↓待會的魔女集會，我臨時去不了了。但難得訂到位，敬請學姊就別顧慮我，好好享受那間餐廳的料理吧。

↓（巫婆煮湯的貼圖）

↓再次向您的勝利祈福。

↓花予塵陌，雨予夏晚，魔法啊，請饋我等以榮光。

↓（聖喬治刺殺邪龍的貼圖）

「什麼東西亂七八糟。」鼬占輕蔑地笑了一聲，將手機還給初洗花。不過對方拄著下巴正在沉思，似乎很苦惱的模樣。

「究竟什麼事情那麼緊急呢？」初洗花囁嚅著詞句，垂下雙眼自問自答：「沒有交代原委，是連我也幫不上忙的私事嗎？要不要聯絡另外兩個人問問呢？這個時間點應該有空的人……啊嗚。」

颵占拿手機輕輕砸了她的頭頂，打斷她的神祕兮兮。初洗花露出氣惱的表情向上仰望，雙手抱著頭取回手機。

「走囉。」

「去哪裡？」

「淘氣草莓訂位的餐廳。」

颵占朝玻璃門內揮揮手，跟納拉 Soul 店裡的牌友們道別。

「後輩說『好好享受料理』，所以我們走吧。」

*

「這樣真的好嗎？前輩。」

淘氣草莓狐疑地問，扶了扶臉上的鬍子眼鏡。這玩意比想像中更不舒服，略嫌搔癢還影響呼吸。

她看向同樣戴著鬍子眼鏡的鹿庭。

即便掛上大鼻子與捲鬚，鹿庭仍舊一副冰山美人的模樣。相對的，也導致她在變裝的層面上一點意義也沒有。

兩人窩在行道旁的花圃後面，緊盯著剛離開的鼬占與初洗花。路人的視線格外刺痛，但為了大義只好姑且忍忍。

「為了確保初洗花的假日平靜結束，必須由我們暗中排除潛伏的障礙，暫且只能緊跟著了。」鹿庭堂而皇之地瞎編：「放心吧草莓，妳正在做對軍神有益的事情。」

「……女兒都讀國中了還信妳這種鬼話，我爸媽如果知道一定會很傷心吧？還請前輩至少對他們保密。」

旋即。

「啊咧——鹿庭妹妹？」

「咕唔！」

「妳們在玩探險遊戲嗎？為什麼要縮在鵝掌藤下面呢？」

穿著丹寧休閒夾克，端著超商咖啡的年輕女性，邊出聲招呼邊從後方信步走了過來。

縱使淘氣草莓從沒見過這個女人，光從她輕浮地用「妹妹」喊鹿庭前輩，就瞬間察覺到這傢伙肯定不會是什麼好蛋。

「淘氣草莓，我現在所說的話，一個字一個字聽好。」鹿庭下意識握緊她的手，顫巍巍地宣告：「眼前這個嗨咖女，便是此時此刻初洗花最大的敵人。」

「咦？」

「咦？」木咬契也發出了疑問句。

「可別期待什麼『四天王最弱』之類荒謬的僥倖發生，她就是最強的那隻。所以全力應戰吧，不讓她知難而退，妳學姊的假期要泡湯了。」

「不行，在街上開打會惹出麻煩，先用刻薄的言語試試。」

「戰、戰鬥？用暴力嗎？」

「刻薄的言語？」

「兩、兩位在聊些什麼？怎麼似乎準備要用力傷害我的感覺？」木咬契擺出迎敵的架勢，表情有點慌張地乾笑著問。

淘氣草莓沒有搭理她，認真地瞪向初次見面的木咬契，嘴裡支支吾吾了幾秒才吐出幾個字：「妳這個……『自來熟阿姨』。」

「嗚咯！」木咬契咳出鮮血，發抖地陪笑著說：「隨、隨便稱呼別人『阿姨』可不行喔？噢對！妳是初洗花的學妹吧？我記得名字叫采薰？采薰要不要幫姊姊解釋一下現況呢？」

「采薰兩個字輪得到妳喊？能直呼我采薰的只有軍神好嗎？」

「連父母都不被允許？」木咬契話哽了一下，狼狽地追問：「那叫妳薰妹妹怎麼樣？很親暱很可愛吧？」

「『采薰大人』。」

「好崇高！妳是魔王嗎？」

「我分一半的世界給軍神學姊吧。」

「快住手，我會被女神叫去討伐妳的！姊姊會耗費大約三十個小時的遊戲時數去王座挑戰妳的！」

「那也比剛見面就幫別人取小名來得有禮貌。」

「妳說得對！」

木咬契雙手握拳捶地，跪在地上飲恨地贊同。

居然哄不動一個小姑娘，當什麼輔導員，辭職辭起來。

另一方面，展開連續否定的淘氣草莓，呼吸變得有點急促，面頰浮現出潮紅，露出了自己也有點無法理解的、欣快感的笑容。

「如何？」注意到她的覺醒，鹿庭用欣慰的語氣問：「刻薄的言語不錯吧？」

「是的！刻薄的言語真不錯，鹿庭前輩！」

*

油封鴨。

以精心揀選的複數辛香料、香草充分醃漬數日後低溫烘烤，入鍋煎得肉嫩皮酥，讓鴨肉超絕進化的法國料理。

「超、超好吃。」初洗花以紙巾輕搗被油脂潤澤的嘴脣，瞪大雙眼咀嚼著：「素材的滋味超深入，油煎的程度也很適宜，超驚人的完成度，我從來不曉得在電齋有這麼厲害的法式餐廳，超長見識。」

「『超』用太多次了大小姐，把腦袋都吃笨了嗎？」鼬占不以為然地回應，叉起蘆筍塞進嘴裡。

午餐時段的客人不少，餐廳裡的氛圍比想像中要更熱絡些。店內低調的燈照散發著神祕感，雖然開設在四樓，窗外的光線沒有多少能濾過簾幕滲透入室，昏暗的客席好像擺在酒窖裡似的。

邊上的木牆零落掛著一些裝飾品，像是仿製畫或照片一類，似乎想營造典雅的氣質，卻反而讓餐廳更顯倉庫感。

既非巴薩諾瓦也不是古典音樂的某種低BPM旋律，輕輕縈繞在賓客細碎的交談間，沒什麼存在感。

不時能聽見輕微的餐具碰撞，以及收斂的輕笑聲。鼬占沒有偷聽的興趣，卻還是下意識地用耳底捕捉到的片語拼湊著鄰人的話題。

西餐廳的調性太慵懶了，反而讓他靜不下來。

他深吸一口氣，想像面部肌肉放鬆的模樣，才重新看向眼前的女伴。

「這真的是禽肉嗎？難以置信，」初洗花以恐懼敬畏參半的顫音發表感想：「簡直像水果，不，根本是水果吧？」

「說什麼瘋話。」

「這難道不是失樂園的禁物嗎？人類究竟跨越多麼幽暗的惡慾，才從上帝眼底摘下這塊夢幻之肉？」

「嗯，妳高興就好啦，其實。」

「我的確很高興。」對桌的小姑娘大方地承認。

鄰桌用餐的年老夫婦用慈愛的眼神望了過來，臉上浮現出不知所謂的微笑。在旁人眼中，颱占與初洗花就像感情要好的兄妹吧。

颱占撇了撇嘴，捲起一塊冷燻鮭魚。

老實說，這道魚料理他壓根吃不慣，無處可去的淡鹹味讓他莫名火大，一點骨氣也沒有的溫軟口感更是雪上加霜。

他耐著性子，試圖慢慢發覺鮭魚的優點，一面瞄向初洗花。

她津津有味地品鑑著浸滿鴨油的蔬菜，以不太熟練的手法切開鴨肉。與颱占比起來，刀叉握在她纖細的指間，簡直像某種厚重的園藝工具。

「吶，初洗花，我用魚跟妳換一點鴨肉好不好？」

「心動了？果然我也有扮演蛇的資質。」

「一片鮭魚可以換什麼？」

「這個，切半的烤馬鈴薯。」

「妳也太小氣！」

「騙你的啦。」

說著，初洗花把剛片下來的鴨肉，帶著一塊脆皮挾到颱占餐盤上。

由於是以初洗花為基準的「一口份」，在鼬占眼中有點悲傷。以他駑鈍的舌頭而言，油封鴨跟便利商店的三寶飯毫無區別，分量才是重點。

他以誇張的動作叉起肉片放到舌上，像喝紅酒一樣，混合著空氣鼓起臉頰大口咀嚼，偏頭閉上雙眼感受了幾秒。

嗯——

「妳說得對，很好吃耶，鴨肉厲害。」

「我就說吧？」

初洗花似乎這樣就滿足了，認可地點了點頭。

她繼續用笨拙的手法虐待馬鈴薯，一面詢問：「午餐之後，鼬占有沒有什麼其他事要做？」

「咦？」對方停頓幾秒，似乎考慮了幾個選項：「那我們去打棒球怎麼樣？室內打擊場。」

「像日本刑偵劇裡，主角遇到瓶頸時深夜會去的地方嗎？」

「妳的印象怎麼那麼偏頗……」

他的叉子停了下來。

「等等，魔法少女可以打棒球吧？不會把鋁棒揮斷？」

「你到底把我當成什麼怪物了？」

變身後也沒辦法揮斷鋁棒喔？別對魔法少女產生奇怪的期待。

她沒好氣地反駁：「提到這點，你說過仙煬是英雄？他能公正參加球賽嗎？」

「噢，他是偏向操縱機械和研發派的，體能跟普通人相同。」

仙煬在大學裡念電子機械，參加工程無人機同好會時，陰錯陽差被吸收進了祕密英雄組織。

「後來居然去投職棒，何等勇氣十足的人生選擇。」

「鼬占呢？也想過試試棒球嗎？」

「哈哈，」他輕輕放下餐具，伸出食指點了點自己的眼睛：「誰好大的膽子，敢讓我碰球棒，就讓凡人見識什麼叫打擊率１００％。把壘上的跑者全部叫回家簡直易如反掌。」

不曉得是高中男生特有的自吹自擂，又或者，歷經無數戰場的魔裝操者真能每次揮棒都送球出牆。鼬占一臉傲慢，似乎真有履行的自信心。

面對那張幼稚的笑臉，初洗花故意潑冷水似地反問：「椴葉的球也不在話下？」

「唔嗯？好問題。」沒料到的是，鼬占露出了格外認真分析的表情：「姑且不論識破握法，連振臂的時間點都看不見呢。不過，既然擁有那雙快腿和不知羞恥的肩力，站外野的壓迫感會更強一點吧？如果再把游擊交給我，地獄般的防線是不是就成立了呢……」

「那我的工作呢？」

初洗花將刀叉伸到他的餐盤上，夾走約好的報酬。將燻鮭魚送進嘴裡，隨後露出了微妙的表情。

「異戰教練，我要負責打什麼？」

「指定妳當救援投手怎麼樣？」

「回答得那麼隨便，看來這是別人撿剩的位置囉？」

「才不是咧，亂講。」鼬占皺起眉頭：「球隊需要妳無論何時都能保持沉著的抗壓天分，替敵人帶去不可轉圜的絕望感，把勝利的大門狠狠關起來，所以給我認真一點投球，渾蛋。」

「再怎麼誇我也不會給你鴨肉了喔？」

「誇妳？」鼬占失笑，低垂下視線，重新開始用餐，「才沒在誇獎妳呢，這種到處插滿了英雄的球賽？爛透了。」

「超能力大戰不精采嗎？」

「絕對打不中的球、總是全壘打的揮棒、瞬間上壘的跑者——」

他拾起最後一段蘆筍，把盤上的沙拉醬抹乾淨，放進嘴裡。

到頭來配菜才是最合胃口的部分。

「那種棒球，肯定一點也不有趣吧。」

＊

法式餐廳《波龐時光》門外。

電梯門一敞開，不好的預感便湧上心頭。她心想著這種年輕人的商圈，果然不可能會有讓自己滿意的館子。身旁那個駑鈍的男人還一副樂天的模樣，表情看上去什麼都沒在想。

與自己一同用餐就那麼有趣嗎？真拿他沒轍。

她抬起視線，看向預感的來源。

店門旁，等候接待的長椅上坐著一組莫名其妙的傢伙：戴著毫無危機感的鬍子眼鏡，總共一大一小兩名女孩。

「嘖。」

「嘖。」

梓司令和鹿庭各自在暗地裡呿了一聲。

「伯母好久不見。」

「午安，鹿庭同學。」

兩人火藥味十足且禮儀得當地打了招呼。

氣氛驟變讓淘氣草莓愣了一愣，他不明白眼前這位高䠷的亞洲女性，為什麼讓前輩如此緊繃。

鹿庭看向一旁表情散漫的拉丁裔中年帥哥，「這位是椴葉的爸爸？」

「噢對耶，我們算初次見面呢，妳好啊。」綁著小馬尾辮的男人搖搖手，向她打招呼。

「稱呼就用羅深博士吧。妳說得沒錯，我是梓司令的前夫喔～」

「同事。」

「稱呼就用羅深博士吧。妳說得沒錯，我是梓司令的同事喔～」

羅深順著梓司令橫插而入的更正，用同樣閒散的語氣把自我介紹再念了一遍，看來他已經很習慣了。

總覺得有點悲哀。

與盛氣凌人的梓司令相比，羅深則是令人感覺十足脫力的悠哉，面對那樣的呆臉就算真的火大，可能也很難對他發脾氣。

最一開始到底怎麼結婚的呢，他們夫妻倆。

「雖然很沒意思，但出於研究精神我來問問吧。」梓司令用食指圈了圈自己的雙眼範圍，示意對方的滑稽打扮：「英雄的假日都這麼清閒嗎？」

「伯母姑且當成，呃，社團活動內的一環如何？」鹿庭尷尬地回答：「形式可能有點難理解，但執行正義偶爾也會碰上岔路。」

「哼——」梓司令饒富趣味地沉吟著，將她們兩人打量了一番。

她的視線最後定格在淘氣草莓身上。

「怎、怎樣？」被盯得渾身不對勁的淘氣草莓，話音微顫地問。

梓司令默默揀選了幾個詞彙，才開口：「妳遭遇過特殊能力失效的狀況嗎？」

「咦？」

「妳是魔法少女吧？」

「為什麼身分會暴露？」淘氣草莓警覺地後退了一步。

「因為我們是尼伯的龍根。」

「就算妳用那種『因為我們是妖精的尾巴』一樣的說法搪塞過去，我也不可能坦然接受啊！」

「能麻煩妳針對我的問題回答嗎？與惡德怪人交戰時，以往是否發生過能力喪失的意外？」梓司令毫無尊重個人隱私的觀念，單方面追問著。

被氣勢壓倒的淘氣草莓只好支吾地說：「如、如果只談變身的話，絕對不會失敗，但戰鬥過程的確偶爾會碰上功率不穩定的問題。」

「哼——」梓司令再次陷入沉吟，轉頭望向羅深：「你怎麼看？」

「的確，符合他力本願假設的實例居然這麼赤裸裸地擺在眼前，總覺得有種被取笑了的感覺，真不愉快。」羅深從口袋裡取出眼鏡戴上，緩緩撫摸著下巴，語氣低沉地說。

不知道是不是錯覺，他的眼鏡似乎發著光。

「當時因為沒辦法進行計算而被迫放棄，然而在需要重新解構齊格菲框架的現在，或許魔法少女能提供不一樣的解釋。」

「薩密爾博士在哪裡？」梓司令問。

「提出他力本願的否定案後就遷職了，目前在摩洛哥支部。」

「回去後把薩密爾的論文 **mail** 給我，麻煩你了。」

「遵命，司令～」

「淘氣草莓小姐，」交代完事項，梓司令凌厲的目光投了過來：「有個研究項目必須邀請您合作。」

「什、什麼東西？」淘氣草莓狠狠抖了一下。

「能請您提供兩百毫升的血液樣本嗎？」

「怎麼可能答應妳啊！」

「唾液也行。」

「不准說『也行』！搞得像我的口水是妥協案一樣！」

「嗯……」眼見樣本求不得，梓司令眉頭深鎖，轉頭呼叫同事：「羅深！國內的實驗室設備狀況如何？用經血能不能分析？」

「給我一分鐘。」發光眼鏡男取出手機，開始聯絡技術人員。

「別打人家那種東西的主意！」

被科學狂信者們毫無倫理觀的進逼給震懾，淘氣草莓嚇得眼角帶淚，轉頭瘋狂拉扯鹿庭的袖子：「鹿庭前輩！這個阿姨到底怎麼回事!?」

「可惡，居然把歪腦筋動到草莓身上。我一定會回來救妳的！」

「現在立刻救救我啊，前輩！」

＊

王立室內棒球打擊場。

開設於薩長百貨頂樓，緊鄰著電齋車站已經營運好一段時間了，客流沒有幾年前活絡。

他們保持慢悠悠的節奏，從百貨公司六樓的生活雜貨逛起，仔細調查每一層樓在賣些什麼。

途經玩具商場時，雖然鼬占不停嘲笑著它們的價格，還是忍不住誘惑逛了一圈。初洗花則被拼圖專門店吸引，好好地瀏覽過後，才買下一盒小幅的慕夏作品《黃道帶》。

最終，做為收尾，兩人總算搭著手扶梯來到打擊場。

橫列的玻璃門彼側是一條室外窄道，連接球速不同的打席。目前的時段似乎只有他們在利用，空蕩蕩的球場稍嫌寂寞。

走累了的初洗花倚靠在室內門的玻璃上，一點一點啜飲手裡的蜂蜜檸檬茶，邊看著走進鐵網門內的鼬占。

隔著緊密的網柵，他高大的身影被分割成格狀。

盡頭處螢幕亮起，棒球投手的點陣圖影像擺出預備姿勢。隨著送球機喀答運作聲響，時速一百五十公里的速球從黑暗中竄出。

鼬占振臂高揮！

噹！

化成灰點的軟球高高衝上天空，被頂網攔住後落了下來。角度魯莽的內野高飛球，直接種在手套裡，相當可惜。

「再見了，打擊率100％男孩。」初洗花平靜地恥笑他。

「囉、囉嗦。」

鼬占紅著臉，故作姿態地轉動肩膀拉鬆筋骨。想在女生面前耍帥卻失敗，那恐怕就是棒球之神對他口出狂言的懲罰。

噹！

第二發高速掠向中外野，曲線美味的一記安打。漂亮的敲擊聲在耳畔嗡嗡迴盪，震動的熱度殘留於手心裡。

「所以，為什麼仙煬會讓你跑了一趟『納拉Soul』呢？」

「早上剛從被窩裡坐起來，精神委靡地滑著手機的時候，我讀了關於仙煬兄的體育報導。」

昨天投了兩局。仙煬目前的體力狀況沒能負荷先發，而是擔當中繼。即便如此防禦依舊做得很好，穩定度完全不像傷後復出的模樣。

看著他回到球場繼續發光發熱的模樣，前幾天不經意看到的模型玩具廣告突然在腦海裡浮現。

納拉 Soul 趁著棒球熱，才剛推出「卓永機防隊卓機者」的周邊商品。那是仙煬兄所屬的英雄組織，一共六人組七種款式的收藏盒玩。

噹！

魑占再次奮力將球擊上攔網。

「我心裡想著『嗯有點想收一套』，於是穿穿衣服便出門了。」

「不愧是你，令人稱羨的行動力。」

「比起買不到而後悔，不如買了再後悔不是嗎？」

「結果你卻沒買呢。」

「結果我卻沒買啊，哈哈。」

反而抱了一堆西洋棋銀河的商品回來，報復性消費。

最後一球擊出，魑占哐噹一聲將球棒扔進收納桶，拉開外門走了進來。

這點運動連熱身都稱不上，除了呼吸變得深一些之外，汗也沒流。他在初洗花旁邊蹲坐著休息，考慮要不要接著投幣連戰。

兩人窩在狹窄的隔室內，緊湊的空間有種謎樣的安定感。魑占一邊調整呼吸，摘掉頭盔後接著說：「看見貨架上的盒玩，我突然意識到，自己一點也不懂仙煬兄。」

「因為卓永機防隊沒什麼名氣嗎？」

「不，我不了解的是投手丘上的峰仙煬。」

搞不太懂從英雄活動離開，繼續經營自己的人生是怎麼一回事。英雄、運動員，那種自由在界線兩側往返的成熟。對於能力所及的認識透徹無比，清楚自己究竟是誰的餘裕感。

讓我覺得耀眼的，也許不是仙煬的棒球才能，而是他純潔的態度吧。所以才突然收手了。

買銀色卓機者的英雄盒玩，一點意義也沒有，只會徒增空虛。

「抱歉，很莫名其妙的煩惱，對吧？」鼬占咂了咂嘴：「我表達得有夠差勁。只是想說，我似乎離那種英雄很遠而已。」

「紙一重。」

「什麼東西？」

「來電齋的路上，聽著廣播學到的新詞彙。」初洗花吸吮著甜味沉底的蜂蜜檸檬，望向空蕩蕩的打擊場：「我很喜歡的一齣談話節目，昨晚邀請了有名的現代舞老師進錄音室。當主持人問及對於未來的展望時，她是這麼回答的：

我覺得，表演者與觀眾的距離，是『紙一重』。

總有一天想打破那條界線，讓他們被我的舞蹈撼動。

紙一重是日語裡的用法，表示兩者差別細微，彷彿僅有一張紙的厚度。中文會說『一線之隔』吧？但為什麼她刻意選擇了那種說法呢？」

「嗯，」鼬占仰起臉來，盯著沉鬱鬱的天空思索了幾秒：「因為『剪影』？」

「你果然很敏銳呢。」

初洗花忍不住揚起嘴角。

——透過燈光所能見的，映照紙面的剪影。

肢體的剪影。

舞者的剪影。

現代舞老師企圖傳遞的形象是，她的舞姿、舞臺在觀眾眼裡，似乎止步於剪影的輪廓，還未能觸碰紙後的真心。

「鼬占你所看見的，回到球場上的峰仙煬，肯定也是剪影吧。」

「……原來如此。」

繞了一圈回到話題上，鼬占這時才理解了初洗花的意思。

他視線投注的去向，是峰仙煬的影子。那麼，或許峰仙煬並非如何無從理解的存在。

遙不可及什麼的，只是自我臆想吧。

「對英雄而言，平凡的日常看起來恐怕都是一幅剪影的模樣。」

相對的，或許普通人所見的我們也只有剪影吧。

初洗花淡淡地說，反芻著舞蹈老師的話：「無論扮演英雄、或者投身於熱中的挑戰，最初不管是誰，都只能待在與正確的理解極限貼合的距離裡，模仿著那種適得其所一般的態度吧。」

「聽起來有些可怕呢。」

「嗯？」

「問題在於我沒辦法相信自己啊，相信能從剪影揣測另一側的對錯。」

颱占重新站了起來。

他拉開網門回到打席上，從口袋掏出代幣，塞進收費機裡。

發球處模模糊糊的螢幕亮起，投手擺好預備動作。

粗糙的點陣圖缺乏表情，手部動作也與身體的顏色混雜在一起，遠遠看去毫無細節，跟單純的輪廓沒有兩樣。

「學姊聽過柏拉圖的洞穴（註6）嗎？」

說著，他曲起雙臂緊握球棒過肩，微微放低站姿。

咯答——

噹！

註6　地穴寓言：一群囚犯被迫待在洞穴內，面對石牆無法回頭，光線從洞口映照在牆上，每當有物體經過洞口便留下影子。囚犯僅能從牆上出現的各種陰影認識洞穴外面的世界，即便那只是片面的投影。

伴隨嘩颯一聲，灰色的小斑點朝即將日落染黃的天空奔去，倘若沒有那薄薄一層頂網攔截住，肯定是一記漂亮的全壘打。

白球順著餘勢勾住網邊的皺褶，失力地滾落下來。

颱占垂下手裡的球棒，出神地盯著那幅畫面。

＊

「所以怎麼半途放棄跟監了呢？」椴葉邊問，以左手攪拌碗裡的芋圓。他的另外半邊還吊著繃帶與石膏，最近倒也越來越習慣了。

「草莓的精神支撐不住，所以帶她去能放鬆心情的地方玩。」

「似乎沒好轉耶？」

「真想讓你看看她面無表情地打地鼠、夾娃娃的畫面。」

「唔——」

椴葉苦悶地看向坐在身旁，盯著碗喃喃複誦「我是……我是全體人類進步的基石，粉圓一顆、兩顆……我也能成為粉圓嗎？」的淘氣草莓。

雖然鹿庭已經插手制止，沒有放任瘋狂科學家做出越界的舉動，但梓司令和羅深博士的連番提問還是讓她嚇得不輕。

「尼伯龍根果然是邪惡組織。」

「你究竟怎麼平安長大的？」鹿庭提出心底至誠的疑問。

三人圍在車站旁的燒仙草店裡，吃著晚餐前不該出現的點心。

淘氣草莓彷彿剛從沙漠裡獲救的遇難者，太久未進食，用避免傷害腸胃的緩慢速度一匙、一匙處理那份仙草，嘴裡還持續發出喪屍嗅墓般的低吟：「若是一生僅此一次的愛情便讓我在你之中嬉戲吧比光更快速的親吻請等待著唷快要被遺忘的這副身軀僅能聽見的心跳聲也是(註7)……」

「怎麼辦啊？」

椴葉向鹿庭投去求助的眼神，但對方悲傷地垂下眼瞼。

此時，一陣細微的嗡嗡響聲傳了出來。

行將就木的淘氣草莓取出手機，緩緩滑開螢幕，檢查納拉通。然而，隨著她一字一字讀完訊息，溫和與欣喜的表情漸漸回到了臉上，變化之大猶如春來雪融。

她興奮地揮舞著手機，將螢幕展示給兩人看：「軍、軍神學姊剛才傳給我說，她今天玩得很開心！」

「喔喔，真是太好了！」

「任務圓滿達成呢，淘氣草莓。」

註7　動畫《超時空要塞Δ》的主題曲〈一度だけの恋なら〉。

＊

鼬占和初洗花兩人準備在電齋車站道別。

初洗花會搭區間車返回赤楠，鼬占則是騎租用自行車往公寓去。傍晚的車站聚滿了各方去向的人潮，醞釀著即將入夜的實感。

距離車班抵達還有時間，他們窩在時刻表牆一側的角落等待，分享路上買的車輪餅。

旅客休息區的電視機正在播放新聞節目，關於影視明星結婚導致股票跌價的消息。

「淘氣草莓有回覆嗎？」

「只傳了幾個可愛的貼圖過來。」

初洗花雙手抓著手機，在納拉通裡輸入訊息。

「啊，剛剛回話了。」

「在忙嗎？」

「似乎是在忙呢。」

她的手掌很小，要想快速打字，不抱著機身把兩邊拇指都用上是不行的。乍看就像在玩古早時期的便攜式遊戲機。

「最後一顆給妳。」

「嗯。」

鼬占從紙袋裡拎出車輪餅，遞到她嘴邊。

初洗花含含糊糊應了一聲，臉稍微偏轉方向，張開嘴巴叼住，雙眼依然專注地盯著螢幕，喀啦喀啦猛烈地輸入單字。

「她忙的話，就別打擾人家了。」

「唔唔呼呼。」

「這樣啊，那妳順便問問究竟什麼急事吧。」

「呼唔。」

直到滴哩、滴哩的收信音傳來，淘氣草莓回覆了一張《魔鬼司令》比讚的貼圖後，她才空出左手，把塞嘴裡的車輪餅摘掉。

「如何？」鼬占邊問，將紙袋揉成團拋進垃圾桶裡。

初洗花總之先咬了一口。由於嘴幅略窄，加上車輪餅邊緣有麵糊溢出形成的硬邊，感覺好像會割傷嘴角，有點恐怖。

「到頭來也沒問出什麼。」

「轉念想想，表示草莓寧可打馬虎眼，也不願隨便塞個藉口騙妳。」

「聽起來真像你會做的事。」

「我魔裝操者．詐騙王牌耶。」鼬占聳聳肩，轉頭望向休息區的掛鐘：「車來了。」

「這麼快？」

「喏，妳的《黃道帶》。」

他把拼圖店的紙提袋交還給初洗花。對方將手機收進口袋，接過拼圖盒時動作頓了頓，露出了些許若有所思的表情。

她踟躕幾秒，才開口：「颵占，之後再一起出來玩吧？」

「可以是可以，但妳是怎麼了？突然興致這麼高？」

「對了，棒球賽。約我去看棒球賽如何？」

「冬季聯盟快打完了啦，買不到票。」颵占兩手一攤：「下次想看要一路等到四月。」

「那就四月，我們說定了喔。」

「……」盯著初洗花隱隱期待的眼神，他一時語塞，無奈地嘆了口氣，「醜話說在前面，現場可能沒有妳想像得有趣喔？人又多，又熱，球場又很遠看不到球員在幹麼，妳不一定會喜歡。」

「觀眾也有觀眾樂在其中的門道不是嗎？」

「比方說？」

「啤酒什麼的。」

「學姊您未成年。」

「棒球不是有種叫做『Kiss Cam』的文化嗎？想體驗看看。」

「那是洋人的玩法。」

「萬一被 Kiss Cam 拍到，颵占會親我嗎？」

「……哈啊？」

他發出驚呼時的嗓門很大，吸引了不少周圍的側目。

比起「這個女人說什麼鬼話」，鼬占此刻的愕然表情，更近似於「妳這傢伙有什麼目的」，自我保護機制全開的狀態。

「開玩笑的，」初洗花露出一抹惡作劇的燦爛笑容，眼睛都瞇了起來：「四月再考慮吧？拜拜。」

毫無留戀地把呆愣的鼬占晾在原地，她將車輪餅塞在嘴裡，拿出車票，腳步輕快地通過了剪票口。嬌小的身影融入人群，很快便消失在月臺樓梯的隔牆後。

「……什麼跟什麼。」

鼬占把手掌貼在頸邊，揉了揉發燙的耳朵，朝相反的方向悶著表情離開。

穿越大廳，車站外早已是夜色，路燈與商街在黑幕裡點亮。

往租車亭走去時，他才漸漸意識起來。都怪最初巧遇的方式太糟糕了，整個下午，面對初洗花總是有種莫名忐忑的感覺，大概自己總是迴避著，不敢跟她四目相接。

現在才發現——初洗花今天的表情似乎特別多。

跟以往硬邦邦的印象不太一樣。稍微回想一下，浮現在腦海裡的全只有她玩樂時的笑容。

鼬占牽過腳踏車，順著車流少的河畔下坡，往公寓區騎行。

晚風吹拂在微熱的耳際，有種沙沙的舒服觸感。他下意識漸漸加快了踩轉踏板的節奏，最後毫無由來地傻笑起來。

紙一重。

陌生的詞彙從心底浮了出來，意外的是，此刻他並沒有不安的感覺。

若真要去形容，或許更近似於孩提時蒐集寶物的雀躍感吧。罕見的綠色橡皮筋、強力磁鐵、沒有色紋的純淨彈珠、紙牌、不足四吋的塑膠人偶——自己總是會喜歡上各種瑣碎的玩意。

正因如此，飿占這次也打算好好收藏。

用零落的碎片匯集成剪影的溫度，然後，他便不需要再去懷疑，彼此是否能夠互相理解了。

我果然是個駑鈍的傢伙。

「……四月嗎？」飿占低喃。

得等好一陣子才有球賽可看呢。

後記

還在念大學的時候，我與朋友時不時就會在深夜至凌晨的這段時間，買一罐啤酒，從校區頂端向下徒步個兩公里，一邊閒聊、討論創作的事情，然後再閒聊著走兩公里上來。

我其實很沒辦法喝酒，但止步於一瓶鋁罐的話，剛剛好能享受微醺的感覺，為了將體驗濃縮到 300ml 以內，我特別鍾愛比如朝日 Dry Black 這種有濃烈苦味和香氣的品牌，而且肯定會趁還冰涼的時候趕緊喝完。對我而言，溫掉的啤酒就像馬尿一樣。

然而那個產品後來在便利商店幾乎都買不到，這種小小的品味堅持，在往後的日子裡漸漸也被妥協了。

散步的路線也經歷過好幾次變化：宿舍後面靠排水道的小徑，凌晨兩、三點的時候實在太陰了，光穿越就會累積心理壓力；貼外牆的上坡路段很陡，而且冬天的風強勁得嚇人，於是改走中間的路返回公寓等等。二校區草坪上集會的大批野狗、四點整照明會全部熄掉的深黑林道、寂寥得能滿足我個人美感的無人校舍群……總之在百來次夜遊期間，我們嘗試了許多不同的體驗。

唯獨閒聊的話題老是圍繞在創作上這點，從來不曾改變過。

「喂，來寫一部超猛的世界系怎麼樣？」

「男主角是祕密騎士團點名、聖劍 Excalibur 的當代勇者（金髮），聽命於英國女王，專門斬殺邪龍或野獸。然後是個可惡的帥哥。

「女主角是侍奉四神獸的巫女，青龍白虎朱雀玄武，但四神獸除了神聖的一面以外，也有荒神的殘暴面，所以巫女同時擔任著封印者。

「他們為了在一起，跑到彼此派系的家裡求情。男主角在一直視為死敵的邪獸面前低頭下跪，女主角則去英國女王面前哭。

「最後，這兩個人私奔到第一次相遇的古戰場上（一路上陸陸續續打趴不少追兵），男方解開聖劍十二道封印，女方徵用全球四神獸廟宇的權能，雙方將力量催到上限值來一場盛大的光砲互轟把彼此打爆，終於從英雄的身分脫離，成為普通凡人。總之要轟轟烈烈，要打得亂七八糟，要全力以赴。」

——當初我是這麼說的。

現在，這本小說能出現在各位手上，就好像那時候撒下的種子終於發芽了似的。身為一名使用文字進行創作的人，我居然遲遲找不到適切的詞彙來闡述此刻心底萌生的喜悅。所以在此打算乾脆用比較官腔的方式表達謝意，不然我這個人總是喜歡給事情加油添醋，然後後悔得要死，後記就寫後記該寫的東西就好了。

感謝評審們的厚愛，本作才能從寫作爭霸戰中脫穎而出。一同衝進決勝圈的各作品都挺猛的，甚至存在著至今仍然讓我產生不了「贏了」實感的優異強敵。

創意的互相較勁真的很有趣，謝謝主辦方。

負責注孤生社封面與插畫的 adey 老師，您是人類的寶物，請長命百歲。不管是可惡的帥哥椴葉，還是好像看什麼都嫌得要死的鹿庭都好棒。各位有察覺到一件可怕的事情嗎？這本小說基本每張圖都塞了兩個人物以上。

最後該怎麼收尾？

喔對，要討好一下讀者。不管是從比賽過程中就開始守望著的你，或一直到上市後，才從書架上選擇了這本輕小說的你，很高興與我們產生了這樣的連結。毒碳酸的文字有幸被你認識，或許沒有比那更使人踏實的緣分了。

期待往後還能繼續帶給你們快樂。至少，我為了與你們相遇，可是已經準備了好久好久呢，請成為使我永遠不再孤獨的光吧。

以上。

國家圖書館出版品預行編目資料

歡迎來到注孤生社 / 毒碳酸作 . -- 一版 . -- 臺北市：城邦文化事業股份有限公司尖端出版：英屬蓋曼群島商家庭傳媒股份有限公司城邦分公司尖端出版發行，2022.08-
冊； 公分
ISBN 978-626-338-042-4（第 1 冊：平裝）

863.57 111007828

浮文字
歡迎來到注孤生社

著者／毒碳酸
插圖繪師／adey
執行長／陳君平
美術總監／沙雲佩
企劃宣傳／楊玉如、施語宸、洪國瑋
榮譽發行人／黃鎮隆
美術編輯／陳又荻
國際版權／黃令歡、梁名儀
協理／洪琇菁
執行編輯／丁玉霈
文字校對／施亞蒨
總編輯／呂尚燁
內文排版／謝青秀

出版／城邦文化事業股份有限公司 尖端出版
台北市中山區民生東路二段一四一號十樓
電話：（〇二）二五〇〇─七六〇〇
傳真：（〇二）二五〇〇─二六八三
E-mail: 7novels@mail2.spp.com.tw
發行／英屬蓋曼群島商家庭傳媒股份有限公司城邦分公司 尖端出版
台北市中山區民生東路二段一四一號十樓
電話：（〇二）二五〇〇─七六〇〇（代表號）
傳真：（〇二）二五〇〇─一九七九
中彰投以北經銷／楨彥有限公司（含宜花東）
電話：（〇二）八九一九─三三六九
傳真：（〇二）八九一四─五五二四
雲嘉以南／智豐圖書有限公司
（嘉義公司）電話：（〇五）二三三─三八五二
傳真：（〇五）二三三─三八六三
（高雄公司）電話：（〇七）三七三─〇〇七九
傳真：（〇七）三七三─〇〇八七
香港經銷／一代匯集
香港九龍旺角塘尾道六十四號龍駒企業大廈十樓 B&D 室
電話：（八五二）二七八三─八一〇二
傳真：（八五二）二五八二─一五二九
新馬經銷／城邦（馬新）出版集團 Cite (M) Sdn. Bhd.
E-mail: cite@cite.com.my
法律顧問／王子文律師 元禾法律事務所
台北市羅斯福路三段三十七號十五樓
二〇二二年八月一版一刷

郵購注意事項：
1.填妥劃撥單資料：帳號：50003021戶名：英屬蓋曼群島商家庭傳媒(股)公司城邦分公司。2.通信欄內註明訂購書名與冊數。3.劃撥金額低於500元，請加附掛號郵資50元。如劃撥日起 10～14日，仍未收到書時，請洽劃撥組。劃撥專線TEL：(03)312-4212 ・ FAX：(03)322-4621。E-mail：marketing@spp.com.tw